U0956902

最后的战役

鲜为人知的二战欧洲战场谢幕之战

[美] 斯蒂芬·哈丁◎著
Stephen Harding
符金宇◎译

The Last Battle

When U. S. and German Soldiers Joined Forces in the Waning Hours of World War II in Europe

新 华 出 版 社

图书在版编目（CIP）数据

最后的战役：鲜为人知的二战欧洲战场谢幕之战 /（美）哈丁（Harding,S.）著；符金宇译. 一北京：新华出版社，2015.10

书名原文: The Last Battle: When U. S. and German Soldiers Joined Forces in the Waning Hours of World War II in Europe

ISBN 978-7-5166-2113-4

Ⅰ. ①最… Ⅱ. ①哈…②符… Ⅲ. ①纪实文学—美国—现代 Ⅳ. ①I712.55

中国版本图书馆CIP数据核字（2015）第261448号

著作权合同登记号：图字01-2014-8451号

THE LAST BATTLE by Stephen Harding

Copyright©2013 by Stephen Harding

Simplified Chinese translation copyright © 2015 by Xinhua Publishing House

Published by arrangement with Da Capo Press,

a Member of Perseus Books LLC through

Bardon-Chinese Meida Agency（博达著作权代理有限公司）

ALL RIGHTS RESERVED

最后的战役：鲜为人知的二战欧洲战场谢幕之战

作　　者：［美］斯蒂芬·哈丁　　**译　　者：**符金宇

出 版 人：张百新　　**选题策划：**引进图书出版中心
责任编辑：江文军　　**责任校对：**刘保利
责任印制：廖成华　　**装帧设计：**李尘工作室

出版发行：新华出版社
地　　址：北京市石景山区京原路 8 号　　**邮　　编：**100040
网　　址：http：//www.xinhuapub.com　　http：//press.xinhuanet.com
经　　销：新华书店
购书热线：010-63077122　　**中国新闻书店购书热线：**010-63072012

照　　排：李尘工作室
印　　刷：北京文林印务有限公司

成品尺寸：150mm×230mm　1/20
印　　张：14.5　　**字　　数：**220千字
版　　次：2015年12月第一版　　**印　　次：**2015年12月第一次印刷

书　　号：ISBN 978-7-5166-2113-4
定　　价：36.80元

图书如有印装问题，请与出版社联系调换：010-63077101

· · ·

献给玛丽

我一如既往地爱你

· · · · · ·

译者序

《最后的战役》讲述的是一段鲜为人知却又真实发生过的轶事。故事发生在第二次世界大战战火即将熄灭的欧洲，“一群来自美、德两国的士兵携起手来”，并肩作战。或许一如封面这一小节文字所述，单是如此背景与情节便足以吸引不少读者的目光，无怪乎该书能够荣登《纽约时报》畅销书排行榜。《每日邮报》称赞该书“情节生动，读来如同欣赏好莱坞大片一般”。新闻周刊《每日野兽》（“The Daily Beast”）专栏作家安德鲁·罗伯茨（Andrew Roberts）评论道：“斯蒂芬·斯皮尔伯格，你怎可错过如此精彩的故事？……这个故事既让人看到了“血染雪山堡”（“Where Eagles Dare”）的影子，又带着点“纳瓦隆大炮”（“Guns of Navarone”）的味道，让人在心潮澎湃之余却又感觉离奇牵强，可是和那些已成经典的战争大片比起来，《最后的战役》一书的不同之处就在于书中的话句句属实”。美国陆军历史基金会军史季刊《On Point》形容“该书将人们的目光引向了一出离奇古怪却又生死攸关的场景，如此剧本好莱坞恐怕做梦也求之不得，倘若能够买下版权，翻拍成电影，想必定会心满意足”；原《华盛顿邮报》记者彼得·卡尔森

（Peter Carlson）是冷战题材讽刺小说《气死赫鲁晓夫》（“K Blows Top”）的作者，此君不改一如既往的幽默诙谐，笑言“该书必将成为一部大片，吸引眼球无数。施瓦辛格先生，赶快给你的经纪人打电话吧！”

纵观各家书评，不乏妙语连珠。《最后的战役》能够赢得多方好评，作者斯蒂芬·哈丁（Stephen Harding）功不可没。作者笔触细腻，描述生动，成功刻画出多位“英雄”与“恶棍”人物，形象鲜明，跃然纸上，令人印象深刻。哈丁在章节编排上更加匠心独运，将这段战史轶事精心打造成一个迷局，环环相扣，步步为营，让人读来犹如欣赏一部悬疑犯罪小说一般，若非等到最终结局揭晓着实难以释卷。非但如此，哈丁还展示出堪比一流历史学者的研究功力，从国家档案与记录管理局现代军事记录中心的一手军史卷宗，到书中一干人物留下的战后回忆笔录；从二战期间发行出版的相关报纸摘要，再到对在世老兵与当事人的亲身走访调查，作者于考据查证所下功夫不可谓不深。难怪《军事历史季刊》会评价道：“这本小说讲述了一帮美国坦克兵与德国狱卒是如何奋勇反抗纳粹军队，保卫多名法国要人免遭毒手的故事。哈丁将一段并不起眼的插曲演绎成了一出跌宕起伏的大戏”。

我身为译者，翻译这样的故事本是快事，无须在文字上取巧，但求追随作者的文笔思路，切合原作流畅紧凑的叙事节奏，争取把故事说得娓娓动听，引人入胜便可。我希望我已尽量做到这一点，不负原作。遗憾在于原书尾注颇多，我限于种种原因，无法尽译。不过，原作中凡与历史背景或军事知识有关的注释已大部译出，以求在最大程度上保存原书之风貌，以飨读者。

在本书的编辑出版工作上，我要特别感谢新华出版社总编室的江文军先生。幸得江编辑赏识，合作愉快，在此深表谢意。

最后，鉴于本人能力有限，书中纰漏错误在所难免，还望广大读者不吝赐教，悉心指正，我感激不尽！

符金宇

广州

二零一五年十月

地图1

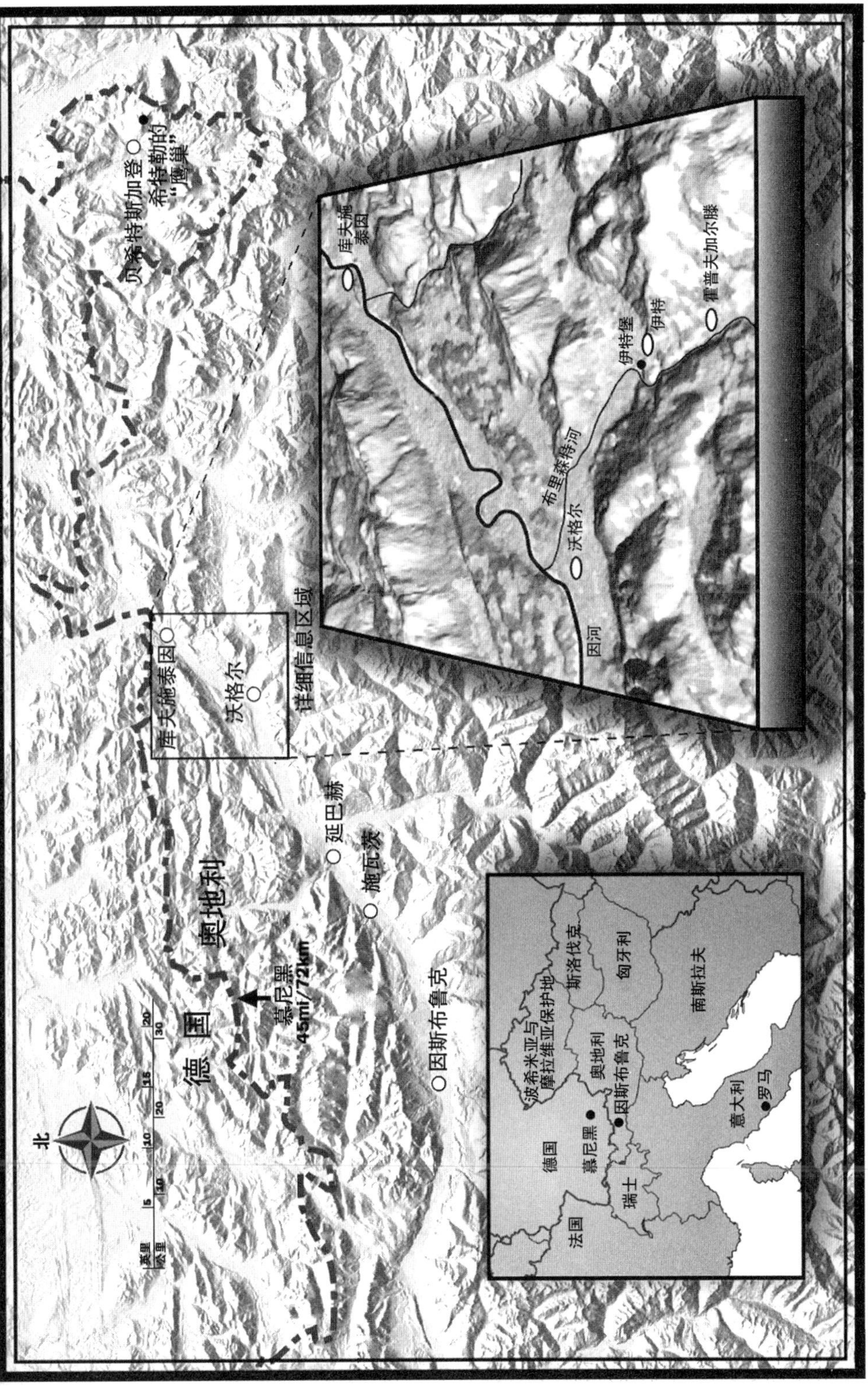
贝希特斯加登
希特勒的"鹰巢"
库夫施泰因
沃格尔
详细信息区域
库夫施泰因
霍普夫加尔滕
伊特堡
伊特
布里森特河
沃格尔
因河
延巴赫
施瓦茨
奥地利
德国
慕尼黑
45mi/72km
因斯布鲁克
北
英里
公里
波希米亚与摩拉维亚保护地
斯洛伐克
匈牙利
南斯拉夫
奥地利
因斯布鲁克
慕尼黑
德国
瑞士
法国
意大利
罗马

地图2

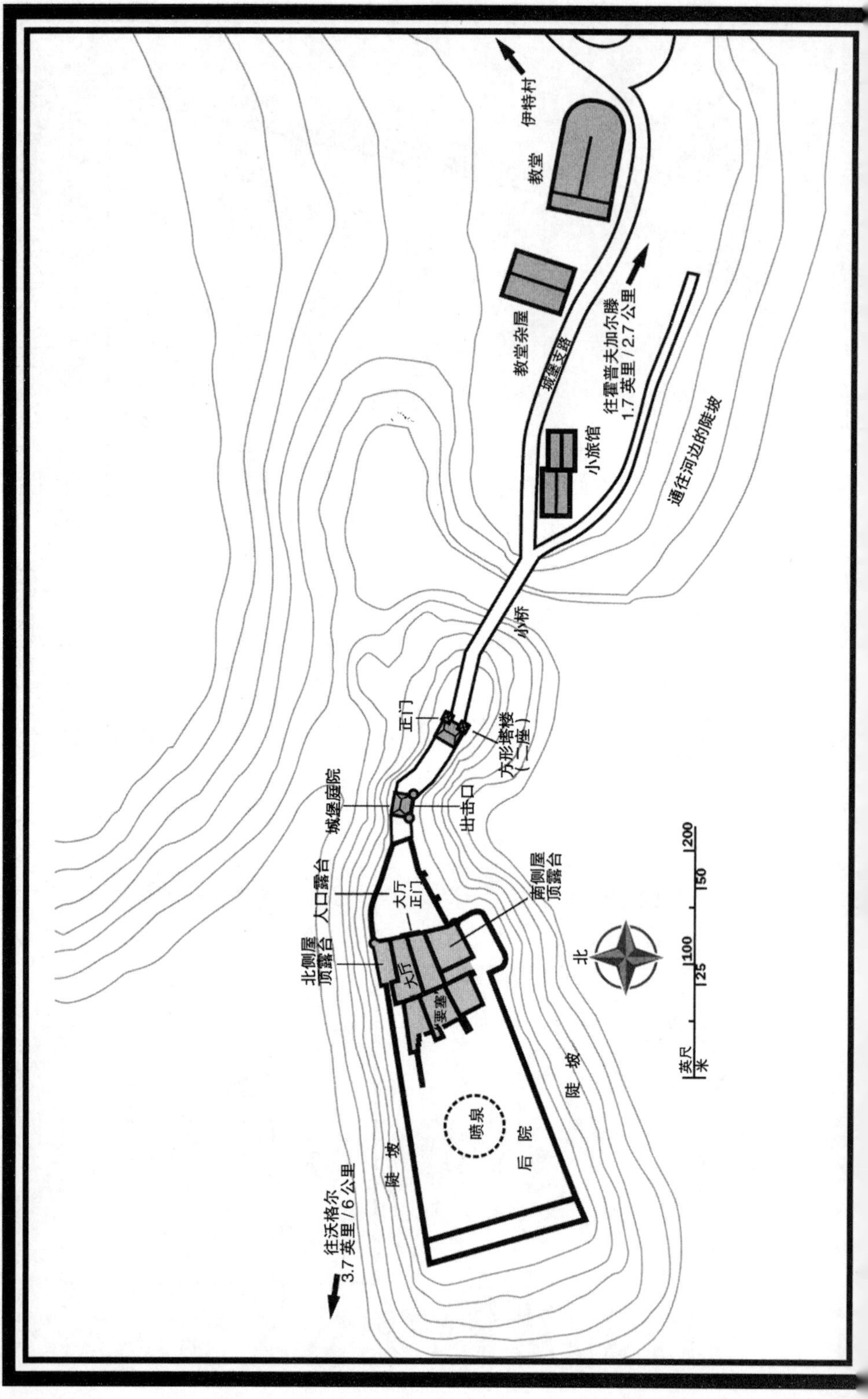
伊特村
教堂
教堂杂屋
城堡支路
往霍普夫加尔滕
1.7 英里 / 2.7 公里
小旅馆
通往河边的陡坡
小桥
正门
方形塔楼
（一座）
城堡庭院
出击口
入口露台
大厅
正门
南侧屋顶露台
北侧屋顶露台
大厅
要塞
北
喷泉
后院
陡坡
陡坡
往沃格尔
3.7 英里 / 6 公里
英尺
米
200
150
100
25

图1.伊特堡坐落在一座小山头上，扼守着出入奥地利布里森特河谷的交通要道。这座古堡的历史最早可以追溯至1241年，几个世纪以来历经多次毁坏、修复与扩建，1941年被改建成一座监狱，专门用于关押重要人物，在此之前曾被先后当作军事要塞、私人宅邸和精品酒店。（作者收藏）

图2.德国宪兵部队整装列队进入蒂罗尔州。此时正值1938年3月12日德国吞并奥地利不久，德奥合并也让伊特堡从一座充满童话气息的古堡酒店沦为了阴险恐怖的不祥之地。（国家档案馆）

图3.纳粹分子在各地设立“特别监狱”，这样做完全是出于阿道夫·希特勒的个人意愿。希特勒认为将那些重要人物捏在手里就能够在同盟国讨价还价时占得上风。这些“显赫的囚徒”住在遍布第三帝国各地的古堡、酒店等类似地方，生活条件相当优越。然而，这些要人能否保持身体安康无恙，就得完全取决于元首的心情好坏了。（国家档案馆）

图4.“德国禁烟者联盟”总部就设在伊特堡。希特勒尽管表示全力支持该联盟的工作，党卫军全国领袖海因里希·希姆莱却认为这座奥地利古堡更加适合用来从事阴险邪恶的勾当。1942年11月23日，希姆莱说服希特勒签署命令，将古堡名正言顺地转交给党卫军作“特别之用”，伊特堡亦于1943年2月被党卫军正式征用。（国家档案馆）

图5.党卫军少将特奥多尔·艾克是创立纳粹集中营制度的元凶，也是提出对集中营囚犯执行“坚定不移的强硬”制度的祸首。正是此人下令向塞巴斯蒂安·魏默尔和其他关押显赫囚徒监狱的主管发出命令，要他们对各自看管的阶下囚实施优待，不过一旦情况有变，接到命令便要立即处决，毫不手软，绝不留情。（国家档案馆）

图6.将伊特堡从一家禁烟机构的行政中心变成一处戒备森严的监狱，专门用于关押地位显赫的要人，负责监督实施这一计划的不是别人，正是希特勒的装备与军火部长阿尔伯特·施佩尔。（国家档案馆）

图7莫里斯·甘末林将军抵达伊特堡之际已有70岁高龄。这位将军此前在法国陆军中度过了五十多年的人生岁月，却在1940年5月德国入侵之际无力及时应对，就此断送了自己的职业生涯。首相保罗·雷诺无奈之下撤去其陆军元帅的职务，起用马克西姆·魏刚将军取而代之，而后者正是甘末林的最大竞争对手。（国家档案馆）

图8.爱德华·达拉第身板结实、一副昂首挺胸、争强好斗的样子，是1943年5月2日押送到伊特堡三位要人当中年纪最轻的一位。这些大人物的到来也标志着伊特堡监狱正式开始收容犯人。（国家档案馆）

图9.这张照片反映了劳工运动领导人莱昂·儒奥与奥古斯塔·布吕克伦战前访问美国的场景。布吕克伦多年以来不单是儒奥的副手，也是生活伴侣。二人后来被双双关进了伊特堡。不过，布吕克伦被关进这座蒂罗尔要塞完全是出于自愿，儒奥则并非如此。（国家档案馆）

图10.保罗·雷诺被押往伊特堡是在1943年5月，见到主要政敌爱德华·达拉第竟然比自己先到一步，不禁大吃一惊，他随后发现古堡里的吃住条件要比之前在萨尔森豪森集中营优越不少，不由得又松了一口气。（国家档案馆）

图11.让·博洛特拉、这位大名鼎鼎的“巴斯克橡皮人”在法国投降之后自愿加入了陆军元帅菲利普·贝当领导的维希通敌政权。然而，这位网球明星并不注意言行检点，屡屡对纳粹表现出不屑与蔑视，结果被撤职逮捕，后来在萨尔森豪森集中营遇上保罗·雷诺。二人虽然在政治上存在分歧，但在关在伊特堡的这段日子里始终保持友好。（国家档案馆）

图12.马克西姆·魏刚将军1943年12月来到伊特堡，初来乍到便遭到保罗·雷诺的讥讽，莫里斯·甘末林同样敌意不小。前者将魏刚视为法兰西的叛徒，后者则完全是出于同行相轻。（国家档案馆）

图13. 米歇尔·克列孟梭虽然一直以来对贝当仰慕有加，却对这位老将军勾结德国人的通敌卖国行径公开批评。如此态度也使他很快成为盖世太保注意的目标，结果在1943年5月被捕入狱。克列孟梭到达伊特堡时显得坦然自若，沉着镇定，雷诺对此深有感触，提笔写道是克列孟梭让关在伊特堡的其他要人感受到了“不可动摇的自信”，心也随之放了下来。（国家档案馆）

图14.弗朗索瓦·德·拉罗克1943年被盖世太保逮捕，此前一直是维希政府的要员，贝当的亲信，被不少人视为法国头号法西斯分子。正因为如此，他的到来对于关在伊特堡的其他人来说不啻为一种意外。这些要人倘若得知德·拉罗克还在一直领导抵抗运动，暗地里为英国情报部门传递情报，想必会更加觉得难以置信。（国家档案馆）

图15.党卫军中校威廉·爱德华·魏特是达豪集中营的最后一任主管，1945年4月30日带领一帮扈从来到伊特堡，短短四十八小时不到便畏罪自杀，这也促使魏默尔及其手下下定决心丢下那帮“显赫的囚徒”，弃城而逃。（国家档案馆）

图16.约翰·凯里·李在佛蒙特州诺维奇大学四年期间凭借着高超的橄榄球技和出众的马术才华小有名气。这张照片拍摄于1942年5月11日，李当时刚刚毕业，当上了一名骑兵中尉。（感谢罗伯特·D·李提供照片）

图17.李从诺维奇大学刚一毕业就接到命令，前往肯塔基州诺克斯堡陆军基地参加装甲部队军官基础课程培训。他在纽约短暂停留了一会儿，与一位名叫弗吉尼亚的女子结婚。李一生共有三段婚姻，弗吉尼亚是他的首任妻子。（感谢罗伯特·D·李提供照片）

图18.这张照片拍摄于伊特堡战役打响前两个月。照片中的杰克·李（右）已经当上了二连连长，站在身旁的分别为（左起）约翰·鲍威尔少尉和哈里·巴斯中尉，前者是李手下的一名排长，后者是二连汽车运输与保养主任，也是李在二连交情最深的好友。几周之后，鲍威尔不幸牺牲，李和巴斯也双双受了轻伤。（感谢罗伯特·D·李提供照片）

图19.第23坦克营在1945年1月的埃尔利塞姆战役中遭受重创，杰克·李的二连此后重新配备了经过改进的M4A3（76）W型谢尔曼坦克。这种坦克又被称为M4A3E8坦克，士兵们一般叫做“E8”。照片上的这辆坦克属于第10装甲师，久经战阵，破损严重。参加伊特堡战役的“为爱痴迷的詹妮”很可能与照片上所示坦克一个模样。（美国陆军照片，感谢史蒂文·扎洛加提供）

图20.一名坦克兵正在将主炮弹药装进“湿式”弹药贮藏架内，装弹架位于“E8”坦克车底板上。该装置旨在避免谢尔曼坦克内部存放的76毫米炮弹在车体被敌军炮火击穿时引发爆炸。对于“为爱痴迷的詹妮”来说，该设计特点将在伊特堡战役中派上用场，至关重要。（美国陆军照片，感谢史蒂文·扎洛加提供）

图21.照片上的几位黑人士兵来自第17装甲步兵营四连，正在一座刚刚占领的小镇里疏散平民。虽然，与伊特堡战役有关的大部分二手资料显示李从四连挑选了好几名士兵参与救援行动，但作者经过仔细调查，发现与李同乘一辆坦克、参加城堡保卫战的四名美国步兵实际上全部来自第142步兵旅第二营五连二排，这个排的士兵全部都是白人。（美国陆军照片，感谢史蒂文·扎洛加）

图22.照片上的士兵来自党卫军精锐之师“古茨·冯·伯利辛根”第17坦克掷弹兵师。继1944年6月盟军诺曼底登陆之后，灌木丛中的战斗变得越发激烈，这些士兵刚刚经历了一番林中恶战，正在歇息。这支武装党卫队部队的部分士兵不到一年之后就将参与对伊特堡的围攻。（国家档案馆）

图23.纳粹国防军少校约瑟夫·“塞普”·甘戈尔是一名职业军人，在与祖国敌人的战斗中因为作战英勇被三次授予荣誉勋章，为了帮助杰克·李解救一帮法国政要——这些法国要人被囚禁在一座如童话般美妙的奥地利古堡之中，成日勾心斗角、吵个不停——不惜挺身而出，将个人安危置于更为凶险的境地。（国家档案馆）

图24.库尔特·齐格弗里德·施拉德是党卫军一级突击队中队长、武装党卫队上尉，其军人生涯的绝大部分时间堪称尽忠职守之楷模，却最终选择将自己的命运与李、甘戈尔还有伊特堡内的那帮法国囚犯系在一起，共赴生死。（国家档案馆，感谢约翰·莫尔提供照片）

图25.这张照片拍摄于战后。照片上的约翰·T·克莱默斯少校会说德语，早年当过炮兵，后来调到第103步兵师军事管制部。克莱默斯并不知晓李已经组织了救援部队，于是独自一人召集人马，前往伊特堡营救被困的法国要人。（感谢约翰·T·克莱默斯提供照片）

图26.一名第七集团军的宪兵正在与（左起）莱昂·儒奥、弗朗索瓦·德·拉罗克、让·博洛特拉和马塞尔·格朗热交谈。几位要人此时已经获救。（国家档案馆）

图27.第103步兵师师长安东尼·C·麦考利夫少将在因斯布鲁克的指挥部与曾被关在伊特堡的要人们合影留言。照片上这几位“显赫的囚徒”分别是（左起）保罗·雷诺、玛丽·勒内·约瑟芬妮·魏刚、莫里斯·甘末林、爱德华·达拉第和马克西姆·魏刚。（国家档案馆）

图28.这张照片拍摄于1947年，拍摄地点位于纽约诺维奇的汉兹旅馆门外。杰克·李就在这家旅馆打工，他希望成为一名职业橄榄球员的梦想此时已经破灭。虽然照片上的李面带微笑，令人费解的却是他的人生在二战结束之后便陷入低谷。1973年1月15日，这位“最后的战役”的英雄主角不幸去世，年仅54岁。（感谢詹姆斯·I·邓恩提供照片）

目　录

引　子

1945年5月4日，清晨，约翰·C·“杰克”·李上尉正翘着二郎腿，坐在自己那辆M4谢尔曼坦克的炮塔上，膝盖上半摊着一幅地图，一边看着图上标记的地貌特征，一边比对着眼前那几条狭窄的街巷。李是纽约诺维奇人，27岁，身材粗壮结实，过去五个月来率领部队一直担任第23坦克营第二连的先头部队，不少时候甚至在为整个美军第12装甲师打头阵，穿过法国，一路长驱直入，进入德国境内。欧洲战事此时业已临近尾声，李的部队已经攻入了奥地利的蒂罗尔州。

李的坦克就停在两条街道的交汇之处。这里是库夫施泰因，这座奥地利城市距离奥德边境西南三英里[①]远，坐落在因河南岸，河水从城旁缓缓流过。第23营全部三个坦克连早在一天前就已经率先越过边境，第12装甲师后备装甲战斗群的主力大部队则从慕尼黑郊外向南发起强攻，李指挥的坦克连作为此次强攻的先头部队，已经进抵库夫施泰因，经过一路浴血奋战，突破了德军沿途布下的重重路障，很快肃清了城里为数不多的守卫部队。随着战况渐趋稳定，第

① 英里（mile），1英里约合1.609公里——译者注。

36步兵师的先头部队进入阵地，接管该地区，李和部下也有了片刻机会得以休息。

西南几英里开外的地方，有一位指挥官同样身心俱疲，正在扫视着地图，极力想弄明白接下来的几个小时对于自己和部下来说将会发生什么。约瑟夫·甘戈尔外号“塞普”，是土生土长的巴伐利亚人。这位纳粹德国国防军[①]少校立下过不少军功，深知美军的重型卡车正滚滚向前，很快将兵临城下，届时必定是一番巨炮轰隆齐鸣，战车喷着火舌，自动武器哒哒响个不停，震耳欲聋的场面。

甘戈尔对于自身的生死安危倒不特别在意，在东线同俄国人还有诺曼底和盟军的战斗已经让他懂得了如何应对命悬一线的死地。真正让甘戈尔感到揪心的是手下的那帮小伙子，这些人并非个个行伍出身，其中好些人甚至连德国人都算不上。甘戈尔早在几天前就已经明白这场战争气数已尽，他不愿让更多人为了保卫这样一种制度白白搭上性命，毕竟这个制度就连自己也早已不再相信。他已经打定主意，放弃抵抗，改为和奥地利抵抗组织联手对敌，此刻眼看美军步步进逼，心中只有一个目的，不让追随自己的小伙子们沦为枪下之鬼。当然，说到这一点，那些依旧效忠元首和帝国的德国部队也得时刻小心提防。

① 纳粹德国国防军（Wehrmacht），1935—1945年间德意志第三帝国的正规部队，下文一律简称为“纳粹国防军”——译者注。

这里是一块岬角悬壁，山石嶙峋。站在山头放眼望去，山下的原野一马平川，尽收眼底，美军很快便会杀到此处。一群法国人正在山顶上喋喋不休地争论着命运前途将会如何。山顶建有一座古堡，矗立在此已有好几个世纪，直到当天早上，它还是这帮法国人的囚身之处。此时此刻，这些人正隔着城垛注目远眺。他们深知负隅顽抗的党卫军[①]部队依旧在城堡周围的丛林中四处活动，面对穷凶极恶的残敌，刚刚到手的自由朝不保夕。法国人需要有人施以援手，盼望着援军尽快到来。倘若援军无法赶在日落之前来到，他们十有八九就将命丧这座蒂罗尔古堡的高墙之内。

春日的阳光暖暖地照在身上，杰克·李实在是太累了，根本无法将注意力集中在地图上。李不仅感到极度疲惫，还怀着某种无比迫切的渴望——他虽然在部下面前不露神色，但这份渴望要比表面看上去强烈得多——他多么希望库夫施泰因是二连的最后一场战斗。阿道夫·希特勒五天前结果了自己的性命，德军已经无力组织

① 党卫军（Schutzstaffel），第二次世界大战期间德国纳粹党的精锐部队，由德语“Schutz”（护卫、近卫）与“staffel”（队伍、团队）组合而成，字面意义相当于英语的“defence echelon”，略作SS——译者注。

抵抗。李和差不多每一名身处欧洲战区的士兵心里同样明白这场战争随时都有可能结束。这名年轻的军官虽然在某种程度上并不希望这场战争就此画上句号，却着实不愿看到手下任何一个小伙子不幸成为最后战死欧洲战场的美国士兵。

李一心想着倘若战争就此结束，自己和手下那帮坦克兵又该何去何从，却不曾料想公路的另一头正在上演一出接一出好戏，会将自己和部下的和平梦想碾得粉碎。此时的李尚未意识到自己即将被卷入一场全然不觉的战役之中。这场战役将围绕着这座山中古堡展开——那座城堡在李的地图上只不过画了一个小小的勾，显得毫不起眼——参与这场战役的不仅有一群斗志昂扬的法国显贵，还有一帮惴惴不安的敌军盟友。这不仅是一场排除万难的殊死搏斗，也是第二次世界大战在欧洲战场上演的最后一次——当然也可能是最令人匪夷所思的一次——地面战斗行动。

第一章

山中城堡

这是一座古堡，一座即将在杰克·李一生之中占据显赫一席之地的城堡。这位年轻的指挥官此时依旧坐在坦克炮塔顶上，而城堡距离他沿公路西南而行不过十四英里。这座古堡名叫伊特堡[①]，坐落在一座山头之上，扼守着通往奥地利布里森特河谷的必经之路。整座城堡跨河谷而建，依靠一座短桥把城堡与一侧的山坡联结起来。城堡东面散落着一座小村庄，名叫伊特村。村子海拔2300英尺[②]，掩映在萨尔沃峰之下。这座雄伟的高山海拔6000英尺，地处阿尔卑斯山区中部，这里正是历史上有名的蒂罗尔地区。

山中城堡

伊特堡虽然对于李和部下来说在接下来的几个小时里无足轻重，却拥有一段悠久的历史，历经诸多是非，不乏暴力动荡。城堡周边地区早在青铜器时代中期（公元前1800至前1300年）就有人居

① 伊特堡（Schloss Itter）——译者注。

② 英尺（foot），英制长度单位，1英尺约合30.48厘米，此处海拔2300英尺约在700米——译者注。

住。因河与布里森特河两河共同孕育出这一块平坦的沃土，成为连接中欧与意大利半岛的直接通道，蒂罗尔地区也由此成为兵家必争之地，经历了太多本不应该遭受的动乱纷争。自公元前15年被罗马帝国征服以来，这里先后遭受东哥特人、日耳曼诸部落以及法兰克查理曼大帝的入侵，战祸不断，到了公元9世纪又落入巴伐利亚人之手。巴伐利亚人在山顶上用巨石垒起两座堡垒，城坚壁厚，筑起围墙，奠定了日后伊特堡的雏形。公元902年，拉多尔特伯爵将这座堡垒工事拱手让与了天主教雷根斯堡教区。

雷根斯堡教区主教多图为了更好保护自己在蒂罗尔地区日益扩大的财富——此举当然也是为了更好地保证将教区的税收悉数收入囊中——下令修筑一座更加坚固的要塞，取代原有的堡垒与城墙。然而，修建一座如此宏伟坚固的城堡终究是一场旷日持久的工程，期间时断时续，耗时一个多世纪方才最终完工。1239年，王权在手的巴伐利亚领主、来自奥尔滕堡的拉伯托三世与时任雷根斯堡主教齐格弗里德展开一番恶斗，将要塞揽入怀中，不料到了1240年却被后者俘虏。这位落败的贵族为了赢回自由，无奈之下只能将巴伐利亚和蒂罗尔地区的大笔家产割让给雷根斯堡主教。在让与齐格弗里德的众多财产中就包括位于伊特的这座古堡，还有高墙之外业已成型的村庄。1241年，伊特堡与伊特村的名字头一次见于历史记录之中[①]。

---

① 伊特村最初只是一些小的棚屋与工棚，里面住着修建伊特堡的工匠，后来发展成为人口聚居区，居民多为古堡里务工和干活的人。城堡的主人为了回报村民，战乱发生时往往会允许村民到城堡里来避难。

雷根斯堡教区的历任主教虽然表面看似一心侍主，爱好和平，事实上同样身为神圣罗马帝国的王公贵族。这些世俗的统治者往往心狠手辣，极尽残暴之能，伊特堡作为大本营，见证了主教们发动一次又一次讨逆征伐，镇压饱受奴役、苦难深重的人民。虽然，蒂罗尔地区在1363年归哈布斯堡家族管理，但伊特堡与邻近村庄直到1380年依旧处于雷根斯堡主教的教会统治之下。是年，康拉德六世冯·海因姆博格主教将伊特堡连同伊特村一齐卖给了萨尔茨堡大主教、来自普海姆的皮尔格里姆二世，一共卖了26000匈牙利金币。

伊特堡在1515—1526年的蒂罗尔农民起义[①]中遭到劫掠，部分建筑受到损毁，1532年开始重建。这座要塞在16世纪的最后几年成了教会法庭的所在地，专门镇压巫婆邪术在当地兴风作乱。按照当地传说，蒂罗尔地区最后一个被烧死的巫婆正是被绑在伊特堡正院里的柴堆上付之一炬。同样在这一时期，但丁14世纪史诗《神曲》中脍炙人口的词句被第一次用德语刻在了墙上——人们这样做很可能是遵照那些铲除巫婆之人的命令——在伊特堡拱门入口的上方赫然刻着：“入此门者，当放弃一切希望”。

古堡在接下来的两个半世纪里几度易主，到了1782年已经成为约瑟夫二世私人财产的一部分——此君在两年前，也就是其母哈布斯堡女王玛丽亚·特蕾莎死后当上了神圣罗马帝国的皇帝。约瑟夫

① 蒂罗尔农民起义由社会政治改革者米克尔·盖斯迈尔领导发起，旨在推翻教会专制的封建制度，建立共和国。盖斯迈尔及其追随者虽然在与反动势力的武装斗争中赢得了一些胜利，但在1526年7月的雷德斯塔特战役中不敌对手、起义最终失败。盖斯迈尔先后流亡威尼斯与帕多瓦，1532年4月15日被奥地利刺客暗杀。

对自己拥有的这座蒂罗尔古堡极为钟情，登基之后不久赶上教皇庇护六世周游列国，途经奥地利，竟然执意要求后者为其摆放在伊特堡那座别致小教堂中的祭坛祝圣。教皇最终允诺从命——这么做的目的主要是为了弥合约瑟夫与教会之间的裂痕——从此为城堡留下了一副装饰华丽的哥特式十字架和其他教会宝藏。

约瑟夫二世一如此前大多数伊特堡的拥有者，虽然对古堡情有独钟，最终还是选择了别居他处。1805年12月末，约瑟夫被另一位外居地主取而代之。后者来头更加响亮，此人便是拿破仑·波拿巴。这位五短身材的法国皇帝之所以能够入主伊特堡，还要归功于法国人在同年10月中旬和12月初在乌尔姆和奥斯特里茨接连战胜奥地利人，逼着后者签下《普雷斯堡和约》。然而，波拿巴并未长期霸占这一殊荣。这位法国皇帝在1809年将伊特堡赐予了忠心耿耿的盟友、巴伐利亚国王马克西米利安一世。后者无意将这座新到手的城堡留在手中。1812年，伊特村务会委员向马克西米利安提出用区区15块奥匈帝国金币交换全部城堡，这位巴伐利亚国王欣然允诺。伊特村的村民其实并不打算重修伊特堡，只是准备将古堡当作建筑材料的来源，在接下来的几十年里把城堡的石墙与内部木质房梁一一拆下，用于村里修建乡间客栈和其他七七八八的农舍房屋。

1814—1815年，维也纳会议举行，蒂罗尔重新回归奥地利。即便到了这个时候，伊特堡仍然是一副年久失修、不见起色的破败模样。不过，伊特村委会显然有着自己的算盘。1878年，村委会以3000块金币的价格将伊特堡卖给了一位来自慕尼黑的实业家。此时的伊特堡几成废墟，能卖到这个价钱，着实可观。这名买家名叫保罗·施皮斯，他看中古堡规模庞大，地处幽静，打算修缮改建成一家旅馆。这位日后的旅馆老板对伊特堡进行了全面整修，在城堡中部盖起一排房屋，专供住宿所用，共有50间，分为好几个楼层；又在屋后建起一座类似堡垒的建筑，高度在客房之上；两侧还修有厢房，面积较小，为厨房、仆人生活和储物所用。不仅如此，施皮斯还对环城围墙加以修缮，将摇摇欲坠的门楼重新修复，在河谷沿岸栽种植被，并且给连接城堡与村子那条150码[①]长的狭窄公路重新铺设了路面。虽然，施皮斯出资不少，可旅馆仍旧以失败而告终。这位商人灰心丧气之下在1884年将城堡转手卖给了欧洲最富盛名也最具姿色的一位音乐家——著名的德国钢琴家与作曲家索菲·门特。

门特于1846年出生于慕尼黑，天资聪颖，父亲是一名大提琴演奏家，母亲是一位演唱家。门特身为天才乐者之后，少女时代便在音乐会上初次登台亮相，23岁那年成为弗朗兹·李斯特的弟子。后者常常将这位女弟子形容为自己的“钢琴之女”，到了后来甚至公开宣称门特为当世最杰出的女钢琴家。1872年，门特与波希米亚大提琴家戴维·波普尔共结连理，随夫在外游历多年。她之所以出资买下伊特堡，完全是为了满足自己由来已久的夙愿——门特一直希望拥有一座豪宅，既可作为私人住处，在严苛的职业生涯中偷得一刻浮闲，亦可用作沙龙，广交宾客，与各路音乐大师聚首切磋，为此还将一楼的好几间房间装饰一新，以作平日练习和小型演出之用。

---

① 码（yard），美英长度单位，等于3英尺，合公制0.9144米——译者注。

门特在伊特堡一住就是十八年。期间应邀光临的包括理查德·瓦格纳和彼得·伊里奇·柴可夫斯基这样的知名音乐家。门特的好友及恩师李斯特更是伊特堡的常客，深受主人欢迎。事实上，李斯特每次到来总让门特感到欢欣无比，为了迎接这位贵宾，有好几次甚至鸣起礼炮，还在李斯特前往城堡路上经过的每一扇凯旋拱门上栽满了鲜花。诚然，李斯特面对如此隆重的招待颇为受用，利用身为门特座上宾的机会，抓紧时间创作。李斯特有一回曾在1885年11月造访伊特堡，每日清晨四点便早早起床，潜心创作三个小时，然后小憩片刻，去城堡里的教堂弥撒礼拜，接着工作至下午三点左右。李斯特在写给门特的信中对在弟子这座“童话般”古堡中度过的光阴深表感谢，将这段时光形容为“如梦幻般美妙的回忆”。

索菲·门特在伊特堡一直住到了1886年——她与波普尔的婚姻也在这一年走到了尽头。这位女士经常在伊特堡举行公开演出，1891年10月就在古堡举办义演，以表示自己对沃格尔新成立的合唱团的支持——沃格尔距伊特堡西北仅有四英里之遥。不仅如此，门特仍然一如既往地营造良好的环境，方便造访古堡的名流显贵自由创作。1892年9月，柴可夫斯基在伊特堡小住了两个星期，极有可能在此期间为门特谱写了《匈牙利狂想曲》。这首17分钟的作品专为钢琴与管弦乐队创作，以匈牙利吉普赛乐曲为背景改编而成，1893年2月由门特与柴可夫斯基在俄罗斯圣彼得堡首次公演成功。

说来令人遗憾，门特为了维护这座年代久远的古堡耗费了大量资金，在1902年不得不将其变卖。买家是来自柏林的欧仁·迈尔，这位家境殷实的医生兼实业家为伊特堡的部分房间装上了电灯，在厨房和基本生活区安装了现代化的管道设备，将古堡变成了一个富丽堂皇的好去处，以迎接与玛丽亚·库内特1904年8月举行的大婚庆典，此后又花费了好几年时间和一小笔资金对城堡进行全面翻修，使之在风格上看上去更像是一座新哥特式建筑。迈尔不仅在城墙上新修了雉堞，在室内进行了大量木制装修，还新添置了好几幅巨大的油画，画上描绘的都是日耳曼神话故事中的场景，充满着奇思妙想，令人啧啧称奇。迈尔的大手笔让伊特堡看上去犹如奇境一般，在20世纪头几年赢得人们交口称赞。他与新婚妻子也将伊特堡成功经营成了一家高档豪华的酒店。

伊特堡酒店的美名不胫而走，一战结束之际早已盛名在外，引得名流权贵纷至沓来。随着高山滑雪日渐受人青睐，蒂罗尔州那些昔日默默无闻的小村庄也改头换面，成为游人如织的度假胜地。伊特村亦不例外，当地人生财有道，很快便给自己的村子取了一个别致的美名："蒂罗尔的明珠"。伊特堡无疑成了最为奢华尊贵的度假去处，住在这里尽可一享当地妙趣横生的冬季运动。久而久之，纵使到了滑雪淡季游客照样络绎不绝。1925年，奥地利第一共和国[①]蒂罗尔州副州长弗朗兹·格鲁纳博士出资将伊特堡收归名下。格鲁纳此举主要是为了利用伊特堡好好展示自己收藏的艺术品与雕塑。此君收藏的珍品之多，令人叹为观止。颇具讽刺意味的是爱德华·达拉第1932年造访沃格尔之际下榻的正是伊特堡。达拉第二战

---

① 奥地利第一共和国（the First Austrian Republic），指的是自1919年德意志奥地利共和国结束起，至1938年德奥合并这一段时期——译者注。

期间将成为囚禁在伊特堡众多显赫要人中的一员，此次到访旨在一探虚实，看看试验发行本地货币对于这座蓬勃发展的小城是否可行。彼时经济萧条席卷全球，达拉第此举无疑意在提振经济，促进复苏。

诚然，世事轮回，正是这场经济大萧条最终帮助阿道夫·希特勒登上政治舞台，也由此导致了“德奥合并”——1938年3月，纳粹德国将奥地利并入自身版图之内。这一悲剧事件最终使得伊特堡就此一落千丈，从一座富有童话色彩的古堡酒店沦为了悲惨的受难之地。

纳粹德国待到德奥合并完成便开始着手将一切象征奥地利民族独立的印记统统抹去，首要举措便是将奥地利更名为有“奥斯特马克”之称的“东疆之区”，并为德意志帝国一省。奥地利被分成七个行政区，即“帝国大管区”。伊特以及蒂罗尔州其他地区的行政管辖权被纳粹德国设在了福拉尔贝格，此地位于伊特西南，相距约90英里。

伊特堡虽然已被纳粹德国占领，但由于纳粹法西斯正忙于将奥地利并入“大德意志帝国”之中，尚且无暇顾及，因此古堡之内的生活在头几个月并未发生大的变化。虽然，此次吞并行动发生在伊特堡高墙之外，但由于目的之一旨在将纳粹德国的秘密警察与集中营制度扩展至原奥地利领土，因此也将伊特堡卷了进来，直接影响到了日后将被关押到此的人们。

1938年3月12日凌晨5时30分，德国中将费多尔·冯·伯克率领第八集团军的十万五千大军如滚滚洪流般越过德奥边界，进入奥地利境内。虽然大部分奥地利人对德军的到来表示欢迎，但对于刚刚成立的“奥斯特马克”而言，生活在这片土地上的其他一些人可不愿就此成为“大德意志帝国”的国民。德奥合并刚刚不久，反纳粹抵抗运动就在奥地利各地迅速发展，席卷全国。蒂罗尔人素来信奉天主教，鲜有地域差异，守土有责的传统意识深厚，随着抵抗运动日益高涨，迅速成为反抗纳粹德国日渐严苛统治的中心。蒂罗尔地区的反纳粹组织一如奥地利全国各地刚刚兴起的抵抗运动，一开始也处于彼此猜忌、各自为政的局面，这一点不足为怪。盖世太保为了扼杀一切反纳粹运动，可谓无所不用其极。不仅如此，他们还经常得到亲德奥地利人的大力支持。那些亲德分子只要怀疑有人对新秩序三心二意，表现得不够支持，哪怕是自己的邻居，揭发起来也不遗余力。

盖世太保纵使手段使尽，抵抗组织仍旧幸存了下来，不仅出现在诸如维也纳、萨尔兹堡这些大城市里，就连全国各地的乡镇村庄也能见到。沃格尔的抵抗组织虽然发起之初成员不过十数人，和大部分同胞一样一开始也只能韬光养晦、保存有限的实力，却在德寇占领之后的几个月、几年时间里慢慢地小心组织起来，最终在伊特堡的历史上写下了浓墨重彩的一笔。就此而言，令人意想不到的却是有朝一日向沃格尔反纳粹运动施以援手的不是别人，却是一支德国军队，这一点与奥地利全国抵抗运动的大体情况倒颇为相似。

奥地利军队，也就是奥地利联邦军的全体部队在德奥合并短短几天之后便被大规模改编成为纳粹国防军，即纳粹德国统一武装部队。出于种种原因，此举得到了奥地利联邦军大多数部队的欢迎。非但如此，吞并奥地利同时为纳粹德国带来了更加庞大的人力资源。大约130万奥地利男子在1938至1945年期间应征入伍，加入纳粹德国各军种服役。无论是在纳粹德国武装部队的各大兵种，还是各条战线上，奥地利士兵的身影随处可见。超过24万奥地利人或殒命战场，或死于各种疾病与意外。

诚然，为第三帝国死心塌地、卖命效劳的奥地利人不在少数[①]，但对于其他人而言，之所以忍辱负重、甘受严苛的兵役，只是因为但凡有人试图逃避服役，抑或开小差、当逃兵，都将招致最为残酷的惩罚。德国纳粹同样处心积虑，极力避免让左翼分子、民族主义者和其他那些看起来不大可靠的奥地利人[②]加入军队。即便如此，不少年轻人虽然私底下对纳粹德国恨之入骨，最后仍然成了“德国”士兵。许多反对纳粹的奥地利人在纳粹国防军屈辱服役的日子里逐渐掌握了某些军事技能，并且在战斗中得到广泛应用。这些技能在战争行将结束的最后几个月里将发挥宝贵作用，为奥地利抵抗组织成员和伊特堡的囚徒赢得生机。

---

① 其中就包括武装党卫队特种部队指挥官奥托·斯科尔兹内，正是此人在1943年9月将身陷囹圄的本尼托·墨索里尼成功营救出来。另外一位代表性人物恩斯特·卡尔滕布鲁纳则是纳粹德国党卫队国家安全部的头号人物。

② 这些“不大可靠”的人占到奥地利联邦军军官队伍的三到五成。这些人被一律撤职清除出军队，直到二战结束一直处于盖世太保的密切监视之下。

从某些资料来看，将伊特堡从一座风景如画的古堡酒店兼艺术藏馆变成令人毛骨悚然的监狱囚牢，直接下令的正是党卫军全国领袖海因里希·希姆莱本人。3月12日，德军越过德奥边境刚刚几个小时，希姆莱便乘机飞抵维也纳郊外的一座机场。希姆莱此行旨在亲自指挥对奥绥靖工作。在他的眼中，绥靖行动成败之关键在于将叛逆分子一网打尽，只要有人胆敢对新秩序发表微词，一律不能放过。这个经营过养鸡场的小矮子为此迅速将现有的警察部队与奥地利党卫军统统控制在自己手中。正是奥地利党卫军从1934年开始一次次暗中破坏奥地利的国家独立，为德奥合并扫清道路。

大部分奥地利人面对德军到来，选择了夹道欢迎，送上鲜花与欢呼。然而，对于那些在德国人眼中政治看法、宗教信仰，甚至种族血统不被接受的人来说，一场大规模搜捕行动业已展开。希姆莱眼看新近被捕者人数众多，急需腾出地方来给这些人找一个容身之处，以便日后转移到德国国内业已建成的监狱或者集中营里头去[①]。伊特堡城墙坚固，加之地理位置相对偏僻，完全有可能正是这些条件吸引了这位臭名昭著的秘密警察头子的注意。然而，纳粹当局

① 很多被纳粹逮捕的奥地利人将被关押在集中营和劳改营中，他们中不少人将最终命丧于此。奥地利境内已经建立了不少这样的集中营和劳改营，其中包括臭名昭著的毛特豪森—古森集中营，该集中营位于林茨附近，距离伊特堡东北方向大约120英里。

迟至1940年初才从弗朗兹·格鲁纳博士手中把城堡租借过来，希姆莱关切的目光想必一定为此失神不少。城堡在此之后被当作官方之用，其目的对外秘而不宣。

从某些情报来看，伊特堡应当是被用作初期关押和审讯的场所，押解至此的都是一些要人，利用价值不菲，等着日后甄别出来，流放德国。即便如此，这座古堡究竟具体作何之用，在签订租借合同的头两年里外人依旧无从知晓。不过，有一点倒是明白无误，那便是伊特堡在1942年初被指定成为了德国禁烟者联盟驻奥斯特马克分会的总部所在。

德国禁烟者联盟不仅由纳粹党一手成立，而且得到税收支持。这个组织虽然名字听起来颇有几分古怪，带着一丝不详之兆，却的的确确在为“大德意志帝国”全国范围内肃清烟草流毒尽心尽力。让人感觉更为蹊跷的是，虽然阿道夫·希特勒和他的一帮宠臣仆从们在道德上与世格格不入，元首本人却对吸烟深恶痛绝，这一点早就尽人皆知。元首深信吸烟之恶习势必导致世风日下，损害军人的体质与战斗能力。虽然，元首的臣民们对吸烟大行其道——或许也正因为如此——但元首本人的意见绝非有悖主流。德国早在19世纪中期便在研究吸烟危害健康方面成为世界先驱。到了纳粹治下，德国禁烟者联盟主要通过发放宣传手册，在媒体上发布信息等手段告诫人们与吸烟有关的健康危害，以此实现自身的使命，设在伊特堡的地区总部则专门负责在原奥地利境内发放联盟的各种宣传品。

禁烟运动对于希特勒来说或许真的意义重大，可希姆莱初衷不改，一心想着将伊特堡用于更为阴险邪恶的目的。1942年11月23日，希姆莱成功说服希特勒签署命令，任命时任党卫军经济与管理部部长、党卫军中将奥斯瓦尔德·波尔全权负责推行集中营制度[①]，由此拉开了将伊特堡完全用于“党卫军特殊之用”的序幕。希姆莱有意将伊特堡改造成一所拘留营，专门收押“显赫的囚徒”。这些犯人在德国人看来或有足够的名望，或有相当之权势，或有利用价值为日后所用，因此暂且先关起来，不但留着不杀，还要给予相当体面的食宿待遇。

1943年2月7日，波尔的班子成员奉希姆莱之命，正式征用伊特堡及其附属房屋，与格鲁纳的租借合同就此戛然而止，后者失去了过去三年间一笔为数可观的收入。虽然，官方提及伊特堡时用的字眼是“转运营”，事实上古堡却由达豪的地区集中营指挥部管理控制[②]。达豪集中营地处伊特堡西北大约90英里处，经过大幅扩建，在德国南部与奥地利北部已经拥有卫星设施197处。伊特堡作为其中之一，很快便会从恶名昭著的母体组织那里得到资金、卫戍部队和其他各种后勤支持。

伊特堡在正式征用之后很快从一所禁烟管理机构变成了一座戒备森严的监狱，专门关押地位显赫的犯人。改建计划的监管工作

① 波尔因参与纳粹骇人听闻的“最终解决方案”被盟军以反人类罪和多项战争罪名提起诉讼，判处有罪，于1951年6月7日被处以绞刑。

② 达豪集中营又被称作“集中营头营”（Konzentrationslager—Hauptlager），德语缩写为“KZ—Hauptlager”。该集中营位于慕尼黑西北十英里处，成立于1933年3月，是纳粹建立的第一个正规集中营，堪称日后德国境内外所有集中营在管理与运作上的样板。

表面上由大名鼎鼎的建筑设计师、希特勒的装备与军火部长阿尔伯特·施佩尔负责，实际上打理具体建设工程的却是党卫军中将佩兹。佩兹本是达豪集中营设施部的一员，2月8日抵达伊特，一同到来的还有27名囚犯，其中12人来自达豪，另外15人来自弗洛森堡集中营[①]。这些人被捕之前有的当过木匠、有的干过水管工，诸如此类。佩兹还带来了十余名党卫军骷髅队成员[②]，这些人全部来自达豪，此行作为安保分队，专门在城堡改建工程期间担负警卫任务，一旦完工，就将被长期狱卒取而代之。

对于佩兹和他带来的这帮苦役来说，首先需要解决的问题便是清点伊特堡残存的室内陈设与艺术品，将保存完好的一律收拾干净。格鲁纳眼看自己的古堡遭到如此明目张胆的侵占劫掠，过去三年来利润丰厚的租借合同就此作废，究竟作何感想，今时今日已不可考，但可以肯定的是，正是由于将城堡正儿八经地移交给佩兹，格鲁纳才在自己的西服翻领上佩戴上了一枚象征纳粹党员身份的别针。佩兹等到室内陈设与艺术品装箱完毕，便命令苦役们将伊特堡内的祭坛拆除——祭坛设在小教堂里，是教皇庇护六世当年亲自祝圣过的圣物——同时下令将哥特式十字架和其他所有象征基督教的饰物全部拆除。佩兹此举或许出于其本人对纳粹理念

---

① 弗洛森堡集中营位于达豪东北约112英里处，就在捷克边界上，1938年开始收容犯人，起初为一般刑事犯和犹太人，后改为关押政治犯与苏联战俘，在押犯人被用来在附近的花岗岩采石场服苦役。

② 党卫军骷髅队（SS—Totenkopfverb?nde，SS—TV），英语亦作“死人头部队”（“Death’s Head Units”），专门负责集中营的运作管理。

的狂热信仰，抑或是为了不让将来囚禁于此的犯人们有任何机会寻求精神救赎。教堂一旦清理干净，里头的饰品也被打包装箱，连同其他陈设与工艺品一起装上卡车，运往格鲁纳在萨尔兹堡的仓库。

随着城堡被一层层清理干净，佩兹开始让苦役们着手准备改建工作。一如集中营内的通常做法，这位党卫军军官并不和手下的劳工直接沟通，而是通过某个“犯人官员”传达指令。这种人又被称为“牢犯头子”，其性质和美国监狱中的“模范犯人”大致相同。牢头虽然同为犯人，待遇却比手下监管的犯人要好。不少牢头以对狱友心狠手辣而出名，这些人这样做只为从党卫军主子那里得到更多好处。不过，对于在伊特堡干苦力的犯人来说，值得庆幸的是，指派的牢头名叫弗朗兹·菲德勒，此人是一位德国政治犯，为人正直，总是尽自己所能保护狱友免遭暴力成性的佩兹残害。

佩兹之所以喜怒无常，原因之一就在于他必须听命于达豪的上级，尽快完成伊特堡的改建工程，背负着巨大压力。这名党卫军军官深知但凡出现一丁点儿耽搁，误了工期，自己恐被调离伊特，换到别处，那些地方可比奥地利蒂罗尔这里要危险得多。正因为如此，佩兹从踏足伊特的第一刻起便显得焦虑不安，难以自已，不给犯人们片刻机会歇息，逼着他们尽快完成城堡的改造工作。按照佩兹的命令，改建工作将从地下室开始，一层一层往上进行。

伊特堡的地下室占地面积巨大，阴冷潮湿可想而知。不过，这一点倒也算不上什么困难，因为地下室现有的五间大房子都不打算用作生活区。两间最干燥的房间被改造成了大宗食品储藏室，一间用来存放水果，另一间用来储存土豆和其他蔬菜，另外三间分别当作木工房、水管房和电气车间。通往地面一层的石头楼梯经过重新修护，安上了扶手。地窖的大门虽然已经足够结实，还是经过重新加固，并且装上了两把大锁，确保万无一失。

一楼的十间屋子经过装修，大体上被改建成了生活和工作区域，供日后常驻伊特堡的骷髅队狱卒使用。劳工们利用从巴伐利亚党卫军补给仓库运来的木材，盖起了一栋宿舍楼，最多可以入住35人。更衣室内为每一名士兵都各自配备了锁柜；军械室的大门厚重结实，上面装了好几把挂锁；公共厕所里安装了抽水马桶和淋浴设备；另有厨房一间，里面水池、炉灶与配餐室一应俱全。索菲·门特精心设计的音乐室被一分为二，一边被改造成娱乐室供士兵们休闲放松，另一边则是中队办公室，成了警卫队高级士官的专属地盘。

劳工们接下来开始打理二楼现存的九间房间。两间被改成办公室，迎接日后骷髅队分队指挥官及其副官的到来；第三间经过装修，成了小型私人休息室，专供上述二位军官所用；第四间是盥洗室，余下五间则作为单人囚室。伊特堡最终建有单人囚室19间，这些只是其中的头一批。这些囚室全都将用来关押那些地位显赫的犯人。这些犯人很快就将来到伊特堡，开始牢狱生活。

鉴于囚室内部设施旨在招待对帝国颇具价值的大人物，因此在住宿条件上比起大多数强行关押起来的犯人居住的牢房要好了不止一星半点。伊特堡的“贵宾囚室”全部在原有客房基础上改建而成，1至5号囚室位于二楼，6至9号在三楼，10至19号则被安排到了四楼，每一间设计收容犯人不超过两名。但凡开有窗户的囚室都在窗子外面装上了栏杆。囚室大门一律从外面安上了两把大锁。为了确保必要时完全隔绝囚徒之间的联系，将近半数囚室还安装了最为简陋的洗手池与抽水马桶。

五楼的套间相比之下条件要优越不少。这间房子的主人将是那位经过精心挑选的重要人物，专门指挥看守伊特堡的党卫军部队。这位军官——其配偶如果陪同前来的话，自然也将包括在内——能够在此享受装修豪华的起居室、卧室，私家厨房和餐厅。主管套间除了日常生活设施之外还配有电话，这样便能够与远在达豪的地区指挥部上级直接通话，倘若需要紧急军事援助，还可以与纳粹国防军山地作战士官学校的校长直接联系，学校离此不远，就在沃格尔①。

劳工们在完成城堡主体建筑改建之后，接下来动手改造的建筑被称作“城堡庭院”。这是另外一栋独立的门楼，比第一栋门楼的规模要大，位于其后方，两栋建筑相距大概50英尺，中间隔着一个三角形的院子，院子有围墙围着，平日里用来停放车辆。城堡庭院用的是和城堡同样的石料，一条拱顶通道从庭院中间直穿而过，沿着通道拾阶而上便到了一处露天平台，露台四周有围墙，这里亦是主楼所在。除了通道之外，庭院里还有一间车库、一座马厩和一个存储区，专门用来存放栽花种树的园艺设备和补给物资。劳工们每

① 纳粹国防军山地作战士官学校，德语为“Heeresunteroffziersschule fur Gebirgsjager”。第三帝国一共建立了两所类似学校，专为培训山地作战部队士官而设。另外一所位于德国的米滕瓦尔德。

每结束一天漫长的劳动，就会来到门楼里头，在狭小拥挤的楼上找个地方歇息睡觉。他们还在这里新修了一间医务室。医务室地方不大，包括一间候诊室、一间检查室，一间办公室是专门留给军医用的，还有一间牙科诊室，里面只有一些基本的设备。

佩兹分配给手下劳工的最后一项任务是安装警卫系统，以防有人从城堡里越狱逃跑。鉴于伊特堡原本就墙高壁厚，西、北、东三面均有河谷环绕，沟深坡陡，南面还有一条护城河，已经干得差不多见底，因此只需在关键位置增设铁丝网，再在前门加上一把大锁，叫人无法轻易打开即可。鉴于总有些人喜欢在心底里盘算着如何重获自由，佩兹为了让这一类人进一步打消越狱的念头，命令手下的骷髅队队员在主墙里面装上了一圈探照灯。党卫军士兵们还挑选了三处地方，在两侧装上木板，架起MG-42机枪，将城堡前后两院全部置于火力范围之内。

依照最初的命令，佩兹必须带着劳工和警卫部队返回达豪。1943年4月25日，虽然直到此时电路系统的最后改造尚未完工，但伊特堡主体改建工程已经大体完成，古堡已经被改建成了一座关押达官显贵的监牢。佩兹尽管并不打算在出发时间上有所拖延——可见此人是何等处心积虑，唯恐招惹上级不快——带着手下的劳工和大部分警卫返回了达豪，还是命令负责电路工作的囚犯留下，把手头的活儿干完，同时留下两名骷髅队士兵负责监工①。

① 在伊特堡工作过的劳工于1943年4月重新回到达豪和弗洛森堡集中营。可以确定的是他们中没有任何一个人在大战中幸存下来。当然，佩兹本人也死在了战争期间。

虽然这两名监工的姓名已经无从考究，可担任电工的这位囚犯身份我们倒是有所了解——此人注定日后要在伊特堡扮演重要角色。他便是时年36岁的祖文尼米尔·库科维奇，小名“祖文科”，他是一位天主教徒，出生在克罗地亚的锡萨克，1941年4月纳粹德国入侵南斯拉夫之前一直做电工，和妻子艾玛还有儿子一同住在贝尔格莱德——他儿子的名字也叫祖文尼米尔。随着祖国败北投降，库科维奇加入了反纳粹抵抗组织，不料在1941年12月遭到盖世太保逮捕，先后关押在贝尔格莱德、格拉兹、维也纳和萨尔兹堡等地，直到1942年9月26日才被转运到达豪集中营。

库科维奇原本一开始要遭到清洗，却最终免于一死，这是因为他在刚被押到达豪、接受审讯时再三强调——库科维奇说得一口标准流利的德语——自己以前当过电工，把他抓来的德国人多少觉得留着这家伙没准能够派上用场，因此没有杀他。库科维奇随后被分配到了佩兹手下的集中营维护组，从1942年11月开始直到1943年2月一直在特劳恩斯泰因干一些室外的差事。那个地方是达豪集中营下面的一个子营，在慕尼黑东南大约50英里。不过，库科维奇后来又被遣送回达豪，专门参加佩兹的特别队伍去了伊特堡，在伊特堡和一位名叫卡尔·霍雷伊斯的匈牙利犯人两个人一起负责全面升级城堡的电路系统，同时干一些其他工作。佩兹下令让所有做工的犯人统统返回达豪，唯独把库科维奇留在伊特堡，无疑证明这个克罗地亚人的确有那么一手，也正是这一技之长成了克罗地亚人日后的救命稻草。

随着伊特堡一切准备就绪，只等犯人到来，达豪集中营的头目们剩下的唯一任务便是为这座全新的监狱指派人手了。被选中的包括达豪集中营骷髅队的14名队员[①]，连同一名骷髅队女性后备队员[②]（再加上六条阿尔萨斯警犬），组成了伊特堡的警卫队，其正式名称为党卫军伊特特别突击队。这些人绝大多数都是些泛泛之辈，上了年纪，能力平平，毫无实战经验可言，大都在较大的集中营里当过狱卒，对于能够被派往相对安逸舒适的伊特堡，自然乐得开心。我们当然也大可如此推测，派往伊特堡的警卫中不乏一些更有远见之徒，换句话说，某些人已经意识到盟军一旦取胜，就很可能意味着但凡与死亡集中营有所牵连的都将被送上刑场正法。因此，对于这些人而言，能够躲进这样一座古堡，隐居在崇山峻岭之中，既不用去干“最后解决”这种骇人听闻的恶事，又能与一帮地位显赫的阶下囚做伴，就此打发掉战争余下的最后时光，如此天赐良机怎不叫人拍手叫好。

然而，这帮狱卒倘若真的以为能够就此躲进这世外桃源，过上相对平静的悠哉日子，平平安安地度过战争的余下岁月，那可真是大错特错。究其原因，就在于那两位奉命监督他们的上级军官在

① 库科维奇在自己的回忆手稿中记录下了这些人中13个人的名字，分别是党卫军上士奥斯瓦尔德，党卫军参谋军士马斯喀雷克、吉尔德和昆茨，党卫军下士奥伊巴、杰考尔、诺沃特尼、德鲁斯、雷斯纳、费舍尔、布列斯梅、舒尔茨和格雷纳。

② 按照库科维奇的记录，这名女骷髅队员名叫罗斯尔·哈姆斯克，是“拉文斯布吕克女子集中营的后备队员”，还有另外一名党卫军女队员偶尔也来伊特堡工作。从库科维奇的笔记来看，只知道此人名叫“库恩”，也是“拉文斯布吕克女子集中营的后备队员”。此人也许就是安娜·库恩，1942年参加拉文斯布吕克集中营党卫军，时年57岁，是目前所知党卫军集中营部队中服役最为年长的女性。

管理部下上绝非睁一只眼、闭一只眼的自由放任之人。二人中年纪较轻者是伊特特别突击队的二号人物，名叫斯蒂芬·奥托，是一名党卫军少尉，曾在帝国保安部任职，该组织正是党卫军旗下的安全与情报部门。虽然奥托的主要职责在于从每一名关押在此的达官要人口中套出有用的情报线索，但伊特堡警卫队的每一位成员心里都明白此人同样会把他们看得死死的，无论是军事纪律，还是思想意识，都绝不允许丝毫偷懒懈怠。管他哪个士兵，如果运气不好，得罪了奥托，等待他的下场轻则被重新发配到前线战斗单位，重则将被送进劳役营。

当然，更加糟糕的还不止于此。达豪集中营的党卫军头目们也不知道出于什么考虑，竟然把伊特堡发号施令的大权授予了这样一个家伙——要知道，关在这座监狱里头的犯人一个个可都是达官贵人，不单地位显赫，没准将来对第三帝国还大有利益可图——这家伙不但心狠手辣、头脑简单，而且在管理主事上碌碌无能，无论对自己的手下，还是不幸落入其手的犯人同样毫不心慈手软，这一点在党卫军中早就尽人皆知。

———

还是说得直截了当一点吧。此人名叫塞巴斯蒂安·魏默尔，绰号“瓦斯特尔”，这位党卫军上尉简直就是一个无恶不作的混蛋。魏默尔是土生土长的巴伐利亚人，1902年出生在丁格尔芬，那是一座小镇，距离慕尼黑东北约莫50英里。1923年，魏默尔加入慕尼黑警队，当了巡警。据说他在审讯过程中，为了让疑犯尽快招供，不惜拳脚相加，将对方打到奄奄一息，尽管恶名在外——或许也正因为如此——却居然一步步最终爬到了警长的位置。此人虽说目不识丁，又不修边幅，一旦喝得酩町大醉便肆意施暴，对于刚刚成立不久的党卫军来说却是不二的理想人选。1935年3月，魏默尔继前一个月从慕尼黑警局辞职之后正式加入了党卫军。

魏默尔究竟抱着何种目的加入党卫军，我们无从知晓。他这样做也许说明此人是何等醉心于政治权谋，为了在一个特权组织中赢得武功才做出如此决定，毕竟这个组织推崇的理念与其自身理想不谋而合。然而，从我们对魏默尔本人人格特征的了解来看，其原因更像是魏默尔将党卫军视为一条出路，借以摆脱已经陷入瓶颈的工作，而且找到新的办法，借官方之手名正言顺地滥行暴力，继续鱼肉欺凌那些让他自惭形秽的人，这些人不仅有知识分子、富户商人，当然也包括了犹太人和纳粹党徒歧视污蔑的所谓“下等人”。

无论出于何种动机，魏默尔很快就将看到阿道夫·希特勒鼓噪宣扬“新德意志”的阴暗一面，并且成为帮凶，为这股黑暗势力推波助澜。这位新鲜出炉的骷髅队军官[①]经过在达豪集中营的一番初期训练，被分配到了常驻达豪的警卫队，也就是人们熟知的上巴伐利

① 魏默尔虽然在新招入队的党卫军成员中并非最出类拔萃的一个，但之前当过警官。和此前在执法部门共事过的不少同事一样，这样的背景为他赢得了一份军官待遇，不用“屈尊”去当一名新兵。

亚集中营警备部队[①]，其人数大致相当于一个营。达豪集中营虽然在1935年刚刚成立两年不到，规模尚小，1937年才开始大规模扩建，新建起尸体焚化炉，可当时在押的犯人已有数千人，绝大多数为犹太人与政治犯。此外，有组织地系统处决囚犯当时虽然尚未开始，但魏默尔和其他狱卒早就开始对犯人肆无忌惮地欺凌残害，如果找到借口说得过去，甚至会将犯人活活杀死，全然不会为此受到半点惩罚。

魏默尔显然精于此道，要不然也不会在1937年9月就升任中尉。就在这个月，专管集中营制度改革的党卫军少将特奥多尔·艾克下令对上巴伐利亚集中营警备部队进行改制扩编，将人数由原先的一个营增至五个营，部队番号改为党卫军上巴伐利亚骷髅队第一旗队。同年，艾克又利用集中营警备部队组建了另外两支骷髅旗队，均为团级规模[②]，上巴伐利亚第一骷髅旗队的组建目的与后二者相同，都是一开始作为军事组织成立的。不过，第一骷髅旗队并不直接参与对敌武装作战。最先成立的三支骷髅旗队都被用于战线后方，执行艾克口中美其名曰的“治安与安保工作”，实际上

① 党卫军统一接管德国全国的集中营是在1934年，并于当年正式成立武装党卫队。党卫军将武装党卫队分成六个警卫队，名号各自不同，其中“上巴伐利亚警卫队”驻扎在达豪集中营。就在魏默尔1935年加入前不久，这支部队经过扩编，改了番号，更名为“上巴伐利亚警备部队”。

② 另外两支骷髅旗队分别为驻守奥兰宁堡集中营的党卫军骷髅队勃兰登堡第二旗队以及负责布痕瓦尔德集中营的党卫军骷髅队图林根第三旗队。党卫军奥斯特马克第四骷髅旗队于1938年德奥合并之后在维也纳成立。整个二战期间另外组建了超过十支党卫军骷髅旗队。

包括大范围搜捕，刑讯逼供，处决敌方政治军事领导人、犹太人和其他“不受欢迎的人”。鉴于正是艾克本人提出对集中营囚犯贯彻“坚定不移的强硬”制度，骷髅旗队在战时执行这些任务也就不足为奇。

1938年，纳粹德国吞并苏台德地区。上巴伐利亚骷髅旗队和魏默尔都需要亲身实践，好好体验一下自己扮演的新角色。上巴伐利亚骷髅旗队的两个营早在纳粹国防军的正规部队到来之前便率先进入了这一争议地区——捷克斯洛伐克的北部与西部边境居住着大量日耳曼族裔——只要有人被认为构成威胁，影响吞并顺利进行，都会被骷髅旗队逮捕关押起来。不少人不幸被关进了德国境内的达豪和其他集中营，另外一些人甚至没能活着躲过魏默尔及其爪牙的搜捕。

魏默尔在苏台德地区充分展示出自己是何等心狠手辣，1939年纳粹德国入侵波兰时又将这些恶行发挥得淋漓尽致。他当时奉命开展活动的地区在上西里西亚的凯尔采，位于瓦尔特·冯·赖歇瑙少将第十集团军的前线后方。魏默尔伙同上巴伐利亚骷髅旗队的其他部队[①]在当地大肆屠杀，对象包括犹太人、反对纳粹的天主教士、精神病人、争取波兰民族独立的活动分子以及企图逃脱追捕的波兰士兵。大屠杀在切皮劳、尼斯科和马佐夫舍地区的拉瓦等村庄相继上演[②]。骷髅旗队打着“维持治安与安保”的旗帜，犯下的罪行罄竹难

① 勃兰登堡与图林根另外两支骷髅旗队同样参与了这些暴行。

② 在最初的枪决行动中有大约四千犹太人幸存下来，这些人后来被关进贫民区，1942年又被转送至特雷布林卡集中营，最终全部惨遭杀害。

书，其程度之甚，就连好几位纳粹国防军高级军官也看不下去，直接找到希姆莱投诉抱怨。然而，这些抗议之声最终遭到无视。魏默尔及其同党得以继续肆无忌惮地施加惨无人道的暴行，直至1939年末最初组建的三支骷髅旗队撤出波兰。当然，这三支骷髅旗队的退出并不意味着纳粹德国在波兰的暴行就此画上句号。之后成立的骷髅旗队接踵而至，继续犯下骇人听闻的罪行。党卫军行刑队（特别突击队）此后也参与进来。这支部队组建只有一个目的，那就是在极短的时间内有组织地实施大规模处决行动[①]。

最初成立的三支骷髅旗队撤出波兰之后组成了党卫军第三装甲师，由特奥多尔·艾克担任师长。该师基本上依靠缴获的捷克军队武器武装，参加了纳粹德国入侵法国和低地国家的战役。魏默尔当时在该师一个坦克掷弹兵团（机械化步兵团）服役。鉴于之前的斑斑劣迹与疯狂行径，第三装甲师在战争期间犯下累累罪行毫不为奇。1940年5月，该师就在法国小村巴拉迪将97名被俘英军士兵残忍杀害。这些士兵均来自英国皇家陆军诺福克步兵团第二营。

1941年4月，党卫军第三装甲师被调至东线，编入北方集团军群，参与进攻列宁格勒，犯下的战争罪行可谓有增无减。该师虽然一开始在1941年春夏之交取得了战术胜利，可俄国人远比之前的法国人要难对付得多。随着冬季来临，艾克的部队遭到苏联红军狠狠回击。1942年春，第三装甲师在列宁格勒以南小城德米扬斯克一带

---

① 1941年德国入侵苏联之际，党卫军行刑队杀人如麻，疯狂程度无以复加。他们短短两天之内便在乌克兰基辅附近一条名叫巴比的山谷（又称娘子谷）里一次杀害了超过33,000多人。

被占据人数优势的苏军团团围困，战斗力损失将近80%。

然而，魏默尔却不在伤亡人员名单之列——他在1942年1月被调到了有“帝国师”之称的党卫军第二装甲师。该师隶属于陆军元帅费多尔·冯·博克麾下的中央集团军群，正与苏联红军展开连番恶战。至于魏默尔为何会被调离，正如其究竟执行的是何种任务，原因并不清楚。不过，这家伙看上去似乎重操旧业，又干起了以前在波兰干过的老本行。这一推断也得到了事实支持。1942年9月，魏默尔再次接到调令，不过这一回是调离战区，干起了一份相对安全的参谋工作。所在集中营位于波兰中部，就在卢布林城郊不远，当时还默默无闻，官方名称叫作“卢布林武装党卫队战俘营”，后来随着恶名传开，人们便直接管这儿唤作马伊达内克。

马伊达内克集中营在1941年10月成立之初原本是一座苦役营，也就是说关押在此的犯人必须去附近工厂工作，为德国战争机器制造武器和车辆，不过这里日后也很快成了名副其实的灭绝中心。苏联战俘、波兰裔犹太人和政治犯们被送到这里，要么枪决，要么绞死，要么就直接送进毒气室。塞巴斯蒂安·魏默尔本人亲自负责马伊达内克集中营的日常运作，工作多为例行公事，包括订购补给设备，监督下属人员工作，还有管理库房，那些库房里头放的全是从犯人那里搜刮来的衣物与私人物品。

不过，魏默尔干起集中营里那一套更加惨无人道的恶行来还是一样积极卖力。他手握大权，决定哪一类犯人该被送到附近工厂劳动，直至活活累死，哪一类该被直接处决。不仅如此，但凡有人胆敢对自己和手下狱卒的残酷压迫表示反抗，一律坚决镇压，毫不手软。任何犯人只要表现出哪怕一丝犹豫拖沓，不肯遵守命令，完成任务，都将被当作典型公开示众，以儆效尤，手段残忍之极，令人发指。魏默尔堪称特奥多尔·艾克“坚定不移的强硬”教条的忠实信徒，不管波兰人还是俄国人，战俘还是犹太人，无论男女老幼，他都让身陷马伊达内克囚牢的每一个人受尽了非人折磨。

魏默尔在马伊达内克集中营待了五个来月，由于表现抢眼，给上级留下了颇为深刻的印象，1943年2月中旬被调回了自己开始党卫军生涯的地方——达豪，地位头衔虽然和在马伊达内克一模一样，同为预防拘留营主管，但手中握有的权力甚至比在波兰时更大，更加能够一手遮天，其原因就在于达豪集中营实际上位居骷髅队集中营体制的中心。魏默尔虽然表面上要向集中营指挥官党卫军中校马丁·魏斯汇报，事实上却是主管达豪日常运作事务的唯一一人，恐怕也算得上集中营管理班子中最有权势的年轻军官之一。

这一点或许能够作为一个说得过去的答案，让人明白为什么一个像魏默尔这般德性的家伙，却能够将伊特堡指挥官的肥差揽入怀中——要知道，这家伙可以说具有如教科书般标准的反社会病态心理，一贯崇尚暴力，不管对待犯人还是部下从来都是心狠手辣，毫不留情，恶名远扬，人人唯恐避之不及，而他要接手的这份差事不仅日子过得体面舒服，在政治上同样需要小心拿捏。魏默尔兴许为人粗鄙残暴，却绝非没有脑子的蠢货。达豪虽然在集中营体系中地位显赫，工作条件却绝对谈不上令人满意。既然自己有本事在一座由古堡酒店改建而成的要人监狱里谋得一份安逸舒适的职位，只要拉一拉绳子便能使唤仆人好好伺候，凭什么还要忍受一大群没有洗澡的犯人和烧焦尸体四处弥漫的扑鼻恶臭？再说自己还有个老婆特蕾莎，开战以来这么多年都和岳父母住在德国南部，凭什么不能让她搬来和自己同住？这样二人就可以在高枕无忧、舒适奢华的环境中双宿双栖，度过余下的战争岁月。如果说为了换取如此美差，自己需要付出的代价只是对一帮地位显赫的囚犯表示得礼貌恭敬一点，又有何不可？话说回来，要想欺负人，还不是随时可以对手下人痛下狠手。

当然，也许还有另外一种可能，也就是说达豪集中营的决策者之所以挑选魏默尔管理伊特堡，并非担心其以往履历过于残忍，反倒是恰恰看中了这一点。诚然，那些即将被关进酒店监狱的名流显贵们需要小心看护，以便有朝一日作为筹码，与被盟军抓住的德国要人进行交换，可倘若战局有变，对德国不利，那么也可能需要将这些人随时清理干净。因此，掌管伊特堡之人必须处事沉着、办事老练，只须一声令下就能将那帮地位显赫的囚徒一一处决，毫不犹豫、绝不手软，完全不会为此感到一丝愧疚后悔。在这一点上，“瓦斯特尔”魏默尔显然已经证明了自己的能力，当之无愧是最合适的人选。

———

姑且不论魏默尔究竟是如何当上伊特堡主管的，我们能够明确知晓的是魏默尔到达伊特堡是在1943年4月28日，一个周三的上午。魏默尔的副手、帝国保安部的奥托·斯蒂芬与常备警卫队一行已于两天前先行抵达，此时正在集合整队，站在刚进前门的小院子里。魏默尔和妻子乘坐一辆欧宝敞篷指挥车，从达豪集中营一路驱车前来。车径直停在了整装列队的警卫部队面前，后面跟着一辆小型卡车，货厢早就被大大小小的行李箱、柜子和小件家具塞得满满的。负责开车的党卫军司机下了车，赶紧绕到车的右侧，打开车门。魏默尔从车中走下来，双眼把眼前的这帮士兵扫视了一番。

库科维奇透过城堡庭院三楼一扇紧闭的窗户，小心翼翼地注视着外面发生的一切。克罗地亚人虽然听不清魏默尔究竟对列队集合的党卫军士兵说了些什么，但从这位军官的手势以及党卫军士兵们一个个严峻阴沉的脸色大致可以猜到，魏默尔的训话虽然简短，但肯定是在强调纪律如何重要，倘若有人玩忽职守，一旦发现，一定严惩不贷。这位骷髅队指挥官训话完毕之后简要检阅了一番自己的队伍。一直跟随左右的斯蒂芬接着开始大声发号施令起来。士兵们马上快步跑到卡车后方，把车上的东西搬卸下来。这些一看便知都是魏默尔的随身行李与私人物品。这位伊特堡的新主人稍稍等待了一会儿，确保自己的家当得到优待，接着便故作姿态、昂首阔步地向城堡正门走去，身后的老婆也忙不迭地跟了上去。

魏默尔之所以初来乍到便急于强调纪律，这是因为距离伊特堡准备接纳第一批囚犯已经只剩下几天时间。魏默尔虽然还不知道押解到此的究竟是何方神圣——管他人质也好，俘虏也好，他对于那一套错综复杂的外交辞令一无所知，说得更贴切一点，也毫无兴趣——可他明白这些人对于帝国意义重大，需要小心看护，好生款待。不仅如此，这些要人关押在此，一旦生命安危有所闪失，自己就要承担全部责任，魏默尔对此同样心知肚明。设想这样一位党卫军恶徒穷其一生都在肆意凌辱欺侮、摧残杀戮手下的犯人，身处如此境遇感到惴惴不安，也是在所难免的事情。

魏默尔抵达伊特堡不过短短几天，库科维奇便注意到这位新任主管会时不时进行突击检查，要么就来一场警报演习，把一帮手下忙得上蹿下跳团团转。警报演习的目的旨在训练党卫军狱卒如何应对模拟的犯人越狱场面，一开始首先拉响城堡门楼顶上的高音喇叭，以示报警，最主要是要用MG-42机关枪封锁整个院子。库科维奇留意到一个细节：卫兵们似乎并未预想越狱的犯人已经逃出围墙之外，奔向附近的森林寻找掩护，而是假设他们还留在城堡之内东躲西藏，坐以待毙。

库科维奇仔细观察着德国人的准备活动，把见到的一切一一记录在一个小小的笔记本里头。这个笔记本是他从党卫军警卫室里悄悄偷出来的，就藏在城堡庭院一块松散的门板后面。当然，库科维奇必须处处小心，毕竟此时此刻城堡里头到处都是党卫军士兵，这里只有他是唯一的犯人。即便如此，他仍然希望自己的笔记有朝一日能够派上用场，帮盟军一把。

日子就在这样的氛围中一天天过去。1943年5月2日，一个星期天的早晨，两辆奔驰指挥车呼啸着穿过伊特堡的正门，直接驶进了大门后方不远处的三角形小院子，汽车挡板上飘着党卫军的旗帜。库科维奇从城堡庭院上头的观察点向外望去，只见魏默尔三步并作两步、匆匆忙忙地跑出去接车。克罗地亚人试图看得更加仔细一点，好弄清楚头一辆车里身穿制服的那几个家伙到底是谁，不想见到三个人从第二辆车里钻了出来。这几个人尽管一个个都穿着浅褐色的平民服装，显得老里老气，看上去却有几分面熟。库科维奇突然一怔，意识到来的不是别人，正是头一批犯人——要人驾到，看来伊特堡就此正式开张营业了！

第二章

要人驾到

五月的那一天，祖文科·库科维奇就这样惊讶地大睁着双眼，看着那辆梅赛德斯奔驰指挥车在伊特堡地势略低的前院里停下，看着那三个人从车里走了出来。克罗地亚人的惊讶心情完全让人理解，虽说被德国人从一座监狱换到另一座监狱，辗转关押了整整16个月，他还是能够轻易辨认出这三位初来乍到犯人的相貌——三个人分别是爱德华·达拉第、陆军上将莫里斯·甘末林和莱昂·儒奥。要知道，哪怕就在1939年大战爆发之前，这三位的尊容也会时不时出现在欧洲各国新闻报纸的头版头条之上。

对克罗地亚人来说，亲眼见到三位战前法国最为举足轻重的大人物落入党卫军之手，此情此景比起自己头一次被捕更加让人心里觉得七上八下。库科维奇虽然并不清楚这些人究竟是怎样沦为阶下囚，落得这般田地，却也明白这样一群达官显贵从往昔巴黎城那一座座象征着荣华富贵的宫廷府邸出来，委身屈尊来到伊特堡的冰冷高墙之内，这一路上绝不轻松。

爱德华·达拉第是新来三名犯人中年纪最轻的一位，虽然已经61岁，依旧一副挺着胸膛、争强好胜的样子。从一战结束算起，到二战爆发这些年里，达拉第差不多算得上法国最有分量、最有名气的政治家了。这个面包店店主的孩子出生于1884年，自小天资聪颖、勤学上进，起初做过历史课教员，到了1912年纵身一跃，进入政坛发展。这一年，年仅28岁的法拉第头一回赢得选举，当上了家乡加庞特拉市的市长——那儿是一座小城，距离阿维尼翁不远，位于法国东南部、毗邻地中海的沃克吕兹省。第一次世界大战的爆发暂时打断了达拉第的仕途发展，大战四年期间他从最初一名应征入伍的普通士兵，最终成为一位战功赫赫的军官，同时也亲眼见证了堑壕战的惨无人道[①]。

随着终战之日到来，达拉第重返政坛，在左倾激进社会党中先后担任一系列要职，地位与日俱增，1927年被提名为社会党党首，两次大战期间在法国政府中历任多个部长，管理包括外交、国防在

① 达拉第一开始接到动员令，参加的是当地的阿维尼翁团，后来很快被派往法国外籍兵团下面的第二团。由于当时大批外国志愿兵如潮水般涌向法国，支援参战，因此这支部队当时急需法国籍的士官来负责指挥外籍士兵。达拉第后来当上了一名中士，由于自己所在地营几乎全军覆没，被调派到了第209步兵团，在凡尔登一带连续作战。1916年，达拉第被正式授予军衔，他也证明了自己无愧于一名英勇善战的战斗指挥官，在战争结束时已经晋升为中尉，赢得了英勇十字勋章和荣誉军团勋章。

内的多项事务。达拉第在担任国防部长期间大力推行改革，推动法国陆军现代化转型，为此一直努力直到1933年1月首次出任法国总理。然而，达拉第未能证明自己，无法制订连贯的政策应对持续严峻的经济萧条，其政府在短短九个月之后宣告垮台。1934年1月30日，达拉第再次出任总理。2月6日，巴黎爆发反议会骚乱。这场骚乱由右翼团体组织发起，最终酿成惨剧，导致16人死亡，数千人受伤。由于达拉第采取的行动过于强硬，他这一次在台上只待了不到两个星期[①]。

达拉第虽然采取过激手段处理骚乱，结果导致自己的政府垮台，可眼看法西斯团体街头巷尾冲突不断，威胁与日俱增，他不得不采取紧急措施，联合自己领导的激进社会党与法国共产党还有长期对立的社会党，共同组成左翼联盟，史称“人民阵线”。多党联盟在1936年大选中获胜，社会党党首莱昂·布鲁姆当选总理[②]，任命达拉第在自己的内阁中出任国防部长。达拉第在国防部长的位置上一直干到1937年6月布鲁姆辞职下台。后者于1938年3—4月期间再次出山，当了一小段时间总理，达拉第也得以重新上台、再度出任国防部长。由于布鲁姆二次上台的短命内阁垮台，时任法国总统阿尔伯特·勒布伦不得不转而求助于达拉第。达拉第遂于1938年4月10日第三度出任法国总理，这也是他最后一次担任总理。

① 达拉第之所以采取强硬手段回应，部分原因在于他相信此次暴乱实际上是法西斯分子发动的一次有组织政变。他的观点也得到了法国左倾政治团体的广泛支持。

② 莱昂·布鲁姆同时成为了首位担任法国总理的社会党人，同时也是第一位犹太人。

诚然，这毕竟是一个动荡多事的年代，交织着太多错综复杂的政治阴谋与实实在在的战争威胁。就在不到一个月前，德国军队已经开进奥地利。阿道夫·希特勒吞并捷克苏台德地区的意图变得愈发昭然若揭。达拉第私底下并不甘心与希特勒坐下来谈判，在他看来，这样的举动只会让这位纳粹党首进一步扩张的胃口变得越来越大。然而，一战期间在堑壕中亲眼目睹的惨状历历在目，加之自认为法国尚未做好准备，迎接战争的到来，达拉第还是与英国首相尼维尔·张伯伦一道在1938年的《慕尼黑协定》上签下了自己的名字，用这一纸协定将苏台德地区拱手让与了纳粹德国。达拉第自慕尼黑启程归来时，迎接的法国民众高声欢呼，将其誉为和平的缔造者，可他并不像张伯伦那般轻信对手，根本就未曾幻想通过肢解捷克阻止战争的到来。他在日后写道，自己的目的在于利用在慕尼黑赢得的“缓机”，加强法国的自身国防力量以及全民对敌的意志决心。

达拉第虽然开始着手加强法国自身的军事实力，尤其在作战飞机方面下了不少功夫，可这些努力仍然远远不够。1939年9月1日，纳粹德国悍然入侵波兰，欧洲大战全面爆发。这是一场在这位法国总理看来不可避免的战争。包括司法部长、保守党人保罗·雷诺在内的多位阁僚敦促法拉第在法国宣战之后当机立断、迅速采取行动，可达拉第却一心指望减少法国自身损失，继续积蓄军事实力。在他看来，法国若想在与德国战车的较量中赢得一线生机，养精蓄锐至关重要。不幸的是，法拉第的谨小慎微被大部分人视为软弱无能，无论在政府内部还是日益敌对的民众之间，他的支持率直线下降。1940年3月21日，达拉第宣布辞去总理职务，雷诺随即接任其位。

达拉第尽管卸任总理，却依旧留在雷诺的内阁之中担任国防部长，此举无疑体现出后者在政治上的实用主义。要知道，此二人在政治理念上可谓南辕北辙，此时正处于私人恩怨的早期阶段。这一对立最终愈演愈烈，直至引起轩然大波，变得不可收拾[①]。尽管彼此存在意见分歧，但雷诺意识到达拉第精于购买国防物质和军事改革等复杂门道，因此将其留在内阁之中。然而，这种关系充其量不过是权宜之计，二人不仅互不买账，达拉第还是莫里斯·甘末林将军的支持者。后者身为法国陆军总参谋长，年岁已高，在雷诺看来早已老不中用，无力保卫法国免遭德国侵略。反观达拉第则对甘末林推崇有加，但凡有人对这位陆军总司令提出批评，总会一个人出面承担。

1940年5月10日，德国悍然入侵法国。甘末林昏招频频，无力阻止德军进攻——由于甘末林实在无能，雷诺不得不在战争开始八天之后便将其撤职，用马克西姆·魏刚将军取而代之，后者岁数更大，没准也更加死板顽固——即便如此，达拉第在此之后仍然力挺

---

① 达拉第与雷诺二人的政治分歧之所以愈演愈烈，各自情妇公开互不买账不失为重要原因。达拉第的情妇名叫让娜·德·克鲁索尔，雷诺的情人名叫艾莲娜·德·波尔特。两个女人虽然自小便互相认识，却不论公开场合还是私底下都不放过任何机会对对方的男人恶意中伤，当然也不会忘记将自己男人政治敌手口中的攻击之词转告给自己的情人。达拉第的这段私情始于1932年其妻玛德琳去世之后，而雷诺则一直和其原配妻子让娜·亨利·罗伯特保持着合法的婚姻关系，直至1948年。他和艾莲娜·德·波尔特的关系不仅是公开的秘密，也未遭到其妻的反对。

甘末林，坚持认为后者无愧为一位优秀卓越的军事领导者，只是由于他人指挥无方才使其无法一展拳脚。达拉第的顽固不化最终导致与雷诺之间早已存在的敌对情绪被完全点燃，演变为公然的仇恨。雷诺对达拉第在国防部的各项工作极力阻挠，让后者的日子越发难过。达拉第进退维谷，加上眼看法国陆军节节败退、溃不成军，落入德寇之手的日子即将到来，万般无奈之下只得与另外几位颇有名望的政治家联手，寄希望于凭借法属殖民地摩洛哥为依托，继续开展抵抗。

一行人于是在6月21日登上“马西莉亚”号邮轮，启程前往卡萨布兰卡。同行的除了达拉第，还包括原内务部长乔治·曼德尔、原财政部副部长皮埃尔·孟戴斯·弗朗斯和原海军部长塞萨尔·坎平基[①]，不想四天之后刚一到岸就遭到当头一盆冷水。原来就在船离开滨海勒韦尔东的第二天，法国便宣布无条件投降。驻北非法军总司令兼摩洛哥总督查尔斯·奥古斯特·诺格斯将军正在观望巴黎的政治风向做何转变。任命诺格斯出任摩洛哥总督的虽说正是达拉第本人，可这位将军并不愿意对“马西莉亚”号上的政要们表现得过于热情，只是命令达拉第和其他人等统统留在船上，派兵严加看管起来。

软禁一直持续至6月27日。达拉第好不容易觅得机会，亲自前往拉巴特，去诺格斯的司令部一探究竟。二人虽然都认为驻北非法军有决心也有资金继续抵抗德国，但诺格斯在未得到留守波尔多的

① “马西莉亚”号的乘客名单上除了27位政治要人之外，还有另外33名乘客，其中就包括孟戴斯·弗朗斯的妻子和两个儿子，以及曼德尔的情妇。

残余政府明确指令的情况下拒绝采取任何行动。达拉第后来回忆，认为这位将军“正在寻求政府授权，就算政府拒绝参与，也好与官方政策撇清关系，继续战斗”。诺格斯一开始发了几封电报，全部石沉大海，渺无回音，直到6月28日才等来回信。回电里写得清清楚楚：“切莫采取任何军事行动”。非但如此，这位将军还得到指令将达拉第和其他政要暂时扣押在摩洛哥，等待国民议会裁决。此次议会定于7月10日召开，预计将正式批准法德停战，授予陆军元帅菲利普·贝当“全权”组建新政府，管理尚未被德军占领的法国领土。

诺格斯认定按照新命令行事会给自己带来好处，于是立即下令禁止达拉第和其他随行人员回到船上，在7月10日投票结果揭晓之前不得重返波尔多。随着投票结果揭晓，贝当成为法国未被占领地区的新主人，新都定在里昂西北70英里处的度假小城维希，诺格斯也允许达拉第乘船返回波尔多。8月10日，达拉第抵达波尔多，虽然并未立即遭到逮捕，却被很快告知维希政府正打算对其提出诉讼，一同遭到起诉的还有布鲁姆、甘末林、曼德尔、雷诺，原空军部长居伊·拉尚布尔和原陆军审计长罗伯特·雅科梅。维希政府认为正是这些人导致法国被德国打败，要追究他们的“罪责”。此举当然只是一种政治伎俩，目的不过是找几头替罪羊出来，而非将事实真相查个水落石出。不过，达拉第却将这场审判视为良机，好让贝当政权通敌卖国的丑恶嘴脸大白于天下。

审判定在小镇里永举行，此地距离维希西南大约20英里。被告们在开庭之前得到通知，待在附近，不得随意走动。达拉第和一帮朋友在维希城里城外换了好几处住所，直到9月6日被正式拘捕，软禁在夏泽宏庄园之内。这座乡间宅邸由中世纪古堡改建而成，距离里永不过几英里远，其后陆续押送至此的还包括布鲁姆、曼德尔、雷诺、甘末林和其他人等。这里虽说是座庄园，却年久失修，陈设简陋，穿堂风总是刮得呼呼作响。被告们一待就是好些日子，直到1941年10月15日传来贝当的命令，将所有人等全部转移至波塔莱城堡。波塔莱城堡本是一座要塞，地处比利牛斯山的崇山峻岭之中，毗邻法西边境，条件更为简陋。三个月后，达拉第、布鲁姆、甘末林、雅科梅与拉尚布尔等人被再次转移，这一次换成了布拉索尔的一栋乡间别墅，距离里永以南不过几英里，年深日久早已破败不堪。由于贝当已经决定撤销对雷诺与曼德尔的指控，二人因此未与他人同行前往。不过，此举并非意味着雷诺与曼德尔重获自由，他们依旧被软禁在维希，直到日后转交给德国人。

达拉第在被押解到布拉索尔之后，仍然和其他被告一起积极准备为自己辩护。1942年2月19日，审判终于在里永临时翻修的司法大厦举行。对于这五名被告来说，经过如此漫长等待，终于能够就针对自己的指控一一辩驳，不能不说是一种解脱。当然，这些人从未抱有幻想，他们明白无论自己的辩护如何慷慨激昂，也无法阻止法庭判决自己有罪。事实上，贝当早在四个月前便已经把话说得相当清楚，希望法庭能够按照自己的意愿，公开宣判被告有罪。维希政府企图将这场审判——又被后人称作“里永审判”——演变为一场义愤填膺的声讨谴责，要高调宣判这群被告是“法兰西的叛徒”。届时将有大约200名法国与外国记者获准入庭旁听，此举清楚表明贝当及其支持者处心积虑，试图让这一事件成为一次政治宣传，为维希政府的光荣胜利大声鼓噪，让达拉第等人受到“恰如其分”的羞辱，落得个颜面扫地、身败名裂的下场。

诚然，里永审判的具体经过可谓一波三折、历史意义不菲，却不在本书叙述范围之内。不妨一言以蔽之，法庭上发生的一切并未如贝当及其通敌卖国分子预期的那样。甘末林拒绝承认维希政府有资格审判自己，庭审过程中自始至终一言不发，保持静坐。达拉第和布鲁姆则言辞激烈，二人的辩护堪称精彩。自从1936年人民阵线赢得大选胜利，直到1940年法国宣布投降，达拉第对这一时期发生的诸多事情可谓了如指掌，因此胸有成竹，针对控方提出的“罪状”一一加以驳斥，反驳起来条理清楚，言之凿凿，反观控方指控漏洞百出，牵强附会。布鲁姆向来能言善辩，深谙法律之道。此君不仅当过律师，口才极佳，还是一位出类拔萃的政治人物，天赋彪炳使其在反诘时如鱼得水，气势咄咄逼人，把政府指派的证人一个个盘问得哑口无言，无地自容，让世人很快明白维希政府针对五名被告的这场官司不过是一场别有政治意图的拙劣闹剧而已。

审判一拖再拖，维希政府的德国主子眼看庭审进展缓慢，越来越多外国媒体开始为被告同情鸣冤，不禁倍感失望。希特勒闻听法庭居然连让布鲁姆和达拉第闭嘴不语都无法做到，更加莫提证明二人在1940年“逼迫”德国进攻法国，犯下“罪行”，不由得暴跳如雷。希特勒为了避免维希政权遭到各国媒体的进一步痛斥——当然，也是为了避免让自己牵扯其中——同时防止事态升级，演变为一场公关噩梦，只好下令中止审判。1942年4月14日，庭长皮埃尔·卡乌斯遵照元首旨意，宣布庭审“暂时中止”——此时前前后后已经经过了24次开庭——以便控方收集“更多证据”。

里永审判就此暂停，直至1943年5月21日重开，诉讼程序亦于当天正式结束。然而，无论对于达拉第还是法国来说，此时此刻局势早已发生了重大变化。1942年11月8日，英美联军展开“火炬计划”，对法属北非发起进攻。希特勒见势不妙，立即命令德军进入此前未被占领的法国领土。法国全境短短数日之内便被德军牢牢控制，维希政府就此沦为了彻头彻尾的傀儡政权。法拉第与一同接受里永审判的被告们处境更加凶险。虽然按照法庭判决，雅科梅和拉尚布尔依旧被软禁在布拉索尔，但海因里希·希姆莱随后下令，将达拉第、布鲁姆和甘末林三人转移至德国境内的“安全地点”，以防遭到盟军特工的“绑架”。

三个人就此开始了一场令人揪心的旅程。1943年3月31日，三人乘车离开布拉索尔，车队一共五辆汽车，由警卫全程押解。第一站是距离克莱蒙费朗不远的一座小型机场，一行在此将与工会领导人莱昂·儒奥会合。4月3日，四人抵达巴黎勒布尔热机场，与同行的盖世太保一起登上了纳粹德国空军的一架运输机，经曼海姆中转，飞往法兰克福。法国人与陪同人员飞抵法兰克福之后再次改走陆路，4月4日拂晓抵达此行终点——布痕瓦尔德集中营。该集中营距离魏玛不远，此时正在动工扩建之中[①]。

① 布痕瓦尔德集中营始建于1937年，最初并未被设计作为灭绝集中营使用。即便如此，在美军第六装甲师1945年4月解放之前，仍然预计有五万六千余人在布痕瓦尔德惨遭屠杀，命丧于此。

与布痕瓦尔德集中营大部分在押犯人遭受的非人折磨比起来，达拉第和其他几位法国政要的居住条件要舒服不少。每个人都安排有单人房间，就在党卫军的大院里头，与主营区分隔开来，四周松柏成林。虽然，房间窗户上都钉上了铁条，入夜时分房门也会从外面锁上，但法国人吃得还是相当不错，而且还得到允许在院子里被栅栏围起来的那一块地方散步活动（当然，警卫肯定是寸步不离），平时还能写信寄信。对于这些素来喜欢交际、昔日大权在握的要人来说，有一点没准同样重要，那便是每天晚餐之后都能获准在一起聚上几个小时，喝一瓶德国人提供的科涅克上等白兰地，抽上几支廉价克罗地亚卷烟，再好好探讨探讨自己的祖国为何会输得如此一败涂地——每逢这样的辩论，几个人便会你一言、我一句，争论得热火朝天，不可开交。

达拉第在布痕瓦尔德集中营待的日子并不算长。4月29日，集中营负责人赫尔曼·匹斯特找到达拉第，说要把他和甘末林还有儒奥三个人第二天转移到某个“特殊场所”去，地点在蒂罗尔州北部，距离因斯布鲁克不太远。不过，莱昂·布鲁姆不会随同前往。后者身为犹太人，注定要接受“特殊关押”。达拉第从匹斯特的话中隐隐听出一丝不祥之兆，开始担心起自己的朋友可能被留在集中营。布鲁姆倒是说得轻松，戏言要和曼德尔一道“把这个地方变成犹太人聚居区”。

4月30日，天边刚刚泛起鱼肚白，达拉第、甘末林与儒奥三人同布鲁姆一一道别，在党卫军士兵的押解之下走向院子大门。然而，谁也没有料到计划突然生变，布痕瓦尔德的副主管带着最新消息匆匆赶到，虽未说明具体原因，但前往蒂罗尔的计划需要推迟。达拉第和同伴们直到5月2日早晨方才坐进奔驰指挥车，在党卫军士兵的陪同之下动身前往慕尼黑，接着去往伊特堡。

汽车向南疾行，三位法国人一路上可真是大开眼界：虽说开战已有四年之久，德国南部与中部公路上过往的军车依旧川流不息。一行人路上好几回碰上值勤的宪兵[①]向指挥车和随行车辆招手示意，要求靠边停车，以免阻碍运兵的军车先行。这一等便是许久，期间间或见到卡车拖着大炮与多管火箭发射器经过。盟军空袭遗留下来的痕迹清晰可见，被炸毁的房屋如今只剩断壁残垣，桥梁坍塌水中。举目四望，只见弹坑遍地，到处坑坑洼洼。然而，即便是见到眼前这番景象，德国依旧远未到达战败投降的地步，几个法国人每每想到这一点，脸上就不由得流露出失望的神情。

———

看着纳粹国防军展示出近乎源源不绝的战斗实力，莫里斯·甘末林或许是感触最深的一个。这位将军个子不高，不过五英尺四英寸[②]，现年71岁，却已在法国陆军中服役长达50多年。对于他这一代

① 这些宪兵德语叫作“Feldgendarmerie”，只要认为有哪个士兵开小差或者装病诈伤，就有权不由分说加以处决，在纳粹国防军中可以说是人人恨之入骨，由于颈项上戴着链子，上面挂了一个扁平的新月状金属配饰作为身份标识，因此又被人痛恨地称作“拴着链子的狗”（“kettenhunde”）。

② 五英尺四英寸约合162厘米——译者注。

人来说，法国陆军之所以存在，最主要的原因就是为了阻止德国对法国发起突然进攻，然而这场军事灾难却在1940年6月成为现实。大多数法国人似乎认为甘末林本人应该对法国的军事失利与投降承担全部责任，如此境遇对于这位法国武装部队最高指挥官来说犹如一粒苦涩的药丸，着实难以下咽。

回顾甘末林的一生，他之所以能够一步步登上法军最高帅位，不能不说冥冥之中早有安排。甘末林于1872年9月20日出生在巴黎圣日耳曼大街一个富裕的家庭之中，家对面一街之隔就是法国陆军部所在。父亲泽菲汗·甘末林不仅是一位将军，还是陆军总局局长，属于高级行政长官。少年甘末林曾在巴黎一所贵族学校读书，养成了对艺术哲学的浓厚兴趣，这份兴趣也陪伴他的一生。1891年，甘末林进入圣西尔军事学院就读，这里是法国最出色的军事院校。1893年，这位天资聪颖的学生在全班449人中以头名成绩毕业，成为一名少尉，就此开始了军人生涯。

甘末林在接下来的二十年里证明了自己不仅无愧于一名出类拔萃的参谋官，也是一位才华横溢、不可多得的战术指挥官。他一开始被派往法属北非执行战地任务，之后稳步晋升，期间结交了不少位高权重的人生导师。约瑟夫·霞飞将军便是其中之一，此君在一战爆发之前的好几年里一直担任法国陆军总司令。1913年11月，甘末林已是总参谋部作战指挥部的一员，任职期间协助制订动员计划，一旦有事，即可投入实施，1914年3月经擢拔提升，成为了霞飞的私人参谋官。

第一次世界大战对于法国而言无疑是一场充满了腥风血雨的悲

剧，可对甘末林来说却是一次个人的飞跃。他轮流担任参谋与战地指挥官等重要职务，赢得坚实的口碑。这位军官不仅锐意革新，而且极富能力，政治上更加懂得审时度势，而且体恤部下，无论面对何种变故都处变不惊。甘末林临危不乱的过人本领在1918年德军发动大规模春季攻势时得到了绝佳体现。他指挥第9步兵师，面对敌军六个师的层层进逼且战且退，不仅成功挽救了自己的部队，还将德军的进攻势头最终遏制在了瓦兹河畔。

1918年大战结束之际，甘末林已经升至准将，胸前挂得满满的全是荣誉勋章——这些勋章既有来自法军的，也有外国政要授予的。一战期间立下的军功战绩为甘末林赢得契机，在战后节节高升。他出色完成一系列任务，令早已声望颇高的自己更加蜚声内外：1919至1925年，甘末林率领法军赴巴西执行军事任务，1925至1928年间全权统帅驻叙利亚的全部法军①，1930年又被任命为陆军总参谋长马克西姆·魏刚将军的副手。时任法国总理安德烈·塔尔迪厄认为甘末林富有远见卓识，政治理念相对自由，因此有意让其与更为保守的魏刚搭档，彼此制衡——甘末林也最终成为后者的继任者。反观魏刚，虽然极力主张对法国陆军进行全面改革，实现机械化——魏刚尤其热衷于强调抓紧时间组建独立的装甲部队，配备最新式的坦克——却性格暴烈，尽人皆知，加之平素喜欢公然挖苦与自己意见相左的政界人士，如此脾性使得其虽然满怀抱负、一心希

① 甘末林还参加了对叙利亚山区德鲁兹部落起义的无情镇压。根据《时代周刊》（1939年8月14日）刊登的一篇报导，法国空军与炮兵部队在大马士革屠杀了超过1400名平民，甘末林当时就在现场。

望提高法国陆军的应战能力，付出的努力却往往付诸东流。

诚然，甘末林与魏刚二人搭档一开始效果不错。1930年甘末林成为魏刚副手之后不久，后者还对前者评价颇高，甚至说道：“能得此人共事，如获无价之宝。”两位指挥官都对德国日渐增长的军事力量忧心忡忡，一致认为必须对法国陆军实行现代化改革，在法国东部边境修筑一条防线。熟料好景不长，这段蜜月期并未持续多久。1931年2月，魏刚出任陆军总监，甘末林接替其位，当上了总参谋长。二人至此开始分道扬镳，为了法国军事改革究竟该走哪条道路，又该付出多大代价争论不休，吵得越来越不可开交。

就魏刚而言，此人极为保守，发现自从1932年几位左派总理走马上任以来，自己就几乎找不到办法与这帮政客沟通交流。在魏刚看来，那些所谓的国际主义，把国际关系看得一片大好，统统都是一派天真幼稚的想法，甚至有恐导致政权颠覆。他一口认定在自己看来有些武器装备必不可少，可那帮左派政客偏偏不愿出资大规模购买，正是因此才导致法国军力日衰。甘末林虽然对魏刚提出的不少建议持赞成态度，心底却明白倘若疏远了那帮政客，只会适得其反。因此，凡是魏刚不肯让步的地方，甘末林总会选择有话好好说，希望通过讲道理、摆理由，彼此妥协达成目的，毕竟这些问题若是一味斗气，互不买账，根本不可能得到解决。正是这样的态度让甘末林与魏刚产生了分歧。魏刚对甘末林越发看不顺眼，认为甘末林优柔寡断、领导不力，如此下去势必后患无穷，而且脑袋里的想法和做事手段全是一战的遗留产物，只会让法军愈发贫弱，一旦和德国开战，失败的风险将大大增加。

然而，最终还是甘末林的观点占了上风。究其原因，其实相当简单——1935年1月，魏刚就已年满68岁，到了规定的退休年龄。随着魏刚离去，甘末林不仅取代前者成为陆军总参谋长，还将陆军总监与最高军事委员会副主席两项要职集于一身。军委会副主席的职位也意味着甘末林在和平时期是国防部长路易·莫汉的副手，而到了战争时期就将自动成为法国全体野战部队的总司令。

令人遗憾的是，随着这一历史时刻真正到来，甘末林肩负起法军总司令的职责，成为人们口中常说的“大元帅”[①]，他却一再让人无法看到自己有能力应对摆在眼前的历史重任。诚然，甘末林在两次大战之间的那些年里一直在真心实意地不断努力，试图提升法军的战斗素养，促成军政界人士通力合作，可他在二战爆发后的头几个月里表现得畏手畏脚、犹豫不决，非但未能发起主动进攻，将战火烧到德国境内，反而选择在边境上按兵不动，试图凭借马奇诺防线上的堡垒静坐防守。这些堡垒虽然看上去气势恢宏，却无法阻止敌军进攻。1940年5月10日，德军悍然入侵法国与低地国家，这场所谓的“假战争”终于结束，甘末林再次贻误战机，固执地认为阿登地区山势崎岖、丛林密布，坦克根本无法通行，结果未能把握德军的进攻战略意图，最终酿成大祸。

甘末林眼看法军节节败退，为了有所交代，先后将好几位战地

---

① “大元帅”（“generalissimo”）原为意大利语，意指掌握一国全体武装部队，即海、陆、空三军作战控制的军事指挥官，其职位要么仅次于国家元首，要么由国家元首亲自担任。除开魏刚与甘末林，这一头衔在二十世纪三四十年代还被分别用于蒋介石、约瑟夫·斯大林、弗朗西斯科·佛朗哥和希特勒等人身上。

指挥官革职，试图将战局急转直下归罪于手下军官的“无能”，而非自己在战略与战术上的重大失误。这个男人虽然在第一次世界大战僵持不下的血腥拉锯战以及之后的殖民地战争中赢得威名，却无法证明自己有能力抵挡德国人快速灵活的多军种联合进攻，在德军的闪电战攻势面前完全败下阵来。法国人的徒劳挣扎在5月18日宣告结束：总理保罗·雷诺在这一天解除了甘末林的职务，将魏刚召回，由后者接任统帅全军——此举无疑在甘末林的伤口上又撒了一把盐。

一时间流言四起，有的说甘末林引咎自杀，有的说他流亡国外。事实上，甘末林自解职之日，直到法国宣布向德国投降这好几个星期里一直待在巴黎的家中，一边打理自家园子里的玫瑰花，一边听着从前线传来的消息，知道战况越发不妙。甘末林原本预计纳粹占领巴黎之后自己会被逮捕，却没有料到把自己抓起来的竟然是法国人。1940年9月6日——也就是达拉第被捕的同一天——甘末林正在友人、《新世纪》杂志主编雷奥·阿贝尔·加博里奥家中做客。就在此时，几名国家安全局[①]特工出现在了门口。特工解释道自己其实并不愿意为德国人卖命，但军令难违，只能将甘末林逮捕，押往夏泽宏庄园。加博里奥陪着好友一直走到等待的车旁。就在几名军官将甘末林推进后座之时，这位主编用坚毅的眼神看着他们，

① 这些是法国国家警察，该部门成立于1812年。法国投降之后，国家安全局如同法国其他执法部门，在被德国占领的法国地区全部归由德国管理，在未被德国占领的地区则由维希政府负责。1942年11月，德国占领维希之后，国家安全局的所有人事资源一律归由德国直接控制。

开口说道，“你们今天抓走的这个人现在还是活的，我希望当他到了夏泽宏的时候仍然安然无恙。”

加博里奥心忧甘末林的人身安危，完全可以理解。不过，这位身材矮小的将军还是平安抵达夏泽宏，并且经历了里永审判，仍然毫发无伤。甘末林此后与达拉第等人一起被关在布痕瓦尔德集中营，虽然健康状况多少有所影响，但依旧每天坚持体操锻炼，从不间断，加之能够在关押着这帮大人物的小院子里轻快地走上几圈，这些足以确保这位老人在抵达伊特堡时保持良好的健康状况，这样的身体条件对于他这个年纪的人来说已经相当不错了。

令人遗憾的是，对于祖文科·库科维奇眼前停在城堡院子里的奔驰指挥车中走出来的第三位大人物来说，一切可就没这么幸运了。

莱昂·儒奥其实才刚刚64岁，看上去却要苍老了许多。这位法国最大工会组织、全国总工会的总书记几个月来一直饱受急性关节炎的折磨，这个病已经折腾了他好几十年。更加严重的是，只要稍有一点精神压力或者心情焦虑，都会引发严重的胸部疼痛，而且病情有增无减[①]。这位劳工领袖体态肥胖，虽然明白心脏出了问题，难堪重负，可一没有医生诊断，二没有任何形式的药物治疗，无奈之

① 无论是库科维奇，还是奥古斯塔·莱昂·儒奥都提到了儒奥的健康状况，尤其是他的心脏不好。

下只能强打精神，任由身体就这么一天天垮下去。

如此逆来顺受对于儒奥来说倒算得上一桩新鲜事，要知道他这一生经历绝非平庸[①]。儒奥于1879年出生在巴黎城的一个贫民区，从来便是一位斗士：童年时代首先与疾病作斗争，读书时反抗欺负自己的恶徒，成年之后绝大多数时候又在为反对社会不公，尤其是对劳动人民的压迫而斗争。儒奥从父亲那里学会了如何通过激进的方式奋起抗争——父亲曾在1871年走上街头，参加人民起义，那一次正是大名鼎鼎的巴黎公社起义。儒奥两岁那年，父亲放弃了在大城市屠宰场的工作，举家搬到欧贝维利耶。那儿只能算得上郊区，比大城市人要少得多，在当地的火柴厂工作工资多少会高那么一丁点。

然而，新工厂的工作条件比起屠宰场来没有丝毫改善。工人们不仅必须长时间辛苦劳动，工作条件更是乏善可陈、隐患重重，根本无法摆脱白磷的威胁。这种东西是制造火柴头的主要原料，在工厂里随处可见，不仅对人体有毒，而且一触即燃，具有极强的爆炸性。工厂工会当时刚刚成立不久，老儒奥成了工会领导人，不止一次带领工友走上街头，发起罢工，迫使老板改善安全与工作条件。儒奥12岁那年，父亲因为过激行为终于又一次被火柴厂长时间停职，他天赋过人的儿子只好被迫辍学打工，养家糊口。

少年儒奥首先去了欧贝维利耶的一家中央炼铁厂，那里的铸造车间工作条件极其艰苦。父亲重回火柴厂上班之后，小儒奥也得

---

① 有关儒奥早年生平的细节大部分来自其1951年领取诺贝尔和平奖时的获奖感言。

以重返校园。不料短短九个月之后，父亲再次停职下岗，这个孩子这一回在一家肥皂厂找到了活干。16岁那年，莱昂自己也去了火柴厂上班，很快加入了父亲辛辛苦苦一手创立的工会。正如儒奥日后亲言，自己从这一刻开始——期间只有一年例外，那一年儒奥去了一家职业技校读书——便“完完全全陷入了产业工人的辛苦生活之中”。

1900年，儒奥为自己的辛劳生活赢得了一丝转机。他应征入伍当了兵，接受完新兵训练之后被派往阿尔及利亚，在佐阿夫第一团服役。儒奥万万没有想到父亲由于长期接触白磷，导致双目失明，工作也得而复失、失而复得，反反复复好几次，自己只好在1903年退伍，回了老家。儒奥重新回到火柴厂，除了守在生产线旁劳动，还接替父亲成为工会领导班子的一员。儒奥一心为了改善工人命运而奔走努力，很快证明自己不仅天生具备领导才能，还是一名谈判专家，立场坚定，哪怕与老板和雇来破坏罢工的恶棍打手正面交锋也毫不畏缩。

儒奥在火柴厂的策略行之有效，很快赢得了全国劳工运动领袖的青睐。1906年，儒奥应邀加入法国全国总工会执行委员会，为了处理与全国工人关系重大的事务，很快便全职投入了这份工作。儒奥虽然一如既往被认为是谈判桌上一块难啃的硬骨头，却同时发展出了一套颇为有效的实用策略，只要有助于推动全国总工会与工会成员的事业发展，就可以寻求妥协。他凭着一开始取得的一系列成果，在1909年当选全国总工会总书记。这次职务升迁使得儒奥不过三十出头，年纪轻轻便成了法国最具名望的劳工运动领袖。

儒奥就任总工会总书记头几年里最为紧迫的任务之一便是如何应对欧洲各国日益高涨的扩军备战浪潮。儒奥认为战争只会让工人阶级苦不堪言，资本家老板坐收渔翁之利，为此与欧洲其他国家的工会领导人一起，为倡导裁军运动和全世界反对扩军备战积极奔走。他在回忆起各国劳工领袖付出的努力时曾经如此说道："我们已经竭尽全力，希望筑起一道堤坝，阻止血海横流"。儒奥的努力最终付诸东流，欧洲在1914年仍旧陷入了大战的深渊，交战各国的工会成员们成群结队地加入军队，为了各自的母国相互残杀。儒奥目睹了战争的现实与残酷，思想上也不由得产生转变，迅速意识到德国一旦取胜，就将意味着法国工人沦为奴隶的开始。为了帮助法国打赢这场战争，他开始不惜余力地奔走努力。

儒奥虽然为了法国的战争努力不辞辛苦，却从未放弃信念，始终坚信只要全世界的劳苦大众团结起来，发动一场世界性的工人运动，就能够让战争退出历史舞台，为此他将不惜余力促成这一联盟的实现。儒奥在一战之后国际工会联合会的重组过程中扮演了关键角色，1919年在担任法国总工会总书记的同时成功当选国际工会联合会副主席，整个二十世纪二三十年代都在不知疲倦地发挥自己非凡卓越的影响力，将欧洲各国各自为政的劳工组织团结起来。1937年11月，儒奥作为国际工会联合会三位领导人之一奔赴莫斯科，就苏俄工会中央委员会加入国际工会联合会一事进行谈判。儒奥本人虽然坚定地反对共产主义，但考虑到大敌当前，德意两国法西斯势力尘嚣日上，咄咄逼人，因此仍然主张将苏俄工会并入国际工会联合会，提出国际工会联合会与苏联工会中央委员会建立紧密而实际的联系。然而，他的建议遭到了国际工会联合会全体领导班子的否决。

诚然，儒奥为了避免另一场世界大战付出了满腔心血，最终却付诸东流。1940年6月法国投降之后，维希政府下令解散法国全国总工会，不少总工会成员受形势所迫，只能另起炉灶，成立新的抵抗组织。儒奥对贝当政府公开发难，严词批评，很快便被列入逮捕名单。1940年10月，逮捕令正式签发。不过，儒奥此时早已转入地下，奔走于未被占领的法国各地，用的是经过伪造的身份文件，上面写着一个捷克名字——贝德里奇·沃福斯。同志们虽然将儒奥称作“布沃先生”——正是有了这帮志同道合战友的帮助，儒奥才一次次逢凶化吉、转危为安——但在他创作的宣传单上仍然会签上“儒奥”的大名，正是这一张张宣传檄文敦促着所有真正的工会同志为了支持盟军的事业而努力奋斗，号召各行其是的法国各左翼团体团结一致，共救国难。儒奥为了将作品分发给人们，将其公诸于众，最为倚仗的得力助手便是自己的秘书及长期伴侣奥古斯塔·布吕克伦（后者日后也成为了儒奥的妻子）。彼时全国总工会遭到取缔，催生出不少抵抗组织，这位出生在阿尔萨斯地区的法国女性在接触抵抗组织成员时正是凭借着一口流利的德语，不止一次躲过了追捕。

1940年1月，国际工会联合会设在伦敦的执行委员会做出决定，将欧洲大陆各国劳工组织主要领导人全部撤到英国，儒奥的名字在转移名单上位列首位。国际工会联合会一开始试图求助于英国秘密情报处[1]，后者亦对国际工会联合会提出的方案表示支持，却遗憾最终未能落实。1940年7月，英国成立特别行动执行部。这是一个准军事组织，专门在敌占区开展秘密行动。国际工会联合会与该组织政治领导人、经济战处处长休·道尔顿接洽。道尔顿多年以来一直是一名社会党人，对此深表赞同，表示如果能够将儒奥转移至伦敦开展工作，避免让其落入维希政府或者纳粹德国之手，那么对盟军的事业将会更有价值。道尔顿于是利用自己深厚的影响力，将协助儒奥逃离法国列为了特别行动执行部的头号议事日程。

1941年11月初，特别行动执行部已经安排妥当，准备将儒奥偷偷转移出法国，护送至葡萄牙。由于葡萄牙当时依旧保持中立，这位劳工领袖可以从葡萄牙再乘机抵达英国。不料，潜伏在全国总工会抵抗组织内部的一名双面间谍得知了儒奥出逃的消息，将计划透露给了维希政府的秘密警察。1941年11月26日[2]，儒奥在马赛港口正准备登船，利用伪造的身份文件前往葡萄牙之际，不幸被捕。

儒奥被捕后被押解到了瓦尔莱班，这是一座以温泉疗养出名的小城，位于罗纳阿尔卑斯地区。儒奥在此遭到了单独监禁，不得与他人接触，等待维希政府下一步处置，1942年1月底又被转移至卡奥尔。卡奥尔是一座安静的中世纪小城，距离瓦尔莱班西北大约90英里。儒奥被一直关押在那里直至12月初，随后再次转移，去往法

① 该机构主要负责英国境外的情报收集工作，通常被称为“MI6”。

② 关于儒奥被捕的具体日期，某些历史记录存在事实不清。有些资料提到的是11月12日。不过，儒奥的秘书以及后来的夫人奥古斯塔始终认定是11月26日，故本书援引这一日期为准。

国中部温泉小镇艾沃莱班。维希政权在当地已经建立了一所拘留中心，实行集中管理，专门收押高级政治犯。拘留中心的居住条件倒还相当不错，犯人安排住宿的地方以前是镇上的一座大酒店。儒奥押到这里过了大概一个月才获准与奥古斯塔·布吕克伦见面。1943年1月，布吕克伦也被安全局逮捕，原因显然在于她在儒奥和全国总工会抵抗运动之间穿针引线，传递联系。布吕克伦虽然最终也被关进大酒店，与儒奥同在一起，但并没有人把她当作主要威胁。把布吕克伦抓来的那帮家伙甚至允许她每隔一周看望儒奥一次，当然前提是得有一名看守在场。这样的待遇让那位劳工领袖倍感鼓舞，毕竟几个月来他一直在忍受关节炎的折磨，心绞痛也变得一天比一天严重。

儒奥在艾沃莱班的悠闲日子在1943年3月31日夜戛然而止。一帮德国士兵突然冲进屋内，把他驾出门外。儒奥身上除了衣裳，别无他物。德国人给他戴上手铐，推进等待在外的军用救护车后座，两名德国警卫各坐左右，就这样押往了克莱蒙费朗的机场。儒奥在机场见到了达拉第和甘末林，三人首先到了布痕瓦尔德，最后才去往伊特堡。

———

对于塞巴斯蒂安·魏默尔来说，伊特堡迎来了头一批三位显赫的囚犯，这意味着他一直以来翘首以盼的人生新阶段就此拉开了序幕，这一切将为自己的职业生涯带来莫大好处——不管怎么说，自己好歹是主管，而伊特堡在纳粹德国遍布各地集中营网络中恐怕算得上面子最大，级别最高的一处，再说他要看管的这帮犯人全部都是对第三帝国最有价值的大人物。只要自己办事对路，就能赢得升职授勋的大好机会，要是运气再好一点的话还有可能接受元首亲自接见。当然，这还不算全部，最最重要的一点恐怕在于如果他能够在这个关键位置干出点名堂来，让达豪和柏林的上级省心开心，就有可能不用回到死亡集中营去，要知道那些地方的生活条件实在是太让人难以忍受，至于重新调回前线冲锋打仗就更加不大可能了。

魏默尔虽说天生一个恶棍，残忍成性，后来又接受过这方面的训练，精于此道，却也有几分自知之明，深知自己身为伊特堡的当家，办事成功与否在相当程度上取决于自己是否真有本事与这帮地位显赫的阶下囚打交道，懂得拿捏把握“正确的尺度”，而这一点完全不在自己以往的经验范围之内。至于如何处置这帮要人囚徒，元首没准早就自有安排，要么将他们转交给盟军，权当做个顺水人情，调和政治矛盾，要么待到德国大获全胜之后统统释放，好体现元首的宽宏大量。无论如何，魏默尔都务必尽心尽力，确保这帮达官贵人身体健康，安然无恙。魏默尔显然算不上党卫军里最为审时度势之人，心里倒也明白德国要想打赢这场战争远非板上钉钉的事情：自己伟大的祖国已经在战场上接二连三地遭受失利，盟国的飞机正将帝国境内的一座座工业中心一步步地炸成冒着黑烟的断壁残垣。魏默尔心里非常清楚一旦德国输掉这场战争，能够拉来几名法国要人作证，证明自己待他们不薄，这恐怕才是唯一的出路，能够让自己免于死在盟军行刑队的枪口之下。

魏默尔极力试图找到某种平衡点，既做到把握“正确的尺度”，又保持“适度的严格与冷漠”——在魏默尔看来，后一点是他这个位置必须做到的——他看着达拉第、甘末林和儒奥从送他们来此的指挥车里下来，向自己走过来，对三人点了点头，却并没有上前一一握手。三个法国人跟在魏默尔身后，穿过城堡庭院中间的拱门，伊特堡警卫队的队员们跟在左右，一行人穿过被围墙围着的大露台，朝着露台另一头城堡大厅的拱门①走去。帝国保安部的斯蒂芬·奥托早已等候在此。魏默尔在一旁冷冷地看着，斯蒂芬首先给法国人分配“房间”—— 这位年纪略轻的军官格外小心，没有使用“牢房”这样的字眼——儒奥分到的是三楼的9号房，甘末林和达拉第是10号和11号房，两个人都住在四楼。

斯蒂芬接下来向这批初来乍到的犯人宣读了在押期间必须遵守的规章制度——这些条条框框确实相对宽松了不少：早、中、晚，一日三餐一楼的餐厅都会提供；犯人如果愿意，也可以各自将饭菜带回房间，天气好的话还能够在旁边露台的饭桌上享用。每人每月配发红酒100升，另有500马克的月给，可以用来买些卷烟、信纸、钢笔和其他杂七杂八的东西，一楼楼梯下有一间小亭子，这些小东西都能买到。犯人们可以与直系亲属往来通信。当然，信件一律必须经过审查。犯人们能够自由使用古堡里的图书馆，甚至获准利

---

① 虽然，魏默尔打定主意，只要条件允许就一定要做到尺度“正确”，但他显然没有想过要将但丁《神曲》中那条令人毛骨悚然的铭文抹去，那些文字就刻在古堡大厅入口的正上方，几乎每一位伊特堡的显赫囚徒都曾提过自己初来乍到时见到的这些文字，如此欢迎礼遇着实让他们心惊肉跳。

用大厅里的大型收音机收听电台——收音机里唯一能够调到的当然只有柏林电台。最后，每人早晚各有一次机会去城堡后面的大院活动筋骨，锻炼身体。那院子里头还有一座花园，历史可以追溯到13世纪。

为了提醒三个法国人不要忘记自己在押犯人的身份，斯蒂芬接下来还是说了一些严厉一点的狠话：所有囚犯必须一律服从第三帝国的绝对管理，遵守魏默尔主管的命令，令行禁止，不得有任何疑虑，严禁顶嘴。晚上11点至次日早上7点各自将被关在房间之内，不得出外。不得在没有党卫军看守的情况下擅自离开城堡。无论任何时候，一旦发现有人独自外出，都将被视为越狱逃跑，必要时可当场击毙。

斯蒂芬将规矩一一宣读完毕，几个法国人在狱卒陪同之下，进了各自的房间，被关了起来。魏默尔正好利用这段时间召集全体手下在后院集合——那院子长约150英尺，宽大概100英尺——他还有一件事情要说清楚。之所以说这些，很大程度上是为了确保手下不会有任何人因为粗心大意、玩忽职守破坏自己“正确的尺度”，毕竟自己还指望靠着这个“尺度”谋个机会升官发财，就算退一万步来说，至少能够免于落个死无葬身之地的下场。正因为如此，魏默尔话虽然说得简单扼要，却直截了当：

“刚刚来到伊特堡、关在这里的这三个人都是法国人。过几天还会有其他人送到这里来。遵照元首的指令，你们要把这些犯人统统当作人质，见到这些人必须行礼致敬，记住是标准的军礼，不是向元首致意的举手礼。如果这些人里头有哪一个想跟你们打招呼，聊几句，你们只需要回答：‘阁下，您想和魏默尔主管说话吗？’就够了。都听明白了吗？！”

既然基本规矩已经一一讲明，狱卒也好，犯人也好，所有人就此开始了日复一日的日常作息。对于前者而言，日常活动包括轮流值班下班等常规执勤，中间间或会有短暂的休假，可以抽空去伊特村甚至沃格尔轻松轻松。而对于后者来说，一天的安排基本围绕着一日三餐打转转——早上8点吃早餐，中午2点吃午餐，晚上7点则是晚餐时间。负责做饭的是警卫队的供应官奥斯瓦尔德和另外两名资历较浅的士兵。饭菜虽然味道不怎么样，倒还丰富，内容和党卫军士兵吃的一模一样。三个法国人除开一日三餐，基本上靠着读书、聊天，要么去城堡的院子里头散步打发时间。三个人用完晚餐之后，通常会来上一瓶科涅克上等白兰地——酒是魏默尔送的，这家伙这样做分明是为了讨好巴结——再聊上一阵子，接着各自回房，动笔写写日记，好为战后撰写回忆录、替自己开脱积累点素材。

然而，伊特堡之所以被改造成一座安保严密的监狱，其目的绝非只为了关押达拉第、甘末林和儒奥区区三人而已。达豪集中营的官老爷们可是一门心思要让这里的每一间囚室都住满人。假以时日，这座蒂罗尔古堡还将迎来另外十五位“显赫”的囚犯。无论是男是女，到这里来的每一个人都有着属于自己的故事。

第三章

爱人、朋友与对手

保罗·雷诺　1943年5月12日

我们大可设想一下爱德华·达拉第刚刚驾临伊特堡10天，就看见最不愿见到的政治对手出现在自己的牢门门口，那一刻心情该有多么复杂。达拉第很快便会发现保罗·雷诺来到这座蒂罗尔古堡一路上吃的苦头要比自己多得多。

1940年6月16日，雷诺眼看德军连战连捷，高歌猛进，于是辞去了总理职务。回首他辞职之前的仕途，真可谓小心翼翼、步步为营，直至一路登上法国政坛的顶峰。雷诺于1878年出生在法国东南部，之所以特意选择法律作为专业，就是为了日后投身政坛。雷诺的人生规划只在一战期间受到了短暂干扰——他在大战期间参军当了兵。1919年，雷诺当选下议院议员，选择与中右翼的民主共和联盟结盟，此后历经数任总理人事更迭，历任内阁多处要职，1938年4月在达拉第手下出任司法部长。1940年3月19日，达拉第宣布辞职，雷诺接替其位，成为法国总理。

雷诺当上总理之时距离纳粹德国实施“黄色方案”只剩短短8周不到——入侵法国与低地国家的第一阶段计划于5月10日正式展开。雷诺和大多数法国人眼看德军快速推进，势如破竹，而法国自己的军队与英国远征军节节败退，无力组织有效抵抗，不禁手足无措。5月18日，雷诺终于下定决心，既然莫里斯·甘末林将军已经无法指挥法军挽救败局，那么只能将其撤职，改用马克西姆·魏刚将军接替指挥。就在同一天，他还将84岁高龄的一战英雄人物菲利普·贝当元帅请进了自己的内阁，命其出任国务大臣。

然而，这次军事政治上的人事变动依旧无法阻止德国战车的前进脚步。6月5日，德军展开“红色方案”，入侵行动进入第二阶段。纳粹国防军绕过马奇诺防线，长驱直入，一路上只有偶尔遇到魏刚设立的后续防线才会放缓前进的步伐。魏刚此时也早已斗志全无，无力回天。6月10日，雷诺携一众政府要员放弃巴黎，先是逃往图尔，随后转移至波尔多。6月14日，巴黎不设防，德军开进了这座法兰西之都。

雷诺尽管相信法国能够利用本国在北非的殖民地坚持抵抗，可面对压力排山倒海般袭来别无选择，只能宣布投降。这些如山的重压有不少就来自雷诺的情妇艾莲娜·德·波尔特①，人们纷纷传言这

---

① 如第二章注释所言，德·波尔特多年以来一直是雷诺公开承认的情妇，后者即便依旧维持着与让娜·亨利·罗伯特·雷诺的婚姻关系，对此也直言不讳。德·波尔特常常被人描绘成一个内心险恶、天赋聪颖的女人，在幕后操控雷诺——这当然也意味着她在操纵雷诺的政府。不过，德·波尔特在雷诺就任总理的几个月里究竟对国家大事施加了何种影响，这个有待商榷的话题不在本书范围之列。

位女伯爵就是一名亲德分子。6月15日，内阁投票决定对德求和，雷诺宣布辞职，由贝当接任，后者迅速表达了停战乞和的意图。

雷诺与德·波尔特在波尔多一直待到6月22日签署停战协定，随后离开波尔多，前往雷诺位于地中海沿岸的避暑别墅。6月28日，二人乘坐的汽车冲出道路，撞上一棵大树。德·波尔特当场殒命，雷诺受到剧烈震荡。就在他躺在蒙彼利埃的医院中疗养之际，德军占领了法国北部。维希政府在贝当领导之下正式宣布这位年岁已高的陆军元帅就任“国家领导人”，成立法西斯政权，取代第三共和国，心甘情愿地做起了柏林的走狗。贝当同时宣布要将几位原政府要员绳之以法，以叛国罪论处。1940年9月6日，雷诺被国家安全局特工缉拿入狱。

按照贝当的最终决定，雷诺与曼德尔不会在那场装模作样的公审上出庭亮相，仍将被关押在波塔莱堡。二人在波塔莱堡关了恰好一年多一点时间，绝大多数时候都处于单独监禁的状态。雷诺在押期间，长女克莱特·雷诺·德尔尼丝和私人秘书、时年28岁的克里斯蒂安妮·马碧尔几度前来探望，无疑给了他莫大鼓舞。不过，雷诺心里很清楚维希政府已经打算将自己交给德国人发落。1942年11月20日，这一天终于来临——雷诺与曼德尔二人双双被押往柏林，之后隔离开来，雷诺被单独送往奥拉宁堡，关进了萨尔森豪森集中营[①]。

---

① 奥拉宁堡最早的集中营建立于1933年，当时以奥拉宁堡的城市名字命名，后来关闭，由修建在萨尔森豪森的营区取代，后者离此不远，占地面积也大了不少。雷诺在回忆录中每每提及此处，用的多为集中营先前的名字。

雷诺在萨尔森豪森集中营被单独关押达五个月之久，直到1943年2月才发现曼德尔竟然就被关在附近不远的另一间囚室之中。两个人只有其中一个被带往淋浴室时才能够偷空小声寒暄几句。不过，与曼德尔碰面的日子到了三月中旬便戛然而止，雷诺被转移到了萨尔森豪森集中营另外一个地方。那个地方被称作“地堡”，在一间营房里头。营房面积虽大，四周却布满了带着高压电的铁丝网。雷诺在这个新的容身之处住了大约几个星期，随后见到了让·博洛特拉。后者是一名网球选手，曾经在维希政府担任过公职，两个人现在都被关到了这里。

5月10日，二人被告知赶紧打点行装，几个小时之后便匆匆上路，南下前往奥地利。当指挥车在伊特堡的前院停下，雷诺从车里走出来，看着达拉第、甘末林和儒奥三人站在眼前，不禁大吃一惊。他原以为达拉第与甘末林在里永审判之后已被处决，至于儒奥，二人早在战前就打过交道。雷诺四下打量了一下自己的新住处，比起之前的监狱条件着实让人感觉宽慰不少。正如他日后在回忆录中写道的那样：“达拉第、儒奥还有甘末林在这里已经待了好几天，我想我要是大喊一声：‘这里真是天堂啊！’，他们三个恐怕会吓一大跳的”。

然而，雷诺很快就将为自己的感叹后悔不已。

让·博洛特拉　1943年5月12日

博洛特拉第一眼见到伊特堡时，尽管反应要比雷诺含蓄得多，却也觉得这座古堡比萨尔森豪森集中营大有改进。这位网球明星身材高大、手脚细长。对于像他这样的人，每天进行艰苦的体育锻炼就和吃饭喝水一样必不可少。正因为如此，这座新监狱让博洛特拉最感兴趣的地方就在于紧挨着围墙里头有一条小路，围着整个后院绕了一圈。博洛特拉明白如果城堡的主人能够开恩，答应让自己每天跑上几圈，很快就能让身体恢复到最佳状态，而这对于实现自己的计划至关重要，要知道他脑子里朝思暮想的只有一个念头——逃跑!

自打1898年8月13日呱呱坠地的那一刻起，健康便成了博洛特拉生命中最为关键的要素。博洛特拉出生在一个巴斯克家庭，距离比亚里茨不远，从小便爬遍了毗邻西法边境延绵起伏的群山，14岁那年去英国度夏，生平头一次体会到了网球的魅力——这项运动讲求速度与敏捷，极富竞争。一战的爆发虽然暂时中断了博洛特拉成为一名网球运动员的念头，可他已经深深爱上了这项运动。

1916年9月，博洛特拉怀着对祖国的满腔深情应征入伍。这位年轻人不仅身体条件出众，而且受过良好教育，能够流利使用西、德、英、法四门语言，因此被作为一名炮兵军官培养。1917年4月，博洛特拉获得军衔，很快便投身战场，参加过不少战斗，还赢得了战争十字勋章，大战结束之际已经成了一名炮兵中队长。1919年，博洛特拉退伍，重返学校，获得了工程学与法学双料学位。

博洛特拉继续打着网球，在法国各地的网球锦标赛上屡获冠军。他具有超乎常人的运动天赋，抽球快如闪电，扣球势大力沉，再加上优雅的弹跳与转身，很快赢得了“巴斯克橡皮人”的美誉，成为大众的新宠。博洛特拉开始代表自己和法国巡回世界参加比赛，喜爱他的球迷很快遍及全球。到了20世纪20年代末期，无论单打还是双打，博洛特拉几乎将世界最高级别的锦标赛头衔悉数收入囊中，其中就包括温布尔登网球锦标赛。

竞技场上赢得的胜利并不能阻止博洛特拉在生意场上寻求新的商机。他很清楚单靠网球作为职业无法提供生计保障，于是在1923年找了一份工作，去总部设在巴黎的一家企业当了一名工程师，在接下来的17年里凭借出类拔萃的语言天赋，令人着迷的个人魅力，广泛深厚的社会关系，敏锐精明的商业头脑还有蜚声内外的声望名气，把自己打造成为一位事业有成的国际商人。博洛特拉格外注意日程安排，避免让国际商务旅行与主要网球赛事有所冲突，好兼顾自己选择的两项事业。

与此同时，博洛特拉并未忘记抽出时间过问政事。他在20世纪20年代末加入“火十字团”，这是一个由极右翼老兵组成的政治团体，为首的是陆军上校弗朗索瓦·拉罗克。“火十字团”旨在让法国成为一个道德至上的天主教国家，博洛特拉对此深表赏识，而他的名人身份也对该组织招募新人大有裨益。1936年，拉罗克对“火十字团”实行改组，使之成为一个更加趋于中间路线的政治团体，更名为“法兰西社会党”，博洛特拉依旧是该党的忠实一员。1931年，博洛特拉邂逅了拉罗克手下首席信息官埃德蒙·巴拉金及其英国籍妻子，对这位风情万种的巴拉金夫人一见钟情。据坊间传闻，正是这位网球明星导致后者在1934年离婚。1937年，这位原巴拉金夫人与博洛特拉携手步入婚姻殿堂，二人很快有了属于自己的孩子——伊夫斯。

无论体育、生意还是家庭，这一切似乎都无法让博洛特拉清闲下来，他依旧保留着预备役军官的身份。就在德国入侵波兰前几周，博洛特拉原所在部队、第232师属重炮团第5中队接到动员令。博洛特拉带着部下在洛林前线打响了战斗，不料6月16日被敌军截断后路，陷入重围。一天之后，贝当向全国发表讲话，表达了停战求和的意图。博洛特拉听到贝当讲话之后决心逃往英国，坚持抵抗。第5炮兵中队后来向德军缴械投降，博洛特拉偷偷溜了出来，逃往中央高原山地的法军防线，后来找到一位年轻的法国空军飞行员。此人有办法弄到小型民用飞机，二人于是约定趁7月3日夜间偷偷起飞，横渡英吉利海峡。

然而，博洛特拉逃亡英国的计划最终不了了之。就在飞机起飞前几个小时，法国广播电台传来消息：英国皇家海军对驻扎在阿尔及利亚的法国军舰发动进攻，导致1200多名法国水兵丧生。博洛特拉并非无法理解英军此次进攻用意何在，知道英国此举旨在阻止法国军舰落入德军之手，可是眼看英国皇家海军不宣而战，造成如此惨痛后果，仍然感到怒不可遏，于是下定决心，哪怕妻儿都已身在伦敦，自己也要留在法国，为祖国尽一份绵薄之力。这位网坛巨星之所以做出如此决定，不仅因为自己怀着满腔爱国热情，还出于对马克西姆·魏刚与菲利普·贝当二人的尊敬，甚至是崇拜之情。然而，这个决定最终大错特错，让他悔恨不已。

1940年，维希政权宣告成立。时任青年与家庭事务部长、巴斯克右翼分子让·伊巴尔内加雷邀请博洛特拉出任体育总干事，辅佐自己对法国青年一代开展“道德文明再教育”，好让年轻人“更好地适应生活，做好准备，迎接祖国随时发出的召唤。”伊巴尔内加雷虽然心里明白博洛特拉在政治理念上并不如己保守，却认为后者既然同为法兰西社会党一员，应该是这一新职位最为理想的人选。博洛特拉虽然也一度表达了自己能否胜任的担忧，还是在7月20日走马上任，当上了普通教育与体育委员会总干事。

这位“巴斯克橡皮人”在接下来的21个月里开始在全国推行一项计划，试图提高法国年轻一代的身体与道德素质。博洛特拉身为维希政府官员，虽然对这份工作怀有热情，却拒绝扮演走狗的角色，为德国人卖命。1941年8月，纳粹德国对巴黎犹太人发起第一轮清剿，博洛特拉随即发布禁令，禁止全体法国体育组织与德国运动队同台竞技。

博洛特拉不仅对贝当政权的通敌卖国政策表现得兴趣全无，而且公然藐视纳粹德国，如此胆大妄为，很快引起了官方注意。1942年4月初，博洛特拉被召至德国驻巴黎大使馆。一位使馆工作人员要求博洛特拉公开支持与德国合作，将一切“不受欢迎的人”从法国体育界统统清理出去。这位网坛传奇人物一口回绝，声明自己的职责是通过体育将法国的年轻一代紧密团结起来，无论这些年轻人来自什么种族地区，持有怎样不同的信仰，自己都将恪守使命。德国官员无奈只能警告博洛特拉注意说话的语气，否则就不会有好果子吃。德国人眼看博洛特拉拒绝在压力下服软，只好在1942年4月19日强迫维希政府将其革职。

博洛特拉重新开始了原先的工作，几个月之后又改变主意，决心离开法国，加入盟军。1942年11月22日，博洛特拉动身前往巴黎的奥斯特里茨车站，打算先乘火车南下，然后徒步越过边境，进入西班牙。不幸的是他之前曾向朋友透露过自己的计划，结果在即将登上火车的一刻被盖世太保抓了起来。

博洛特拉先被带到了巴黎接受问讯，随后被押往柏林，再从柏林转送至萨克森豪森集中营，关押在一间单人牢房中。他虽然当时并不知晓，可那正是曾经关押过雷诺与曼德尔的同一间囚室。1943年4月下旬，博洛特拉被关进了“地堡”，雷诺此时也被关押在此。二人虽然多年前就已经打过照面，但由于彼此政治观点存在分歧，因此算不上什么朋友。不过，两个人在“地堡”共同相处的这几个星期让这一切最终有所改观。雷诺在去往伊特堡的头一天晚上已经在日记中将博洛特拉描绘成了“一位不可多得的好友”。

博洛特拉只要一想到能够有一个后院，给自己提供机会跑步，对伊特堡的第一印象顿时大为改观。虽说自己的身体状况还算不错，尤其是对于一个45岁的人来说更是如此，可他明白还要变得更加强壮结实一些，这样才有机会实现被捕以来一直梦寐以求的夙愿——逃跑！

奥古斯塔·布吕克伦　1943年6月19日

博洛特拉一门心思想着如何从伊特堡逃出去，奥古斯塔·布吕克伦却想方设法要进到城堡里来。这个女人自从得知莱昂·儒奥被关进伊特堡，便三番五次找到德国当局，要求把自己也关进去和儒奥待在一起。布吕克伦知道儒奥病得不轻，加上精神备受摧残，倘若没有自己守在身旁，在牢里一定活不下去，下定决心绝不能让这个深爱多年的男人就这样活活死在德国人的狱中。

布吕克伦于1899年出生在德国占领之下的阿尔萨斯—洛林地区。这个地方自从1870–1871年普法战争之后便被德国吞并，但布吕克伦相信自己的家乡理应归法国所有。不过话说回来，她之所以能够在搬到巴黎之后谋得一份工作，靠得正是一口流利的德语（当然，她的英语也说得不赖）。1924年，布吕克伦应聘成为儒奥的秘书兼翻译。这份工作需要她时刻陪伴这位劳工领袖东奔西走，辗转各地，二人之间就此萌生爱意。20世纪30年代初，布吕克伦不单是儒奥的“生活伴侣”，也是后者不可或缺的得力助手，这件事情几乎人所共知。

随着大战爆发，儒奥转入地下活动，布吕克伦成了儒奥与全国总工会抵抗运动之间最为关键的联系纽带，除了负责编辑分发儒奥撰写的宣传单，还积极协调配合后者的活动。1941年11月，儒奥被捕，此后音信全无，布吕克伦一年多来得不到半点消息，直到1942年11月打听到儒奥被关在艾沃莱班才尽可能抽时间前去探望。1943年1月，布吕克伦自己也被抓了起来，被判处“强制居留”，关在儒奥曾经关押过的那家大酒店里，这样一来也就能够更加方便地探望儒奥了。

布吕克伦虽然身处软禁之中，实际上仍然能够在大酒店来去自如，唯一的限制在于必须在酒店过夜，未经警方允许，不得离开艾沃莱班，这两项规定对她来说遵守起来都不算困难。1943年3月底，儒奥被转移至别处。布吕克伦担心爱人生命安危受到威胁，加之并不清楚儒奥究竟被带往何处，于是未经允许便擅自离开艾沃莱班，动身赶往维希。布吕克伦到了维希之后提出，无论儒奥身在何方，都要和他待在一起，哪怕得知那位劳工领袖已经被转移至德国境内，关进了集中营，仍然坚持要与后者同在一起，的确是一位了不起的女性。

5月29日，布吕克伦被传唤至盖世太保驻巴黎总部，被告知准其与儒奥见面，但必须答应一个条件：做出书面保证，同意接受无限期监禁，不得享受任何特殊权利，在押期间发生一切人身伤害都不得追究维希政权与德国政府的任何责任。布吕克伦在保证书上签字，随后被告知6月17日前往巴黎北站等候，两天后便已坐上盖世太保的汽车，行驶在去往伊特的路上。当布吕克伦看着城堡映入眼帘，眼前的这座古堡仿佛出自哥特派恐怖小说一般，心头不由得涌起阵阵不祥之兆，浑身发抖，可是随着汽车开进城堡前院缓缓停下，见到儒奥脸上挂着的微笑和手中拿着的鲜花，心中的担忧竟又一下子少了许多。

克里斯蒂安妮·马碧尔　1943年7月2日

如果说奥古斯塔·布吕克伦来到伊特堡意味着这个女人与莱昂·儒奥二人的祈祷最终感动上苍，得到了回应，那么对于保罗·雷诺而言则不啻为一种召唤，敦促着这个男人马上采取行动。雷诺在转移到萨克森豪森集中营之后不久得知克里斯蒂安妮·马碧尔也被抓了起来，是布吕克伦的到来让他鼓起勇气，要求魏默尔查明马碧尔是否还在人世，如果这个女人依旧活着，那么就把她带到伊特堡来。当然，在魏默尔看来，雷诺之所以如此关心马碧尔的死活，无非是出于人道主义罢了，并无其他意义。

克里斯蒂安妮·多罗蕾·马碧尔于1913年2月17日出生在巴黎一个中上层家庭，受过良好的教育。借用某人的话来说，马碧尔长大成人成了一位“端庄得体”的少女，“身材高挑、身段苗条，举手投足透露出优雅的风度，一看便知具有良好教养，尖尖的脸蛋，高高的鼻梁”，“穿着打扮十分精致，颇有品位”。马碧尔不仅外貌出众，而且聪慧过人，能说一口流利的英语。雷诺当选总理之后，经长女克莱特介绍与马碧尔初次见面，对这位年轻女子表现出来的气质才华赞赏有加，简直到了念念不忘的地步，竟然不顾女伯爵艾莲娜·德·波尔特的反对——这一年德·波尔特已是38岁，而马碧尔正值芳华，年方27——将马碧尔聘为秘书。

马碧尔身为雷诺的雇员，在法国政府撤离巴黎时先是跟着去了图尔，接着又辗转前往波尔多。这位法国前总理随后向德·波尔特提议带上这位女秘书一同前往地中海沿岸，不想遭到了女伯爵的断然拒绝——按照雷诺的说法，他之所以带上马碧尔同行，只是为了让后者协助自己写一本和法国战败有关的书。或许正是德·波尔特的拒绝救了马碧尔一命，正因为如此她才没有坐在雷诺的车里，而当车子一头撞到树上的时候，不仅雷诺受了伤，就连德·波尔特也丢了性命。

马碧尔尽管没能在蒙彼利埃见到雷诺，却和德尔尼斯去了波塔莱监狱探望。虽然，马碧尔每次出现多半都是出于工作关系，但从雷诺的日记中不难发现这个男人对于见到马碧尔有多么高兴。马碧尔后来在附近镇子上找了家旅馆住下，这样二人见面的场合也多了起来。雷诺关在波塔莱的这一年中，马碧尔绝大多数时间就住在旅馆里。她一次次前来看望，无疑减轻了雷诺身陷牢狱的苦闷与痛楚。虽然，这位原法国总理与私人秘书之间存在着35岁的年龄差距，但二人之间的友情已经逐渐演变成为某种更为深厚的情愫。

1942年11月21日，马碧尔再次前往波塔莱探视，刚进监狱就得到消息，原来雷诺已经在前一天夜里被转移去了其他地方，马碧尔闻讯不禁大吃一惊。她的惊讶并不奇怪。监狱当局并未告诉马碧尔关于雷诺的去向，她本人也在11月22日遭到盖世太保秘密警察逮捕，三天之后被带到弗雷斯涅监狱，随即被关进一间空房，单独关押了好几个小时。

马碧尔在接受完一番简单的审问之后被转移到了一间牢房，继续单独关押起来，直到12月10日转移到拉文斯布吕克集中营。这是一座专门的女子集中营，距离柏林以北大约50英里。马碧尔在这里要被关上差不多六个月。这位年轻的法国女性被安排了一个化名“穆勒夫人”，单独关押在专门为高级别犯人准备的牢区。由于马碧尔既不会说德语，也看不懂德文，加之不能与其他犯人交流，可以说完全陷入了与世隔绝的境地。

马碧尔就这样过着与世隔绝的日子，直到有一天，她走到牢区小院，准备像往常一样活动十五分钟。就在此时，一个女人轻轻地喊了一声“夫人！”那女人用的是法语，还带着口音，马碧尔从沉思中猛地一下回过神来。原来打招呼的是另一名女囚，名叫卡罗琳娜·兰科隆斯卡，是一位波兰伯爵夫人，正隔着监牢窗栏低声喊她。兰科隆斯卡早就注意到了马碧尔，从衣着来看她应当是个法国人。就在两个女人初次碰面两天之后，看守的一次疏忽大意终于让二人有机会聊上一会儿。借用兰科隆斯卡的话来说，她们两个用法语“聊个没完”。在接下来的几个星期里，这位波兰伯爵夫人和这名举止优雅的巴黎名媛很快成了无话不谈的知心密友。

然而，二人的友谊纽带到了1943年6月的最后几个星期却被人剪断。魏默尔已经安排妥当，派人将“穆勒夫人”送来自己这里。当然，这位党卫军骷髅队军官这么做绝非良心发现，而是在盘算着，倘若能让一位昔日的法国总理大人欠自己一个人情，也好为自己将来谋条后路。

魏默尔的介入直接改变了克里斯蒂安妮·马碧尔的人生。6月的最后一天，两名党卫军骷髅队士兵开着汽车载着马碧尔一路南下，把她送到了奥地利。马碧尔直到上路方才明白，正是雷诺的安排，自己才得以离开拉文斯布吕克。汽车一路往南，马碧尔终于开始期待着与雷诺重逢。对她来说，这个男人是无可替代的。

二人重逢是在7月2日，距离正午时分还差一点点。雷诺看着马碧尔从指挥车里走出来，面容虽然显得憔悴，却带着灿烂的笑容。他把这个女人紧紧抱在怀里，亲了亲她的双颊，牵着她的手向城堡大门走去。虽然二人依旧身陷囹圄，可这位年岁已高的政坛巨人终于能够与自己年轻的爱侣再次相聚，两个人一起共同面对不可预知的未来了。

马塞尔·格朗热　1943年7月2日

马碧尔刚刚到达伊特堡还不到一个小时，又有一辆轿车驶进了城堡前院，车上坐着另一位“特殊犯人”。布吕克伦、儒奥、甘末林还有博洛特拉从城堡庭院的拱门里陆续走出来，看看这位新来的同伴究竟是何方神圣。虽然没人认得出来的是谁，可所有人都被来者的装束吓了一跳。只见此人穿着一条马裤，蹬着一双齐膝长的皮靴，上身一件棉质衬衫，衬衣上绘的图案带着北非格调。最让博洛特拉感到高兴的是这家伙头上居然还歪带着一顶巴斯克无檐帽。很快便到了午餐时分，此人终于开口做了自我介绍，说自己名叫马塞尔·格朗热，接着便向各位听众讲述起自己是如何多亏了嫂子，才在达豪死亡集中营免于一死的。

格朗热1901年出生在法国土伦，后来移民去了法属突尼斯定居，在当地经营农场，干得不错，积累了一些财富。格朗热还是法国殖民地部队的一名预备役军官，1939年大战爆发之际也接到了动员令。法国投降之后，维希政府接管突尼斯，格朗热虽然一开始仍然留在军中服役，可到了1940年12月却加入了抵抗组织，因为说得一口流利的阿拉伯语，对突尼斯当地风土人情了如指掌，因此成了绝佳的情报人员，被委以重任，负责秘密建立临时军火堆集处，以便盟军反攻突尼斯时提供支援。

1942年11月，盟军在摩洛哥和阿尔及利亚登陆，似乎预示着格朗热的辛勤努力终将结成正果。不料德军通过突尼斯各大港口机场运来大批部队增援，使得早日迎接盟军解放到来的期盼化为了泡影。纳粹国防军的介入，再加上维希政权的反抵抗运动组织“保安队”加强了警惕，格朗热执行起任务来变得越发困难。1943年4月初，格朗热被保安队抓获，随后被移交给盖世太保，几天之后便被投入了达豪集中营这座人间地狱。

格朗热被分配到了集中营周围的农田里耕作，除了接受审讯，每天还得劳动18个小时，根本得不到充足的食物与饮水。敌人为了让格朗热松口，常常对其施以毒打，让他的处境更加艰难。1943年6月下旬的一天，格朗热被传唤到集中营总部。令法国人颇感意外的是，有位德国军官竟然宣称要把他转移到某个“特殊场所”，还说那个地方会更对他的胃口。格朗热不曾料想会有如此好事，忍不住打探缘由，只听那位党卫军骷髅队军官一字一顿地说道，“还不是因为你嫂子的缘故”。格朗热听到如此答复，不由得一下子怔住了。

格朗热的哥哥名叫皮埃尔，嫂子勒内正是法国陆军上将亨利·吉罗的女儿。吉罗在法国沦陷之后从德国人手中逃了出来，此时正与盟军合作。希特勒命令希姆莱务必将凡是能够找到的吉罗家人统统逮捕，企图将这些人当作人质，动摇吉罗将军与盟军共同对敌的信心。希姆莱布下天罗地网，总共逮捕了吉罗一大家子里的17名家庭成员，其中就包括勒内和她的4个孩子。然而，这场大清剿行动偏偏错过了皮埃尔·格朗热，后者当时正在其岳父手下担任副官。德国人在一次例行档案复查中发现了马塞尔·格朗热与吉罗家族的关系，于是给他贴上“特殊处理”的标签，筛选出来，转移到了伊特堡。

格朗热一边讲述着自己的经历，一边狼吞虎咽地大口吃着饭菜，身旁的一小撮听众听得津津有味。可是，当格朗热谈起在达豪集中营目睹的悲惨场景，这帮听众刚刚还兴趣正浓，此时却已流露出惊恐的神情。诚然，每一个听故事的人都明白被德国人关起来该有多么残酷与痛苦，可格朗热口中描述的那番场景实在叫人胆战心惊，这帮人没有一个真正亲身体会过。大家似乎一下子全都清醒过来，意识到虽然现在身处伊特堡待遇不错，但局势没准会急转直下，毕竟没有人会忘记万恶的德国人在这方面的能耐。

马克西姆·魏刚与玛丽·勒内·约瑟芬妮·魏刚　1943年12月5日

达拉第见到雷诺出现在伊特堡的那一刻，心情无疑是沉重的。可是，倘若比起甘末林与雷诺见到马克西姆·魏刚到来时那副难以置信、又惊又恐的神情，达拉第内心的沮丧就算不得什么了。甘末林之所以感到浑身不自在，最主要恐怕在于这是一种职业尴尬，因为在法兰西历史存亡的危急关头取代自己的不是别人，正是魏刚。相比之下，雷诺的反应更加发自肺腑。虽说亲手把魏刚提拔上来的正是雷诺本人，可他比任何人都要怪罪这位陆军上将。在雷诺看来，法国之所以1940年战争失利，魏刚难辞其咎。此时此刻，他眼睁睁看着这位昔日的法国陆军总司令带着太太，昂首阔步地穿过伊特堡的门廊，不禁喃喃自语地念叨着："叛徒，卖国贼！"——声音大到周围的人都听得见。

对于76岁高龄的魏刚来说，被人取外号羞辱，早已不是什么新鲜事。的确，这个男人自打1867年1月呱呱坠地的那一天开始，就必须学会如何面对别人的捉弄与嘲讽。魏刚其实是个私生子[①]，

---

① 正如巴内特·辛格在《马克西姆·魏刚》一书中所述，大部分历史学家都认为魏刚是偷情的意外产物。当事人双方分别是比利时中校阿尔弗雷德·范·德·斯密森和梅勒妮·西奇·费拉妮，后者是奥地利帝国外交大臣兼首相克莱门斯·冯·梅特涅的女儿。辛格同时认为魏刚其实出生在1865年，但由于1867年这一数字为更多人认可，因此本书仍然以后者为准。

出生在布鲁塞尔，长大在法国。监护人名叫戴维·德尼昂·科恩，是一位富有的意大利籍犹太裔商人。这个不知双亲的孩子长大后成了一名忠实的天主教徒，同时也是一名狂热的法兰西民族主义者，最终投身行伍。由于国籍一栏写的仍然是比利时，魏刚在进入圣西尔军事学院时的身份还是一名外籍学生。不过，这个年轻人后来被科恩的会计领养——科恩这么做不过是做做表面文章，掩人耳目罢了，其真实意图在于让自己监护的这个孩子成为“地地道道的法国人”——从此改了名字，叫做马克西姆·魏刚。

魏刚在刚刚开始军职的头几年里不畏艰难，一次又一次出色完成了上级分配的任务，其间与玛丽·勒内·约瑟芬妮·德·福桑共结连理，二人育有两个男孩。一战爆发之际，魏刚已经升至中校，在前线顺利完成一段短期任务之后成为了费迪南德·福煦的参谋长，后者当时是法国陆军第20军军长。魏刚不仅出色完成了参谋任务，而且能够针对战局需要审时度势、随机应变，因此在晋升的道路上平步青云，大战结束之际已经当上了少将。

魏刚的军人生涯到了一战之后可谓波澜壮阔、如日中天。1930年，魏刚成为法国陆军总参谋长，就此拉开了与甘末林合作共事的序幕，这段交情最终以二人反目成仇告终。1935年1月，已到退休年龄的魏刚挂印而去，在苏伊士运河公司谋得一份高管的职位，可他眼看战争阴云再度笼罩欧洲，期盼着再次接受征召，重回行伍。魏刚的心愿在1939年8月得以实现。让他出乎意料的是老对头甘末林居然主动向自己提出是否有意执掌驻东地中海的法军——甘末林此举当然是受了达拉第的怂恿——魏刚二话没说，短短几周之后便走马上任，开始了这份新的工作。

1940年，纳粹德国悍然入侵。甘末林无力采取有效抵抗，雷诺迫于形势所逼，只得将魏刚从叙利亚召回巴黎，后者一到巴黎便取代甘末林继任法军总司令。魏刚意识到法国已经断无希望阻止德国战车的前进，为了让这个国家的基础设施得以保存，避免落得个彻底毁灭的下场，同时多少保留一点法兰西的主权尊严，除了立即停战之外别无选择。6月16日，雷诺宣布辞职，贝当次日即任命魏刚为国防部长。在魏刚和某些人看来，法国要想避免亡国灭种，除了停战之外别无他途。贝当这么做也算是为魏刚和这些人扫清了道路。

我们也许可以说正是魏刚与其他求和派法国领导人的行为才挽救了法国，使之免于遭受更大破坏，至少在一开始保全了法国的一半国土没有落入敌手，但同时也要清楚地看到，纵观英吉利海峡两岸，为何会有那么多人认为法国弃战而降完全是一种操之过急的不智之举。如此一来，也就不难理解为什么有那么多人会把魏刚加入维希政府视为勾结德寇、通敌卖国的苟且之举，哪怕这位将军日后极力辩白，声明自己不过是尽力而为，尽可能为祖国保存军事实力，以图“有朝一日”东山再起，也无人相信。

1940年9月，魏刚出任驻北非法军总司令。可是，维希政权与柏林方面都已经察觉到这位将军并非忠心不贰的同路人，魏刚下台在所难免。1941年11月17日，维希政府在德国人的授意之下将魏刚召回法国，解除了他的职务。魏刚携妻子去了法国南部归隐，开始着手撰写回忆录。不料风云突变，1942年11月盟军登陆北非，纳粹德国随后全面占领法国，希特勒随即下令捉拿魏刚。

11月12日，魏刚被捕入狱，几天之后被押往德国，后来又转移到格力茨堡，这座监狱地处汉堡西南，专门用来关押重要人物。1943年1月，魏刚的妻子获准与丈夫团聚。这对患难夫妻日子过得倒也相对安稳，平静的生活直到1943年12月2日才被打破。魏刚于当天接到通知，赶紧收拾行装，另赴别处。三天之后，当夫妻二人穿过大门，走进伊特堡时，迎接他们的正是喃喃自语的雷诺——后者嘴里嘟囔着，有意要让自己的抱怨每一个人都听得见。

米歇尔·克列孟梭　1944年1月9日

下一批犯人来到伊特堡是在一个周日的午后，那天正下着鹅毛大雪，狂风卷着雪花漫天飞舞，模糊了周围的山影，就连汽车到来的引擎声也难以听清。随车前来的有米歇尔·克列孟梭、弗朗索瓦·德·拉罗克和魏默尔三人。车从沃格尔的车站一路开来，径直停在了伊特堡的前院里头。

雷诺与博洛特拉对于这几位新来的客人非常熟悉。二人迎着飞雪，前去迎接，可看到拉罗克瘦削枯槁的面容时，不由得双双怔住了。拉罗克虽然还不到59岁，看上去却要老了差不多20年，几乎连腰杆都直不起来，反倒是71岁的克列孟梭显得精力十足，看着自己的新家啧啧不已。克列孟梭和雷诺握了握手，脸上露出一丝笑容，说道："保罗，看来我们又要开始新的奇遇了，对吧？"

克列孟梭之所以用"奇遇"这样的字眼来形容自己即将在这座奥地利古堡开始的囚徒生活，无疑反映出此人的早年人生经历。1873年11月24日，克列孟梭出生在法国卢瓦尔河地区，是家中的第三个孩子。父亲乔治·克列孟梭早年当过医生，后来投身政坛。米歇尔小时候常常调皮捣蛋，惹是生非，在巴黎换了好几所学校。父亲面对这个野孩子无计可施，忍无可忍，只好在米歇尔15岁那年让他退了学，请了位家庭教师，在苏黎世的家中为其辅导。这个孩子很快安下心来，1894年从苏黎世的农学院毕业，不仅拿到了工程学文凭，还学会了一口流利的德语。

米歇尔·克列孟梭对赚钱颇有兴趣，前前后后做过不少生意，1914年时虽然才41岁，却似乎已经开始提前享受起中年生活来。不过，随着第一次世界大战的临近，成千上万法国人接到祖国的征召，克列孟梭也成了其中一员。1914年8月21日，克列孟梭的部队与德军一支长矛兵团狭路相逢，这名中尉虽然被敌人手枪子弹击中，依旧带伤作战，在失去意识之前将对手杀死。克列孟梭经过一段长时间疗养之后晋升上尉，大战结束时已经成了一名战功赫赫的营长。

20世纪30年代后期，克列孟梭早已成为一名大企业家，打点着诸多生意，干得红红火火，事业兴旺发达。1939年9月1日，德国入侵波兰，时年65岁的克列孟梭自告奋勇、志愿参军入伍，尽管年岁已高，可凭着一战期间立下的赫赫战功和积累的深厚人脉还是赢得了少校军衔，被派往法国陆军外国情报处“第二局”[①]工作，法国投降之后曾被德军短期关押，不久获释，重新回到巴黎。

---

①“第二局”（“the Deuxi鑳e Bureau”）是一个专门负责跟踪搜索潜在敌人军事实力、潜在能力与兵力部署的组织，而“第一局”则负责对这些情报进行编辑归类，供法国与盟国军队采用。

克列孟梭虽然一直以来对贝当仰慕有加，却对这位老将军与德国人合作的通敌卖国行径大为反感，自然成了盖世太保的关注目标。1940年11月，克列孟梭说服妻子离开法国，前往美国，自己却留了下来，靠着以前积累的政治人脉一直得以免受官方骚扰，直至1943年5月被盖世太保逮捕。克列孟梭在法国的好几所监狱里辗转关押过了好几个月，1943年8月31日被转移至艾森伯格堡——这座监狱由城堡改建而成，地处捷克斯洛伐克境内——虽然吃住环境一塌糊涂，条件极其艰苦，却依然挺了过来。克列孟梭与拉罗克不同，在押期间始终保持心态乐观积极，正因为如此，在被突然转移至伊特堡时才能表现得泰然自若，坦然处之。他的沉着镇定也深深打动了雷诺，后者在日记中写道：克列孟梭的到来让关在伊特堡的其他要人感受到了“不可动摇的自信，打消了顾虑”。

令人遗憾的是，与克列孟梭一同到来的德·拉罗克无论在身体健康、精神自信还是积极心态上都远叫人无法放心。

弗朗索瓦·德·拉罗克　1944年1月9日

诚然，雷诺和博洛特拉见到德·拉罗克出现在伊特堡，被后者憔悴的面容吓了一跳，可更让二人吃惊的还在后头：他们万万没有想到居然就连拉罗克也成了德国人的阶下囚。

拉罗克是10个月前被捕入狱的，此前一直在为维希政府效力，不仅是贝当的心腹亲信，更被国内外人士公认为法国当之无愧的头号法西斯分子。试想一个右翼分子死心塌地如拉罗克一般，却在官场失宠得如此之快，着实让雷诺和博洛特拉暗自吃惊不小。要是二人知道德·拉罗克还是一位抵抗运动领导人，暗中在为英国情报部门传递消息，想必一定会如五雷轰顶一般惊得呆若木鸡。

安内·马里耶·让·弗朗索瓦·德·拉罗克·德·塞维拉于1885年10月6日出生在洛里昂，是一个法国贵族家庭的后裔。按照某位传记作家的说法，拉罗克祖上那一辈正是夏多布里昂子爵。1907年，年轻的拉罗克进入圣西尔军校读书，1907年被授予军衔，成为一名骑兵中尉，赴北非指挥一个骑兵连与摩洛哥游击队交战。1916年，拉罗克在与叛乱分子的一次战斗中身负重伤，但他拒绝撤下火线，接受治疗，坚持指挥部队，直至援军赶到。

德·拉罗克因为作战英勇得到提拔，随后返回法国疗养，恢复健康之后又被分配到了一支骑兵部队，在西线度过了第一次世界大战的余下时光。拉罗克一共得到过两次晋升，并且荣获多枚勋章，待到大战结束之际已经升至中校，1928年退役时已是一名战功赫赫的军事指挥者，以体恤部下赢得人们的交口称赞。

拉罗克是一名虔诚的天主教徒，不仅具有贵族血统，而且满怀爱国热情，因此在战后转向右倾政治路线，丝毫不让人感觉突然。拉罗克38岁那年成为极右翼组织“火十字团”的第二把手。这是一个由退伍军人组成的团体，认为法国现行的议会制政府体制早已陷入混乱，应该取而代之，主张改行极权统治，在工作、家庭和国家各个层面强调“法国的传统价值观”。

德·拉罗克身为一名退伍老兵，不仅口若悬河，而且战功赫赫，很快便成为“火十字团”在公开场合的主要发言人，1931年更是当上了该组织的头号领导人。“火十字团”在拉罗克领导之下开始大肆招兵买马，扩充队伍。拉罗克本人也得到了法国各大右翼政治领袖的竞相追捧。1936年，法国大选结果揭晓，广泛的左翼联盟“人民阵线”赢得资格入主朝野，组织政府。新政府刚一上台就颁布了好几项法案，其中一项便是将各右翼组织一一取缔。德·拉罗克面对威胁，决定采取曲线方式机智应对，将“火十字团”改组为“法兰西社会党”，使之成为一个政治党派。他虽然一直以来对议会制度大肆抨击，此刻却宣布将继续留在议会体制之中。

德·拉罗克决心放弃通过暴力手段推翻政府，与其他更加明目张胆的法西斯组织产生了路线分歧。不仅如此，他对纳粹德国与日俱增的军事实力与扩张政策也持反对态度，并且支持法国推行军事现代化改革，结果遭到了法西斯团体的进一步口诛笔伐。诚然，拉罗克或许是一位右翼分子与个人独裁的鼓吹者，可他从未忘记一战期间法国是如何在德国人手下饱受蹂躏的。

1939年，第二次世界大战爆发，德·拉罗克号召“法兰西社会党”全体党员团结一心，保卫祖国。他虽然明知法国不是德军闪电战的对手，却依旧坚决反对一切形式的屈辱求和与公然投降举动。然而，德·拉罗克在法国沦陷之后却认为唯有贝当能够挑起担子，领导法国在停战之后继续前进，维护国家稳定，而这才是法国迫切需要的，为此将自己以及旗下“法兰西社会党”的全部工作重心投入到支持贝当政府的行动之中。不过，由于维希政府此后企图推行一党专政，拉罗克拒绝让自己领导的“法兰西社会党”屈从于该体制之下，从而触怒了维希当局。事实上，拉罗克早在1940年9月初便告诫过追随者，明言贝当固然值得尊重，但面对维希政府却要做到

“绝对有所保留”。

德·拉罗克虽然依旧活跃在维希政府之中，对维希政权的态度却越发矛盾，最终失去了对贝当的信任。不仅如此，德·拉罗克始终坚信德国是法国不共戴天的“宿敌”，对纳粹政权更是嗤之以鼻，他在公开场合总是毫不掩饰对通敌卖国行径的痛恨与反对，甚至早在1942年11月德国全面占领法国之前就公开宣称“绝不当亡国奴，绝不通敌合作”。

德·拉罗克既然不买德国的账，对维希政府也谈不上死心塌地卖命效忠，又喜欢在政治上公开发表反对意见，因此他与盟国情报机构私下取得联系也并非什么怪事。虽然从某些资料来看，拉罗克最早开始收集情报为盟军所用是在1940年夏天，可事实上他直到1942年2月才与阿利比情报网取得联系。这个情报机构的总部设在马德里，特工遍布法国各地，直接向英国秘密情报处汇报。

德·拉罗克对自己领导的临时性情报收集工作进行改革，使之走上正轨，转型成为阿利比旗下的一个子网，又称“克兰情报网”，利用“法兰西社会党”的社会服务体制作为掩护收集情报。虽然，“克兰情报网”提供给英国秘密情报处的情报到底涉及什么内容，具有多少价值，至今依旧难以判定，但有一点毋庸置疑——纵使德·拉罗克本人在战争期间和战后都被人斥为通敌卖国的法西斯分子，可他的这些举动无异于明知故犯，将其本人、家人以及追随自己为盟军提供情报的人们统统置于危险境地之中。

德·拉罗克一直领导“克兰情报网”开展工作，直到1943年3月9日盖世太保闯入他在克莱蒙费朗的家中，将其抓走。这位“法兰西社会党”领导人先在当地的一座监狱关押了一段时间，随后被押往弗雷斯涅监狱，一个人关在一间狭小肮脏的牢房里。拉罗克自从1916年受伤以来一直依靠药物维持健康，由于狱方拒绝提供药品治疗，致使身体状况迅速恶化，即便到了1943年8月31日被转移到捷克境内的艾森伯格堡之后——与他一同转移的还有米歇尔·克列孟梭和其他一些人——这样的状况依旧没有改观。事实上，拉罗克在与克列孟梭一道被汽车送往伊特堡的途中一度陷入昏迷，不省人事，健康状况已经坏到极点。

这座蒂罗尔古堡虽说仍然是一座监狱，可对于这位“法兰西社会党”领导人来说，能够转移至此，在食物待遇与居住环境上得到极大改善，无论如何都将是一次转机，能够重获新生。

玛丽·艾格妮丝·盖伊奥与阿尔弗雷德·盖伊奥　1945年4月13日

来到伊特堡的最后一批犯人之所以会被关进这座古堡，并非因为这些人地位举足轻重，而在于他们和某位人物具有某种特殊的家庭关系——正如马塞尔·格朗热的例子——而这位人物恰好是纳粹分子特别关心的对象。对于盖伊奥夫妇来说，这位“特殊人物”便是玛丽·艾格妮丝·盖伊奥的弟弟、自由法国运动领导人夏尔·戴高乐。

玛丽·艾格妮丝于1899年5月27日出生在巴黎，是家里的第二个孩子，也是唯一的女孩。父亲是亨利·戴高乐，母亲名叫让娜。玛丽的父亲从小便给五个孩子灌输了大量天主教教义，培养孩子们热爱法国历史与文化。玛丽·艾格妮丝比夏尔大18个月，终其一生都是“一位忠诚的爱国者与虔诚的天主教徒”。

一战结束之后，玛丽·艾格妮丝与比利时籍丈夫、工程师阿尔弗雷德·盖伊奥定居在了勒阿弗尔郊区，那儿距离诺曼底的海滩不远。两口子那几年日子过得红红火火，家里人丁兴旺，一共生了6个男孩和1个女孩。令人遗憾的是，德国人卷土重来，为盖伊奥一家人的生活蒙上了一层阴影。4个儿子约瑟夫、米歇尔、亨利和夏尔都在1940年拿起了枪，反抗纳粹国防军的入侵。约瑟夫和亨利后来流亡英国，加入自由法国运动；米歇尔不幸被捕，被关在德国境内的一座集中营；夏尔则惨遭杀害，年仅24岁。五儿子皮埃尔刚刚年满18岁，后来成功逃亡阿尔及利亚，加入了自由法国运动。

失去心爱的孩子，另外4个儿子生死未卜，阿尔弗雷德与玛丽·艾格妮丝·盖伊奥夫妇的悲伤可想而知，二人发誓要竭尽全力保护六儿子、年仅10岁的小丹尼免遭伤害，于是搬到女儿玛丽·特蕾塞家中，和女儿女婿一起住在罗什拉莫里哀，那座小镇距离里昂西南差不多有35英里。随着罗什拉莫里哀被划归维希政府管辖，盖伊奥一家决定留下来，在附近的圣埃蒂安租了间房子。若不是儿子米歇尔1942年3月从德国人手中逃了出来，这一对患难夫妻也许就将这样默默无闻地安然度过战争的余下岁月，夫妻二人也由此萌生出意愿，要和占领者展开反抗，保卫深爱的祖国法兰西。

米歇尔·盖伊奥在战俘营里加入了战俘与流亡者民族运动，这个抵抗组织刚刚成立不久，羽翼未丰。阿尔弗雷德和玛丽·艾格妮丝虽然并非米歇尔所在组织的一员，也帮着隐藏文件，替米歇尔通风报信，把德寇在当地的一举一动随时告诉儿子。整个1942年冬天，这对年迈的老夫妇一直在干着这些最简单的抵抗活动。翌年四月，夫妇二人重新回到法国北部，带着儿子丹尼搬到了阿尔弗雷德妹妹玛德琳的家中，住在鲁昂西南一个小村子里头。然而，他们万万没有料到刚刚搬到新家才几天时间，灾难就接踵而至。

一家人这一天正在吃中饭，玛丽·艾格妮丝看见两名德国宪兵模样的军官从停在屋前的一辆汽车里走出来。德国军官敲了敲门，玛丽·艾格妮丝打开房门。一位特工彬彬有礼地告诉艾格妮丝，要她和阿尔弗雷德跟他们走一趟，说是例行盘问，但并没有说明具体问些什么内容。

玛丽·艾格妮丝与阿尔弗雷德先在鲁昂与巴黎接受审讯，随后被送进弗雷斯涅监狱，分开关押起来。夫妇二人一开始都以为被捕肯定与从事抵抗活动有关，后来才知道自己被纳粹分子选中的真正原因原来是玛丽·艾格妮丝和那位自由法国运动领导人之间的关系。虽然，盖伊奥夫妇在弗雷斯涅监狱的待遇要比其他犯人多少好上那么一丁点，却从没过过一天好日子。玛丽·艾格妮丝当时已经53岁，阿尔弗雷德也有66岁，年岁已高，二人不仅吃得极其简单，居住环境也十分邋遢，加上分开关押，无法相见。1944年1月，阿尔弗雷德被转移到布痕瓦尔德集中营，不用说身体状况只能是每况愈下，变得越发糟糕了。

反观玛丽·艾格妮丝，自从1944年7月被转移到波恩郊外的德雷森莱茵酒店之后境遇大有改观。这里原本是一座老旧的酒店，位于莱茵河西岸，经过纳粹分子改建之后已经成了一所拘留中心，专门关押地位显赫的犯人，也是布痕瓦尔德集中营的一处卫星设施。玛丽·艾格妮丝和其他关在酒店里的人虽然身份依旧是犯人，住的却不是牢房，而是经过装修的酒店客房，不仅能够在封闭的大院子里散步放风，吃的准备得也还不错。

1945年初，盟军逼近波恩，形势急转直下。2月27日，驻守监狱的德军士兵将全体犯人赶上一艘驳船，运往莱茵河东岸。所有人随后被押上卡车，开往布痕瓦尔德集中营。玛丽·艾格妮丝在布痕瓦尔德终于再次见到了阿尔弗雷德。后者在集中营里经过好几个月的非人摧残，早已虚弱不堪。3月8日，盖伊奥夫妇连同其他50余名要人囚犯被塞进了一节运送牲口的火车车厢，押往慕尼黑。玛丽·艾格妮丝与阿尔弗雷德在抵达慕尼黑之后双双病倒，被与其他人隔离开来，装进了一辆经过伪装的卡车车厢。一同坐在车厢里的还有3名年轻的纳粹国防军士兵和一位年纪稍长的下士。卡车星夜兼程的往前开着，玛丽·艾格妮丝和阿尔弗雷德夜里就睡在货厢硬邦邦的金属车板上。

卡车一直开到4月13日下午，才在一处哨卡停了下来，从哨卡继续往前是一条短短的车道，沿着车道上去就能从伊特村直接开到伊特堡的大门。那名下士走上前去，和站岗的两名哨兵说了几句。两个哨兵都是全副武装，看来对卡车的突然到来感到有些诧异。下士眼看哨兵拒绝拉开路障放行，于是要求二人用哨卡里的电话打一个电话，给某个军官通报一声。

短短几分钟之后，只见斯蒂芬·奥托走了下来。奥托显然没有料到会见到这样一对法国夫妇，也显得相当惊讶。他看了二人一眼，只见后者身上的衣裳皱巴巴地乱作一团，面容显得失神憔悴，于是恶狠狠地吼道："这里可没有地方给你们住！"，说完调头向城堡大门走去。就在此时，只听玛丽·艾格妮丝高声说道："我可是戴高乐将军的妹妹！"

斯蒂芬连忙转过身来，飞快地跑了回来，口气仿佛完全换了一个人似的，"夫人，真的十分抱歉，我们没有想到您会大驾光临！"这位德国军官轻轻地搀扶着阿尔弗雷德的胳膊，领着这对法国夫妇向城堡大门慢慢走去。"夫人，今晚您先住我的房间吧。先生您可以睡在德·拉罗克上校的房间。上校他现在还在医务室。明天我们再给您二位专门安排。"

玛丽·艾格妮丝看到斯蒂芬的态度来了个180度大转弯，不由得暗自窃喜。让她同样感到高兴的还有眼前这座古堡里至少还住着另外一个法国人。玛丽·艾格妮丝并非不清楚德·拉罗克是何许人也，她知道后者曾经在维希政府当过官，有一些地位，心想纵使自己与拉罗克政见或许有所不同，但既然同为法国人，又都身陷德寇囹圄，无论他们两个，还是其他关在伊特堡的法国同胞，都应该把那些鸡毛蒜皮的小事抛在一旁，为了祖国团结一心，互相帮助。

不过，玛丽·艾格妮丝很快就会发现自己一厢情愿的想法到底有多么愚蠢。

———

玛丽·艾格妮丝一心指望关在伊特堡里头的法国人面对困境

能够同仇敌忾，在生活上像同志一般互助友爱，可事实真相却恰恰相反。诚然，关在古堡里头的都是法国人，而且人人都以爱国者自居，却没有一个愿意抛开彼此之间的政治分歧，没有一个人能够做到心平气和，更没有一个人能够不为了坚持己见吵得不可开交。

关在伊特堡的这帮大人物彼此之间如此格格不入，究其原因，在某种程度上也完全能够理解。雷诺和达拉第原本就是政治宿敌，二人同样讨厌魏刚，正是后者在1940年5月取代甘末林当上了法军最高司令官，后来又举起了白旗，一开始还在为占领祖国的德国人卖命效力。自从魏刚1943年12月带着老婆来到伊特堡，雷诺对这两口子就一直爱理不理，这一点明眼人一眼便能看出端倪。魏刚面对如此冷遇，有一回甚至跟着雷诺冲下楼梯，对着后者破口大骂："你这个混蛋！"甘末林同样对魏刚不理不睬，还跟雷诺一道同达拉第处处作对，其原因不言自明。德·拉罗克本来就是个右翼分子，主张个人独裁，当然不会和左派分子儒奥站在一起。至于博洛特拉，达拉第、儒奥与甘末林三人对这位"火十字团"与维希政府的昔日旧将自然唯恐避之不及，而魏刚与拉罗克则与之往来密切。雷诺虽然与博洛特拉政见不一，相处倒也融洽。至于玛丽·魏刚、克里斯蒂安妮·马碧尔和奥古斯塔·布吕克伦这几位关在伊特堡的女囚，无一不是按照各自男人的态度意思行事，这一点想来也不奇怪。

如此一帮达官显贵昔日大权在握，至今仍然心有怨气，彼此之间究竟会有怎样火花四溅的交锋产生；再看一看把他们关起来的那些德国人，眼瞅着这一帮法国囚犯只不过为了一点鸡毛蒜皮的小事就争争吵吵，没完没了，仅仅因为政见相左便彼此不闻不问，各不买账，哪怕被关在城堡里头这方寸之地仍然躲着对方，互不搭理，自然懂得对此好生加以利用，心里又该是何等幸灾乐祸，这一切我们今天统统只能想象而已。这些法国人甚至就连在餐厅里共处一室时都要各自坐在不同的餐桌旁用餐——魏刚夫妇、博洛特拉和德·拉罗克坐一张桌子，雷诺、马碧尔、甘末林和克列孟梭四个人坐另外一张桌子，“中间派”的达拉第、儒奥、布吕克伦还有后来加入的盖伊奥夫妇又坐在另外一张桌子旁边。据玛丽·艾格妮丝·盖伊奥后来回忆，关在伊特堡的这些“伟人”之中有好几位绝不仅仅只在用餐的时候相互斗嘴就完事收场，他们每人每天都要花上好几个小时撰写回忆录，一方面一心指望给自己战争期间的所作所为找些借口辩解，另一方面念念不忘对对手大加鞭挞，极力抹黑。

当然，这帮法国犯人能够参与的活动绝不仅限于写上几页回忆录，为自己歌功颂德那么简单。对于那些福气不够、不够资格被列为“显赫囚徒”的犯人来说，这些法国人能够进行的活动简直不可想象。比方说，伊特堡内的图书馆藏书多达300余册，这帮“游客”虽然并非自愿来此，却随时都能借书一阅，赶上天气不错还可以去城堡的院子里头走走路、散散心——院子虽然有围墙围着，但大部分地方都能去到——要不就玩玩抛接橡皮圈的游戏。拿达拉第来说，他尽可一个人光着身子，享受属于自己的快乐[①]。如果有人希望

---

① 每当天气变暖，气温升高，这位原首相便喜欢除去衣裳，脱个精光，这一点在雷诺和奥古斯塔·莱昂·儒奥的回忆录中均有记载。不过，达拉第在其本人的回忆录中却对自己的这一裸体癖好只字未提。

寻求精神寄托，可以去伊特村里的圣约瑟教堂做做礼拜——当然，前提是得有警卫陪同。女囚会有专人定期开车送往附近的霍普夫加尔滕做美容，保养头发。凡是需要医疗照顾的，如果伊特堡的医务室无法提供足够治疗，将被送往合适的医疗机构就诊。比如雷诺，就在因斯布鲁克的军医院里接受了眼睛手术，达拉第还在达豪做过口腔手术。

不仅如此，吃喝在伊特堡都不成问题。给犯人们做饭的是一位捷克厨子，名叫安德里亚斯·克罗伯特，法国人都管他叫安德烈。安德烈会从周围的农场买来面粉、水果、蔬菜和奶制品，给犯人们做出丰盛多样的饭菜。除了丰富的饭菜，犯人们还有美酒下饭。每一个关押在此的法国人每周都能分到两升奥地利本地佳酿，一升红酒，一升白酒。为了给自己增加点面子，这些显赫政要中的大多数人都会要求安德烈和祖文尼米尔·库科维奇保证凡是食物和酒肴吃不完剩下来的，务必留给那几个同在集中营里关着的女囚。那些女囚可远不如这帮贵人幸运，她们被党卫军抓到伊特堡来是专门做勤杂仆役的，每个人都在前臂上刺着数字，平时就以数字称呼[1]。

除此之外，这些法国囚犯还有办法知道外面世界的消息。负责这个的是库科维奇，他从伊特堡的一名看守那里弄到了、说得更准

① 令人遗憾的是，这些不幸的女囚我们知道姓氏全名的只有两位，叫作格特鲁德·赛伊博德和吉塞拉·西奈克·巴尔塔。至于其他女囚，我们只能找到她们的名字，分别是索菲亚、奥米、露西、玛利亚、约瑟法和奥尔玛。克罗伯特和库科维奇都睡在伊特堡主楼，两个人同住一间牢房，而这些女囚仆役只能睡在城堡庭院上面一层，那里不单空间狭窄，地板上也只不过随随便便铺了一些稻草而已。

确些、应该是偷来了一台小小的短波收音机。由于就连狱卒都不得私藏收音机，一旦发现，轻则发配俄国前线，重则后果可想而知，所以那家伙就算自己的宝贝被人偷了，也不敢声张吱声。这台收音机被藏在了雷诺的房间里头，这位原法兰西总理大人每次都蜷作一团，躲在毛毯底下私自偷听英国广播公司和其他盟国电台，库科维奇和克里斯蒂安妮·马碧尔就在门外放风。倘若听到什么重大新闻，雷诺有时也会通过马碧尔和博洛特拉把消息传达给其他犯人，老头子能有如此合作精神，实在难能可贵。

虽说，这帮法国人在伊特堡里过得舒适自在，完全不用操心费神，但博洛特拉依旧一门心思想着越狱逃跑。这家伙自从1943年5月来到这里，每天早上一起床都会去内院锻炼，跑步的圈数一天比一天多，直到能够一口气跑上90来圈，差不多相当于跑了九英里。博洛特拉除了积极锻炼，养好身体，还跟踪留意狱卒的行动路线和交班时间。他在伊特堡的城墙上找到了好几处地方，上头的铁丝网看上去好像有空子可钻。

这位“巴斯克橡皮人”一共尝试逃跑过三次，每次都翻过了围墙。虽然，头两回的具体日期已经记录不详，但第一次大概是在1943年秋天，还有一次应该是在1945年3月下旬，两次尽管都被抓了回来，可好歹也跑了好几英里远。法国人头两次“短途旅行”受到的唯一惩罚看来只是在自己房间里关关禁闭，一个人呆上几天而已。

我们还得感谢达拉第，正是他为我们提供了有关博洛特拉第三次逃跑更为确切的信息——那一次发生在1945年4月29日。当晚6时

30分左右，达拉第正在城堡后院里溜达闲逛，与这位网球明星不期而遇。后者跟他打了个招呼：“总理先生，祝您散步愉快！”，说完便朝着南面最近的一堵围墙径直跑去。达拉第是这样描述当时的情形的：

> 他（博洛特拉）翻过围墙，拔腿便跑，一溜烟地往山下跑去。党卫军（狱卒）在几码[①]开外朝他开枪射击。他轻轻松松就越过了铁丝网（那些铁丝网布设在距离城堡外墙墙根几米远的地方）。枪声变得越来越密集，党卫军开始发起追捕。到了晚上7点20分，博洛特拉被抓了回来。看他走路一瘸一拐的样子，应该是扭伤了脚踝。

和之前一样，博洛特拉受到的唯一处分似乎仍然只是短短几天禁闭而已。能够被魏默尔派出的城堡警卫给抓回来，法国人应该对此感到庆幸。要知道到了1945年4月伊特堡大门外的世界早已危机四伏，纳粹国防军与武装党卫队的部队在四处活动。对他们来说，管你什么显赫的法国囚犯，这些人的性命统统一文不值。

---

①码（yard），美英长度单位，等于三英尺，合0.9144米。

第四章

危机重重

1943年5月2日首批法国囚犯被押解到伊特堡的时候，纳粹德国的战争努力虽然已经遭遇到不小挫折，可这些失利绝大部分发生在“大德意志”帝国的边境之外，主要集中在东线、北非和地中海地区。然而，在接下来的两年里，战争阴影距离伊特堡越来越近。眼看盟军从各个方向步步进逼，伊特堡的守军越发感到惶惶不可终日，令人没有想到的是，这样的局势反而让古堡里的犯人处境变得更加危险起来。

东线，苏联红军在1943年1月取得斯大林格勒保卫战的胜利，全歼德国第六集团军，就此拉开了西进反攻序幕，其进攻之势锐不可挡，1943年7—8月又在库尔斯克会战中彻底粉碎了德军在东线的最后一场大规模进攻，进一步巩固了自身的战略优势。至此，德国人除了在局部地区赢得零星的战术胜利，已经回天乏术，只能在从波罗的海到黑海的漫长战线上全面败退。截至1945年春，苏联红军不单重新夺回了被敌寇占领的乌克兰、白俄罗斯与俄国境内的领土，还先后攻占了保加利亚、罗马尼亚、波兰、捷克斯洛伐克、匈牙利、波罗的海三国、南斯拉夫的部分地区以及德国东部的大部分领土。不过，对于塞巴斯蒂安·魏默尔和他在伊特堡的手下来说，更让他们提心吊胆的似乎并不在此。1945年4月的最后一天，苏军元帅费奥多尔·托尔布欣麾下乌克兰第三方面军[①]的先头部队出现在距伊特堡以东不到25英里的地方。消息传来，魏默尔等人顿时感到末日将近，越发惴惴不安起来。

奥地利蒂罗尔以南的战况同样让德国人感到忧心忡忡。1943年8月，盟军继将纳粹德国成功逐出北非之后，又在西西里岛胜利登陆。9月，英美盟军在意大利本土的萨勒诺登陆，开始向北艰难推进，沿途虽然遭遇德军顽强抵抗，但前进的步伐势不可挡。1944年6月4日，罗马光复。1945年4月21日，盟军收复博洛尼亚，六天之后解放米兰，意大利境内的全部德军于4月29日宣布投降。德军的投降为杰弗里·凯耶斯中将指挥美军第二军挺进布伦纳山口扫清了道路，这里正是历史上从意大利北部进入奥地利境内的必经之路，距离伊特堡西南只有47英里远。

对于盘踞在蒂罗尔的德军来说，来自西面与西北方向最直接的威胁无疑当数亚历山大·M·帕奇中将指挥的美军第七集团军。该集团军参加了1943年7—8月夺取西西里岛的战役[②]，1944年8月又会同自由法国第一军团下属分队发起“龙骑兵行动”，在法国南部展

① 苏军二战期间的“方面军”大致相当于美国陆军的“集团军群”。乌克兰第三方面军由多个野战集团军组成，每个野战集团军下设数个军，截至1945年4月其总兵力已经超过百万。

② 第七集团军当时由乔治·S·巴顿中将指挥，巴顿将军在攻占西西里岛之后将指挥权交给了帕奇。

开两栖登陆作战。第七集团军在打通佛日山脉之后，沿瑞士边境北上，直取阿尔萨斯与洛林，遭到德军顽强抵抗，战斗自1944年冬一直持续至1945年开春。1945年春，第七集团军渡过莱茵河，横穿德国南部，先后攻占沃尔姆斯、萨尔布吕肯、曼海姆、纽伦堡与慕尼黑等人口重镇。4月30日，帕奇的先头部队已经越过边境，进入奥地利境内，主力部队散布在沿德奥边界长约80英里的战线上。此时此刻，最近的美军部队距离伊特堡已经只有不到15英里。

第七集团军在蒂罗尔推进如此迅速，其原因某种程度上在于盟国情报机构自1943年以来不断得到消息，传闻当地有一座“山中堡垒”，位于德国南部与奥地利西北边陲某地，希特勒和他的部队一旦战争风向有变就会退守至此。堡垒中据说建有多座巨大的地下仓库，里面武器、军火、给养、燃料堆积如山，不仅极其隐蔽，而且防卫森严，互相呼应，足以抵御来敌数月甚至数年之久。

虽说到了1945年1月，大部分盟国高级情报官员已经不再相信真有这样一座固若金汤、给养充足的堡垒存在，但他们深知奥地利山区山势陡峭、河流湍急、盘山公路狭窄难行，这里即便没有什么传说中的地下城堡，本身就是一座天然壁垒，易守难攻。德军在撤退过程中一旦退居山中，以山区为据点展开旷日持久的殊死顽抗，很可能会给盟军造成极大伤亡，延误战局。盟军最高总司令德怀特·D·艾森豪威尔对此一直深感忧虑，为此下令将通往奥地利境内的主要关口一律封锁，作为其作战计划的重点，通往蒂罗尔的关卡更是成为重中之重。

艾森豪威尔进攻奥地利的计划主要由两支部队负责执行展开，分别是陆军上将乔治·S·巴顿指挥的第三集团军和雅各布·L·德弗斯上将的第六集团军群[①]。前者将继续挥师东进，横穿德国南部，挺进奥地利，直取萨尔茨堡，占领该市，控制住自萨尔兹堡往西南方向连接蒂罗尔州的全部关卡，接着往东北方向进军，在林茨附近与苏军会师。德弗斯的任务则是夺取西北与北向通往奥地利的余下所有道路，包括康斯坦茨湖以东布雷根茨的关口，从这里可以直通福拉尔贝格州、也就是奥地利最西面的州，另外还有靠近巴伐利亚小镇弗森与加尔米施帕滕基兴的两处关隘，二者分别通往兰德克与因斯布鲁克。此外，位于因河河谷库夫斯泰因的关卡同样包括在内。

德弗斯指挥着法国第一军团的十一个师与美国第七集团军的十二个师，前者由法国将军让·德·拉特尔·德·塔西尼率领，后者归帕奇将军指挥。两支部队的作战范围大体上沿西北至东南走向为界，大致以弗森为中心，距离德奥边境大约三英里。这也意味着夺取从德国通往蒂罗尔州更加靠东的关卡——其中就包括位于库夫斯泰因的关卡——基本上成了第七集团军、尤其是帕奇手下第21军份内的活儿。第21军由少将弗兰克·W·米尔本指挥，到4月30日为

① 巴顿于1945年4月14日晋升上将，而德弗斯则在1945年3月8日被授予四星军衔。

止主要由第3、第36步兵师和第12装甲师组成[①]。

战争打到这个地步，第21军通常采用的进攻模式是装甲师打头阵，步兵师紧随其后。米尔本因此命令第12装甲师的坦克兵驾驶战车沿慕尼黑至萨尔茨堡的高速公路向南挺进，直取罗森海姆，这座巴伐利亚小镇位于芒法尔河与因河交汇之处。第12装甲师攻下该地之后，将与协同作战的两个步兵师控制库夫斯泰因正南方向大约22英里的地区，米尔本将这一行动称为“最终派遣”。

虽然德军在巴伐利亚全境早已溃不成军，但帕奇和手下的指挥官们并未被胜利冲昏头脑，幻想着进军奥地利的战斗轻而易举。根据情报显示，蒂罗尔州的几支德国驻防部队与训练学校人员齐整，装备也算精良，虽然整体缺乏实战经验，但看上去依旧斗志昂扬，打算顽抗到底。更加令人揪心的是最新情报表明几支纳粹国防军与武装党卫队的残余部队也转移撤退到了奥地利境内。这可是一群经过战场考验的老兵，他们的出现将极大增强驻防部队与军校学员的抵抗能力。盟军节节挺进一方面意味着在慢慢收紧对蒂罗尔州的包围圈，另一方面也等于逼迫德军在该地区积蓄军事力量。诚然，盟军此举并非刻意为之，但对于德军来说，将蒂罗尔作为最后的堡垒展开殊死一搏，无疑太过合适不过。

米尔本手下的情报官员对第21军进攻奥地利时将要面对的风险进行了评估。他们一开始将注意力主要集中在业已掌握的敌军设

① 第七集团军由三个军组成，另外两个分别是第6和第15军，各军分配的单一部队经常换来换去，军中的师级部队随战术局势变化时有调动。

施与驻防部队上。对美军不利的是大部分德军据悉驻守在因河河谷之内及周边地区，这些部队都是专门的山地战部队，被称为“山地部队”，对于在当地崎岖陡峭的山地展开机动，利用地形作战可谓得心应手。更加不妙的是，这些部队大都来自原奥地利国防军的余部，1938年德奥合并之后才被并入纳粹国防军。这也意味着其中大部分士兵都是土生土长的奥地利人，对这些人而言这场战争反倒成了一场保卫故国家园与妻儿老小的战斗。

第21军的首要进攻目标是库夫斯泰因，当地据信驻有一个营的山地步兵，具备前线作战经验，另外还有好几个补充营来自其他步兵与炮兵部队。再往南便是沃格尔，当地一直驻扎着两支山地步兵补充部队，另外还有一个纳粹国防军训练中心，该中心专为士官而设，这些士官将来都可能被分配到山地战部队。说起来这一点恐怕才更加叫人担心，因为这所军校的工作人员与教官都是久经沙场的老兵，数百名学员之中也有不少人拥有丰富的战斗经验。盟军预计这些人都有可能投入战斗，将所学战斗技能充分发挥，而德军山地战部队早已在挪威、俄罗斯与乌克兰的山区向世人展示了他们有多么骁勇善战。

当然，从前线撤下来的部队同样值得注意。就目前情况判断，这些部队应该已经撤退进入了蒂罗尔州。其中最让第21军情报官员担心的一点在于他们判断目前有两个武装党卫队坦克掷弹兵师[①]的分遣部队正在库夫斯泰因东、西、南三面活动，两支部队分别来

① 坦克掷弹兵部队由坦克、车载步兵、炮兵、反坦克兵和工兵部队组成。

自“希特勒青年团”第12师和“古茨·冯·伯利辛根”第17师。此外，另有消息称至少有一个步兵师的残余部队（该师番号不详）正从因斯布鲁克沿因河河谷向东北方向移动。如果上述部队动向属实，再加上当地驻军与军校部队，总兵力当在万人左右。这些师级部队哪怕保留为数不多的装甲车辆、反坦克炮与大炮，都将构成严重威胁，不单会阻碍第21军顺利夺取扼守库夫斯泰因的关卡，而且对美军控制整个蒂罗尔州的全盘计划都将产生不利影响。

好在盘踞在因河河谷的德军实际兵力要远低于盟军情报预计人数，这对第21军来说无疑是个天大的喜讯。4月20日，德军中将格奥尔·里特·冯·亨格尔出任山地军团西北方面军司令官，其任务旨在力保山隘关口不落入敌手。这几处关卡分布在一条70英里长的地段之上，东位于洛弗，中在库夫斯泰因，西在因斯布鲁克。亨格尔虽然任务艰巨，手下却只有区区3000士卒，只相当于差不多一个团的兵力。

诚然，这支防守部队实际上还包括数百名纳粹国防军步兵，都是久经沙场的老兵（亨格尔认为这些士兵属于“大德意志”装甲掷弹兵师[①]），另外还有武装党卫队，人数在两百人左右，战斗欲望极其强烈，很可能来自“古茨·冯·伯利辛根”师。即便如此，

---

①“大德意志”师是纳粹德国陆军最精锐的战斗师（很多人将其视为武装党卫队的一员，但事实并非如此）。虽然，冯·亨格尔认为蒂罗尔境内当时有该师分遣部队存在，其看法却不一定正确。在这一问题上，大多数官方史料表明“大德意志”师直至战争结束一直驻守在德国北部。当然，该师部分人员因某种不明原因被派遣至奥地利境内，这种情况也并非完全没有可能。

冯·亨格尔指挥的仍然是一支临时拼凑起来的部队，大部分兵力为后方支援人员，加上各部队掉队落伍的一些散兵游勇，里头甚至不乏被宪兵抓回来的逃兵。亨格尔新接手的这支部队虽然小型武器与弹药装备充足，但一没有飞机，二缺少装甲武器，就连轮式车辆也少之又少，能够用于直接瞄准射击的火炮只有九门88毫米口径高射炮。冯·亨格尔一度向上级指挥部抱怨人手短缺，火力不足——负责处理这一问题的是亨格尔的上级奥古斯特·温特少将，此人是一名作战参谋，在贝希特斯加登纳粹国防军最高统帅部第二作战处工作——结果得到的答复是他也可以强行征调德国第1和第19集团军的部分兵力，后两支部队均已退至奥地利境内。

冯·亨格尔是巴伐利亚人，具有贵族血统，身为一名职业军人，立下过不少战功，是一个极难对付的对手，还曾经率领山地部队在波兰、芬兰与俄国等地作战。他尽管私底下承认要想守住通往奥地利境内的山卡，这样的任务确实胜算渺茫，但还是决心拼尽全力延缓盟军进入蒂罗尔的前进步伐。亨格尔首先选定沃格尔作为指挥部所在，随后立即着手组织成立了5个战斗大队，每一个战斗大队都以各自指挥官的名字命名。其中4个大队分别保卫通往因河河谷的一处关卡，第五大队留作后备之用。5个战斗大队的指挥官分别叫作毕希纳①、斯奇洛夫斯基、德鲁克、福斯特与约翰·吉尔②，前四人

① 汉斯·毕希纳生于1901年，德国人，是一名颇有威望的山地部队军官，二战后加入西德国防军，最终一直升到了将军，并在1956至1959年间指挥西德国防军第一山地师。

② 吉尔是位于沃格尔的山地部队军事士官学校的校长。

均为上校，后者为中校，全都是久经战阵的山地猎兵。

冯·亨格尔考虑到守卫因斯布鲁克的是约翰内斯·博海姆准将指挥的北方师团[①]，于是将自己防区最西侧的作战部队德鲁克战斗大队部署在了施瓦茨；斯奇洛夫斯基战斗大队的作战指挥部设在延巴赫，距离施瓦茨东北方向5英里；毕希纳战斗大队的位置要往下游23英里，以库夫斯泰因为中心；距离该地正北方7英里，刚刚过了德奥边境的小镇涅德劳是吉尔战斗大队所在，后者扼守因河两岸；福斯特战斗大队则作为后备役部队，被留在了沃格尔，专门守卫军械库。

冯·亨格尔通过情报得知美军在因河河谷的主攻方向将要穿过库夫斯泰因，因此在兵力配置上确保毕希纳与吉尔的战斗大队在5支作战部队中战斗力最强。这两支战斗大队拥有来自“大德意志”装甲师的四百精兵，100名武装党卫队士兵（这些人很可能同样来自“古茨·冯·伯利辛根”装甲师），沃格尔士官学校的数十名教官与学员，400山地猎兵，200宪兵以及60名作战工兵，并且配备了两门88毫米高射炮，每一门高射炮各有弹药30发。由于吉尔的任务是采取游击战术，打了就跑，尽量拖延美军的前进步伐，因此他的部队在两个战斗大队之中人数略少，更加机动灵活。

截至4月30日，冯·亨格尔的4个前线战斗大队均已部署停当，被一一安排在了阿尔卑斯山的各处关隘及其周边地区。毕希纳与吉尔的战斗大队负责守卫通往库夫斯泰因的两条必经之路。其中一条

① 在某些历史文献中又被称为“因斯布鲁克预备役师”。

为主要公路，从罗森海姆往南直下，就在刚过边境一点点、因河下游大约18英里处；另一条是双车道公路，从巴伐利亚的施利尔湖往西南方向一直通向奥地利的兰德尔，继续往前便是库夫斯泰因。冯·亨格尔一直担心自己在兵力人数、装甲武器与火炮数量上有所不足，有此顾虑虽然情有可原，却并非缺乏信心，他知道自己的这支山地军团西北方面军早就一如既往准备就绪，只要美军胆敢踏入因河河谷，就将发起顽强抵抗。

然而，让冯·亨格尔万万没有料到的是他要担心的可不仅仅只有美国人而已。

正如前文所述，不少奥地利人压根就没打算成为“大德意志”帝国的一员。正因为如此，反纳粹抵抗组织在德奥合并之后不久便如雨后春笋一般在奥地利全国各地冒了出来。一如被德寇占领的其他国家，奥地利的抵抗组织同样形形色色，跨越不同政治与意识界限，有的赞同民族主义，有的支持君主政体，有的由社会党人组成，有的则包括了共产党人或犹太人，甚至就连组织严密的犯罪集团也参与其中。虽然，所有这些组织都怀有一个共同愿望，将纳粹侵略者赶出奥地利的国土，但各自目的大相径庭，甚至常常为此斗得不可开交。

不仅如此，蓬勃发展的奥地利抵抗运动还面临着他国（德国本土除外）反纳粹组织不曾遇到过的困难挑战。由于与压迫者拥有共同的文化背景，说着一样的语言，历史渊源也大体相同，因此大部分奥地利人并未经历过因为反抗纳粹统治遭受的残暴屠杀与社会伦理剧变，而类似暴行与动荡早已在法国、波兰与俄国上演。当然，令人遗憾的是大批奥地利人都是狂热虔诚的纳粹分子，对第三帝国的信念与理想无比坚定，而且在付诸实践时充满热情。正因为如此，有意反抗的人们才举步维艰，难以建立起有效的组织体系，经常遭到朋友、邻居，甚至家人的背叛与出卖。

即便面对如此困境，仍然有一些奥地利人选择了反抗纳粹，可他们在采取行动时还面临一些实际困难。由于并不存在奥地利流亡政府，因此抵抗运动直到1944年依旧无法通过任何渠道获得盟国的认可与支持。抵抗组织尽管形形色色，确实存在，却在草创之初无法获得武器、资金和引导，反观法国和低地国家的抵抗组织却能够得到这些支援。奥地利的抵抗组织成员不仅武器装备十分落后，而且往往只能孤身作战，还要时常面对组织暴露、遭到逮捕的危险，因此从一开始便选择了一条不一样的道路，尽量避免像法国、荷兰和挪威的抵抗者那样武装游击作战。

奥地利各抵抗组织改为采取更加实际的斗争路线，强调以非暴力手段反抗侵略，例如发放反纳粹宣传材料，收集情报，以便在盟军到来时提供帮助。与此同时，各抵抗组织也在积极招募训练新人——随着德国在军事方面节节失利，做到这一点也变得相对容易一些——耐心开展工作，建立指挥体系，好让互不相干的抵抗组织能够具有更加强大的战斗力。1944年12月，奥地利临时民族委员会成立，这是一个由各抵抗组织领导人组成的松散联盟，极大推动了抵抗运动在组织层面的发展。临时委员会得以与美国战略情报办公室设在瑞士伯尔尼的分局取得联系，双方迅速建立起互利共赢的合作关系：奥地利的各抵抗组织被统一称作“O5”组织[①]，负责为战略情报办公室提供有价值的情报线索，以便后者把握德军在奥地利各地的军事作战与部署动向；作为回报，战略情报办公室为前者提供武器、资金，派遣联络官员。由于毗邻瑞士，因此蒂罗尔州的各抵抗组织成为了最早一批接受战略情报办公室支持的抵抗组织。

蒂罗尔州的抵抗运动一如奥地利其他地区的抵抗运动，分为不少派别，它们的意识形态与政治主张各不相同，无论是在从因斯布鲁克到哈尔的城市地区，还是散布在因河与山谷的小型乡村居民区都有所发展。大多数抵抗组织一开始将重心放在本地而非区域性活动上，但进入1944年中期已被纳入奥地利临时民族委员会—O5体系之中。各抵抗组织虽然武器装备日趋精良，但为了避免刺激德国人将平民百姓当作目标，展开血腥报复，一般不会对敌军发起直接攻击，转而将精力主要集中在筹备组织，暗中策划人民起义，里应外合，配合盟军进攻蒂罗尔，其目标包括阻止德军在撤退过程中破坏关键位置的桥梁与其他设施，必要时俘虏敌军并解除武装。当然，最为重要的一点在于保护奥地利平民免遭盖世太保与党卫军的

---

① “O5”是对德语“奥地利”一词“Österreich”首字母的一种聪明转述。该词首字母“Öe”在没有元音变音时常书写为“Öe”的形式。因此，在首字母“Ö”后加上数字“5”（“5”代表字母表中第五个字母“e”）便成了“Ö”，借以代表奥地利。该符号由一名年轻的奥地利医学学生约尔格·翁特莱勒创造。奥地利抵抗运动成员常常将这个标志涂抹在建筑物的墙壁或者停放在街边的汽车上面。当然，这帮家伙如果胆子够大（或者脑子够笨），也会把这个涂在德国人的军车上。

报复攻击。

蒂罗尔州的抵抗成员来自社会各行各业，有老师、学生、农民和家庭妇女。如果发现抵抗组织里还有土生土长的奥地利纳粹国防军军官和士兵，也不必大惊小怪。这些官兵多被分配在驻屯军、预备役和补充兵员部队。比如山地部队第136补充营的下属连队就驻扎在兰德克与沃格尔两地，其高级指挥官清一色全是抵抗运动成员。驻守库夫斯泰因的山地部队第137预备营以及同在库夫斯泰因的山地炮兵第118补充支队也是如此。除此之外，山地部队设在沃格尔的军校也有好几名教官与学员都是地地道道的奥地利人，对抵抗运动同样持同情态度。

这些奥地利出生的军事人员之所以选择支持反纳粹抵抗运动，其动机和平民抵抗分子一样五花八门，既有政治上、也有道德与文化上的原因。不过，军人一般说来要比非战斗人员更具优势，懂得如何采取具体有效的行动来打击第三帝国。例如，弗雷德里希·乌特尔便是最早组织反抗、也是名气最大的抵抗者之一。乌特尔战前曾是一名记者，天生热爱自由，1940年应征入伍，被分配到因斯布鲁克的军事登记处，由于身为士官，在德军的行政办公室工作，因此有能力为打入纳粹国防军内部的反纳粹同志提供伪造的身份文件与通行证件，帮助他们在蒂罗尔州自由活动，甚至潜入德国境内。不仅如此，乌特尔还能够为刚刚兴起的各抵抗组织穿针引线，建立联系与合作。其本人也在这一过程中逐渐成长为抵抗运动的核心领袖。

一如奥地利的其他地方，打入蒂罗尔纳粹国防军内部的奥地利反纳粹抵抗者与当地民间抵抗组织之间建立起来的联系看似隐蔽，实则异常牢固，二者互相支持，共同对敌。潜藏在军事组织内部的抵抗者为民间人士提供武器弹药和有关德军部署与行动的情报，民间组织反过来为从敌军阵营中逃跑的奥地利士兵提供藏身之处，安排安全的住所以便召开秘密会议，并且负责输送情报，让人了解当地居民中哪些人最有可能叛国投敌，将抵抗组织成员出卖给盖世太保。

从库夫斯泰因到沃格尔这一片地区诞生了好几个早期的反纳粹抵抗组织，其中一些组织的历史甚至可以追溯至德奥合并之前。虽然，有好几个组织在1938年之后遭到了盖世太保的破坏，但随着1942年之后德军兵败连连，再加上奥地利民族主义日益高涨，民间抵抗运动又重新焕发了生机。尤为值得一提的是这些抵抗组织不仅存活了下来，而且日益壮大，要知道抵抗运动成员不仅要与盖世太保的生死威胁周旋斗争，还要面对可能遭受盟军空袭误杀的危险，这些都是实实在在的威胁。库夫斯泰因的克里格霍夫兵工厂和沃格尔的铁路调车场自1943年开始成为美军航空兵的目标，第15中队的B-17、B-24轰炸机从意大利的基地起飞，对两地展开轮番轰炸。P-38与P-51战斗机也不时发起低空打击，因河河谷一带的公路铁路交通运输变得越来越不安全。平民伤亡在所难免。1945年2月22日就发生过这样一起悲剧，数架轰炸机对沃格尔的列车调度场发起轰炸，没想到将炸弹扔在了镇中心，结果导致39名平民被炸身亡，100多人受伤，数十幢建筑物损毁严重。

盟军的空袭行动尽管造成了人员伤亡与物质损失，但活跃在因河河谷以东地区的抵抗组织成员仍然在积极组织策划，迎接美军的到来。截至1945年3月，沃格尔城内与周边地区各抵抗组织总人数已经达到80余人，包括当地政府与商界要员、手工艺人、神职人员、工人、警官、医生和家庭主妇。这是一场汇聚社会各界力量的抵抗运动，其名义上的领导者是沃格尔当地富有的商界领袖阿洛伊斯·迈尔。迈尔虽然在2月22日的空袭中失去了53岁的姐姐与年仅17岁的侄子，却依旧坚定不移地提供帮助，支持盟军的行动。不过，民间抵抗运动的真正领导人其实是迈尔的副手、31岁的地方官员鲁伯特·哈格莱特纳，是他在指挥这个20到30人的组织展开武装斗争。

哈格莱特纳与他的战士们面临着艰巨的任务。他们不仅要阻止逃跑的德军破坏重要桥梁、建筑与其他基础设施，还肩负着保护当地百姓免遭盖世太保与党卫军报复迫害的重任。哈格莱特纳与他的战士们虽然一开始只能用猎枪与鸟枪武装自己，但通过与当地各军事单位内部反纳粹奥地利成员密切合作，终于弄到了98式卡宾枪。这种步枪即便是纳粹国防军也才偶尔配给，如今却成了哈格莱特纳等人在沃格尔新邮政酒店地下室秘密武器库中的一员。

98式卡宾枪是一种旋转式闭锁步枪，射弹准确，机械性能可靠，深受抵抗成员的欢迎。对于哈格莱特纳和他的战士们来说，如果希望在同具有战斗经验的纳粹国防军与武装党卫队的交火中赢得一线生机，就必须尽快拥有更具杀伤力的武器。虽然，从德军部队中逃跑出来的奥地利士兵偶尔会带来一、两支MP-40冲锋枪或者几个手榴弹，但哈格莱特纳与沃格尔的抵抗组织直到1945年3月才与某位特殊人物取得联系。此人利用自身职务之便，不仅能够帮助抵抗组织获得先进武器，还能为他们提供经过训练、具有经验的人员。让抵抗成员感到惊讶的是这位特殊人物竟然是一名战功赫赫的德国少校，名叫甘戈尔。此人注定将在伊特堡即将上演的大戏中成为关键人物，扮演悲情英雄的角色。

———

约瑟夫·甘戈尔被朋友和家人亲切地称为“塞普”，乍一眼看上去，给人的第一印象似乎与反纳粹抵抗分子不大沾边。的确，翻看甘戈尔的纳粹国防军服役履历，你会发现这位职业军人堪称尽忠职守，从入伍新兵一直升至连级军官，深得上级赏识与下属尊敬。甘戈尔个人档案的第四页配有一幅黑白照片，照片拍摄于1940年5月，虽然已有些许模糊，却依旧能够看出这位30出头的年轻人刚刚晋升少尉时的模样——双目如炬，炯炯有神，颚骨宽大，身板挺直，一副典型的德国军官形象。诚然，照片上的影像无法告诉我们这个男人究竟参与了什么，又经历过什么，以至于最终背叛祖国，违背自己曾经许下的庄严誓言：为了国家的利益而战。

1910年9月12日，塞普·甘戈尔出生在上特劳布林，这是一座巴伐利亚小镇，位于雷根斯堡东南郊外。从家族历史来看，甘戈尔即便不能说出身贫寒，至少也绝对谈不上名望显赫，出生时父亲只有24岁，刚刚在巴伐利亚皇家国营铁路公司驻雷根斯堡的地区办事处谋得一份职位，当了个小官，没什么级别。母亲同样年纪轻轻，才23岁出头，在怀上甘戈尔之前一直在一家小店里打临工，店面离家不远，家中也是陈设简陋。父亲在塞普出生后过了几年被调到派森博格的一家铁路部门工作，那个地方位于慕尼黑西南，大约有35英里远。甘戈尔一家搬去之后又新添了几个孩子①。孩子们的成长经历并无特别之处，父母虽然名义上是天主教徒，几个孩子却都在当地的世俗学校读书。由于老甘戈尔在铁路部门的工作在当地政府看来还算重要，因此一战期间为其免去了服兵役的麻烦。然而，随着战后德国经济停滞不前，失业率节节高升，对于刚刚走出校门的塞普来说，当兵似乎成了为数不多的几条出路之一，好歹能够混口饭吃。1928年11月1日，甘戈尔刚刚度过18岁生日还不到两个月就做出了选择——古往今来，但凡对生计没有其他像样指望的年轻人都会走上同样的道路——当兵入伍。

那个年代的德国陆军被称作“国家陆军”，人数占到国防军的一半。国防军作为统一军事力量还包括“国家海军”。时过境迁，无论国家陆军还是国家海军都无法与一战期间那支强大的军队相提并论。1919年签订的《凡尔赛条约》对德国海陆两军规模做出严格限制，其中陆军人数被限制在10万以内。不仅如此，《凡尔赛条约》对德国陆军拥有的武器数量与种类以及采取何种作战方式也做出了重大限制。这些限制让德国军队的小伙子们只能把军旅生涯的大部分时光打发在和平时期的驻防任务上，每天过着周而复始的日

---

① 我们对塞普·甘戈尔兄弟姐妹的情况细节了解不多，大致说来他至少有两个弟弟和一个妹妹。

子，干着培训操练、清理武器、洗濯军装、打扫营房，培训更多新兵诸如此类的事情。这些零碎活儿无须开动脑筋，让人感觉单调乏味。即便如此，能够加入陆军还是给类似塞普·甘戈尔这样的年轻人带来了好处。随着大萧条在世界范围内愈演愈烈，本就饱受战争摧残的德国雪上加霜，这些优势也逐渐体现出来：参军当兵好歹头上能有片瓦遮风挡雨，挣的钱虽然不多，却来源稳定，更加不用提一日三餐顿顿不缺，吃饭总归不成问题。战后10多年来德国受够了社会政局的动荡不安，不少人在这样的环境中长大，甘戈尔同他们一样渴望拥有一种纪律、秩序与同志相依的感觉，而这恰恰是军队一脉相承的传统，这恐怕才是甘戈尔留在军中的真实原因。

无论甘戈尔出于何种原因参军入伍，他都很快证明自己不仅斗志昂扬，而且能力出众，不愧为一个好兵。也不知是甘戈尔自己的选择还是军队的安排，总之他被分配到了炮兵部队，去纽伦堡的第七炮兵团接受新兵训练，一直待到1929年9月，留下了一份出色的军官考绩报告，就此拉开了自己写满光彩履历的军人生涯的大幕。甘戈尔先后在乌尔姆的第五炮兵团和路德维希堡的第25炮兵团服役，步步晋升，1938年11月已经当上了二级军士长，被选派送往预备军官学校进修。此时的甘戈尔已经结婚成家，并且当上了父亲——1935年，甘戈尔与沃尔布加·伦茨结为夫妻，妻子是路德维希堡一家商店的店员，第二年又迎来了两个孩子中头一个的降生，大女儿齐格林德呱呱坠地。

甘戈尔军人生涯的最初几年一直是在和平环境下度过的，日子周而复始，过得单调乏味。20世纪30年代，德国开始暗中扩军备战，纳粹党抢班夺权，登上政坛，待到甘戈尔成为一名高级士官之际，此时的德国陆军——1935年德国防卫军更名为纳粹德国国防军，德国陆军亦于同年改头换面，成为纳粹国防军陆军——无论在兵力人数、还是军事实力上都早已今非昔比，远比以往强大。不仅如此，这一时期的德国军队也表现出更加明确的政治倾向。军官士卒无论军阶晋升还是职务分配，占得先机的往往都是那些拥护元首与纳粹党的人——这些人至少在表面上表现得对希特勒忠心耿耿。甘戈尔一如不少自己这一代德国军人，也开始在政治上追随潮流，相机而动。我们虽然并不清楚甘戈尔本人究竟如何看待希特勒与纳粹党在祖国的崛起，但有一点可以明确，那便是在他1935年以后的军官考绩报告中留有如下评语：“此人是国家社会主义的忠诚支持者”，具有“正确的政治立场”。

这番评价或许能够很好解释甘戈尔为何会被选中，派往预备军官学校进修。甘戈尔原本打算在1939年10月开始进修，不料二战在前一个月爆发，打乱了安排。就在9月1日德国入侵波兰前几周，甘戈尔所在的炮兵团从路德维希堡开拔，调往毗邻法国的萨尔普法尔兹地区。第25炮兵团当时隶属于第25步兵师，负责在前线后方几英里处构筑工事，随时待命，一旦盟军对帝国发起进攻便立刻提供支援。9月7日，盟军打响进攻，法军11个师的兵力在22英里长的战线上越过边境。此次进攻旨在迫使德军将兵力转移至西线，从而减轻波兰方面的压力。然而，法国人不仅准备仓促，打起仗来也畏手畏脚，尽管向德国境内成功推进了五英里，趁着德军人去楼空占领了几座小镇，但进攻最终演变为一场灾难。法国人仅仅坚持了两周就狼狈地退了回去，没有给德军造成任何压力，根本无法迫使对手将部队从波兰调往西线。

这场短暂的冲突标志着塞普·甘戈尔战斗生涯的开始。西线随后很快陷入军事僵局，这便是有名的“假战争”，也被德国人戏称为“静坐战争”[①]。僵持局面大致始于1939年9月中旬，直至1940年5月德国入侵法国与低地国家方被打破。这段时间同样是甘戈尔人生中一段颇为蹊跷的时期。在法国人的短暂进攻期间，甘戈尔的个人档案虽然并未提及任何与负伤有关的事情，却清楚地记录着他从1939年9月13日到1940年3月13日先后住进了四家不同的军医院。四家医院分别位于兰道、路德维希港、施鲁本豪森与路德维希堡。这段人生插曲的确难以解释，也许只有为数不多的几个理由站得住脚，那便是甘戈尔确实受了伤，至于究竟如何受伤，到底是因病入院，还是在参与非战斗行动或者某项未被公开的公务时意外负伤，一概不得而知，唯一知道的便是找不出原因来解释这位巴伐利亚炮兵军官为何会在一家又一家军医院轮流住上差不多6个月。不过，有一点倒是清楚，那便是甘戈尔在1940年3月14日重新回到了炮兵团，不到两个月便被授予了少尉军衔，此后不久便拍摄了前文所述的那张照片。照片中的他看上去可是健康得很，完全看不出身体有伤的样子。

塞普·甘戈尔晋升少尉之后不久便得到机会，在战场上施展

① “静坐战争”（“sitzkrieg”），利用德语“闪电战”（“blitzkrieg”）一词改造而成，英语直译为“sitting war”。

自己的指挥才能。第25炮兵团在赫尔曼·克鲁斯准将指挥下参与了黄色计划，德军对比利时和荷兰的这场入侵行动不久即将演变为法兰西战役。甘戈尔在整个战役期间一直担任前方观察小组组长，该小组隶属于第25步兵师旗下的一支突击团，其任务旨在呼唤炮兵火力，对敌集结地、工事及其他目标实施打击，消灭对我方步兵推进构成的威胁。甘戈尔不断往来于前线各地，始终远远处在其指挥炮兵瞄准的炮口之前，身为一名指挥官一开始能有如此出色的战斗表现，足以赢得上级赞赏，被誉为具有“出色的火炮射击知识”，“能够在炮火威胁下保持冷静、临危不乱”。

虽然，德国人在征服法国与低地国家的进攻中以迅雷不及掩耳之势打了一个漂亮仗，但侵略者并非没有付出代价。盟国军队同样让来犯之敌蒙受了相当惨重的人员伤亡，甘戈尔的第25炮兵团也不例外。炮兵团中的死伤将士必须由受过合格训练的人员补充替换，负责这一任务的是第25炮兵补充营。法国宣布投降刚刚几个星期，甘戈尔便被选派调往该部队，临时担任训练教官。这个职位对甘戈尔来说可谓如鱼得水：这位指挥官不但经过战场的考验，而且军旅生涯的绝大多数时间都是一名普通士兵，这样的经历更能让他与年轻的候补士兵建立起互信的纽带，而这一点那些更加迂腐古板的军官恐怕难以做到。不仅如此，甘戈尔从基层一步步升上来，对炮兵战术的方方面面了如指掌，拥有非同一般的全面技能。那些新兵炮手很快就要把培训所学的技能用到实战中去，甘戈尔的经验对于他们来说无疑将有极大帮助。1940年8月7日，甘戈尔离开法国，与家人小聚数日之后随即前往塔乌斯，到第25炮兵补充营总部报到。那个地方在波西米亚与摩拉维亚保护地境内，原本是捷克斯洛伐克的领土，被纳粹占领之后划分出来成了“大德意志”帝国的一部分。

塞普·甘戈尔在补充营待了三个月左右，为自己的军官考绩报告赢得了更多来自上级的赞许之词，接着便只身一人重返学校。1940年11月25日，甘戈尔前往容特伯格的炮兵学校，开始为期一个月的进修课程，那里距离柏林西南大约40英里。甘戈尔进修获得炮兵中队长资格，课程结束后又回到了所属部队。第25炮兵团此时已经从法国撤回路德维希堡进行整编，不仅配备了大量机动车辆，还改了番号，叫做第25（摩托化）炮兵团。甘戈尔和战友们不久将被派遣参加巴巴罗萨计划，进攻苏联，部队机动能力大大增强带来的好处很快便会派上用场。

巴巴罗萨计划堪称一场规模空前的大屠杀，最终以纳粹德国的灾难性失利宣告结束。虽然，其大体细节不在本书记叙范围之列，但甘戈尔在俄国战线度过的这四年仍然值得一提。令人遗憾的是，这个男人虽然日后将在伊特堡事件中扮演极为关键的角色，这段时期对于塑造其人格特点起着极为关键的作用，可我们对这一时期的具体情况知之甚少。虽然，我们能够通过纳粹国防军个人档案中的信息大体了解甘戈尔的工作，但档案中有关其头15年军人生涯的具体记录却已遗失。究其原因，不难发现随着战争进行，纳粹国防军的工作能力在诸多方面每况愈下，档案记录只是其中一方面，纳粹国防军已经无法保证下属人员的相关记录准确完整、及时更新。就甘戈尔的情况而言，这样的结果就好比看着一幅曾经鲜艳的水彩画在眼前慢慢褪色，直至变成黑白。

那么，我们对于甘戈尔在俄国度过的这一段时光又了解多少呢？

1941年6月22日，巴巴罗萨计划拉开帷幕，第25（摩托化）炮兵团当时隶属于艾瓦尔德·冯·克列斯特将军麾下的第一装甲集群，该装甲集群作为南方集团军群的一部正负责进攻乌克兰。甘戈尔在接下来的10个月里一直在指挥第25团三营的一个炮兵连，该连拥有多门105毫米口径榴弹炮，参加了进攻基辅的战斗。德军成功包围了多个苏联集团军，企图一举全歼对手，双方战斗异常激烈，打得难分难解。甘戈尔的炮兵连不断变换阵地，采用的战术按照美军的说法叫作“打了就跑”，也就是说到了某个地点停下来，卸下大炮，管他预先设定好的还是前方观察员火力召唤的目标，总之先是一顿猛打，然后把大炮重新装回到拖车上去，赶紧离开，换个地方再打。这种战术既可以让打头阵的坦克与摩托化步兵在前进路上始终得到炮火支援，又能防止敌军进行有效的反炮兵战射击。等到苏军判明德国炮兵的开火位置，甘戈尔早就带着部下收起大炮，不知去向。

德国人尽管对顽强抵抗的苏军造成了巨大人员伤亡与物质损失，可进攻乌克兰绝非易事。苏军虽然面对德国人占据压倒优势的多兵种联合进攻，不少队伍迅速败下阵来，被打得七零八落，可仍有其他部队坚守住了阵地，展开英勇反击，而德国炮兵部队往往能够在破坏苏军反击方面起到明显效果。例如，在苏军1941年7月发动的一次反扑中，甘戈尔的炮兵连便成功击退了对方一支部队的进攻，使得德军一个连的步兵避免惨遭全歼。此次战斗的详情我们虽然难以知晓，但有一点可以确定，那便是甘戈尔因为那一天指挥有功获得了嘉奖，在1941年8月20日被授予二级铁十字勋章，5个月后晋升中尉，1942年2月12日又被授予一级铁十字勋章。虽然，第二次授勋的原因已经无从考证，但我们不妨据此推测这位年轻的炮兵指挥官之所以一再获奖，很可能是因为在战斗展现出了“超乎寻常的英勇”，毕竟勇气对于一名军官来说必不可少。从此以后，这位德国军官军服衣领的扣眼上将别上代表一等军功的黑、白、红三色绶带，而胸前口袋的正中央将佩戴上标志性的银黑两色勋章，象征着二等军功。

塞普·甘戈尔戴上第二枚铁十字勋章还不到短短两个月，就经历了一次职位调动。这次人事变动在当时看来也许无足轻重，却使其最终免于一死，没有命丧俄国战场，而是出现在了伊特堡——他从传统的单管炮兵部队调到了所在3营下属的独立投掷式炮兵连。该连队拥有6门“烟雾喷射器”41型六管火箭炮，每一门火箭炮都装在一台两轮炮架上，由一辆半履带式卡车牵引。这种火箭炮配备了具备旋转稳定性、无导向功能的火箭弹，能够在数秒之内将全部火箭弹连续发射出去，利用高爆弹药或者燃烧射弹一次六管齐射足以对目标区域实行饱和攻击。诚然，“烟雾喷射器”41型六管火箭炮也存在不足之处，主要是射程有限，加之尾烟容易暴露位置所在，使之成为反炮火火力攻击的目标，但只要使用得当，仍然是一种极具破坏威力的武器，足以对苏军部队与没有装甲保护的车辆造成巨大伤害。甘戈尔之前是否使用过这种武器，我们不得而知，但他确实在1942年4月24日接受指派，指挥该投掷式炮兵连，并且在第25（摩托化）炮兵团服役的余下时间里一直担任此职。

这个时期实在充满变数。德军虽然在战争初期占领了俄国大片土地，将整支整支的苏联集团军全部歼灭，俘虏了数以百万计战俘，可到了甘戈尔担任投掷式炮兵连指挥官那会儿，战局已经发生逆转，变得对纳粹国防军不利起来。德军不仅未能攻下莫斯科，在包围列宁格勒的战役中也最终功败垂成，而且头一回感受到了俄罗斯的严冬有多么恐怖，苦不堪言。随着德军补给线越拉越长，苏军的抵抗也变得越发顽强，甘戈尔所在炮兵连这样的部队逐渐转入守势，疲于防守。第25（摩托化）炮兵团也好，德军的其他部队也好，差不多每一支部队都在东线陷入苦战，在长达两年的不停征战中被一点点消磨殆尽。死伤的兵员得不到补充，给养日渐匮乏，甘戈尔的部队到了1944年2月份已经濒临全军覆灭的境地。

幸运的是，甘戈尔上尉——甘戈尔在前一年4月份晋升上尉——不用跟着这支部队一道走向不可避免的覆灭，他在1943年11月被调到第四集团军担任参谋，负责与投掷式炮兵的有关事务，在这个位置上能够出谋划策，为多管火箭发射器找到更加广阔的用武之地，使之能够更好发挥威力。甘戈尔凭借着丰富的知识与过人的能力，再一次给上级留下了深刻印象，赢得赏识，1944年1月被选为另一支投掷式炮兵营的指挥官。类似这样新成立的投掷式炮兵营当时还有不少，正在德国国内积极组建之中。甘戈尔能够被选中，意味着赢得一线生机，不仅能够逃出俄国，还可以就此摆脱覆亡的命运，要知道苏联人很快便会让东线的纳粹国防军部队尝尝什么叫作灭顶之灾。

甘戈尔的第一站是位于多瑙河畔的霍克施塔特，此地地处慕尼黑西北，距离大约60英里远，第七投掷式炮兵补充训练营就设于此。这名从俄国前线退下来的老兵在差不多两个月的时间里，将自己的经验与手下的士兵一一分享，要知道这些士兵中有不少人短短几个星期之前还只是一介平民，毫无战斗经验可言。每逢周末，甘戈尔便会前往路德维希堡与妻儿团聚。这段路程坐火车原本只须两个小时，可盟军对德国铁路枢纽展开空袭，让旅途变得异常漫长辛苦。2月份刚刚开始不久，甘戈尔又要动身启程去往下一站，这一次的目的地是比利时，他要在安特卫普待上一个月，去当地的陆军营与支队级指挥官军校进修培训。

甘戈尔3月4日结束进修之后去了策勒。策勒是位于德国中北部的一座小镇，甘戈尔在那里加入了刚刚成立的第83投掷式炮兵团。该炮兵团由三个营组成，其中第一、第二两个营各配备有18门15厘米口径的“烟雾喷射器”41型六管火箭炮，分别划归3个炮兵连所有。第三营拥有18门“烟雾喷射器”42型火箭炮，这种火箭炮口径更大，达到21厘米。该团同时拥有16辆半履带式装甲车辆。这些车辆又被称作“骡子”，每一辆都拖着一门15厘米口径火箭炮。一营和二营对车辆进行了平均分配，分到一营的番号为“第21火箭炮组”，分到二营的被叫作“第22火箭炮组”。甘戈尔负责指挥第三营的“烟雾喷射器”41型六管火箭炮，如此安排显然是在为他很快就将接管整个三营做打算。除了甘戈尔所在的部队，另外还有一支第84投掷式炮兵团，二者在武器装备与人员配置上一模一样，共同组成第七投掷式炮兵旅。

战局发展至此已经一目了然，盟军很快就将对西欧发起全面进攻，目标地点很可能定在法国诺曼底沿岸。甘戈尔所在的第七投掷式炮兵旅刚刚成立，经过短短几周训练之后就开始向西调动，与西线部队会合。德国最高统帅部指望依靠这些部队挫败盟军攻势。然而，如此调动绝非易事。德国西部和法国北部的各条铁路干线早就被盟军重型轰炸机的定期空袭炸得千疮百孔，第七投掷式炮兵旅的军用卡车、拖车、火箭发射器、还有那些“骡子”半履带式车辆统统只能通过公路前进。如此一来，不仅把自己暴露在盟军战斗轰炸机的眼皮底下，面临实实在在的低空攻击威胁，还造成了严重的机械困难，尤其是“骡子”，一路上履带不断出现问题，抛锚熄火成了家常便饭。不仅如此，其他危险同样存在。法国抵抗组织为了配合盟军进攻做好准备，正在加紧活动。这些活动有的还好对付，比方说只是将路牌掉转个头，让德国人的车队跑错方向，有的就实在充满暴力，比如在路边打冷枪，甚至是展开全面伏击。

第七投掷式炮兵旅尽管一路上困难重重，险象环生，还是赶在5月18日抵达了预定的前方集结点——法国博韦，这个地方在巴黎西北，距离大约50英里。全旅各下属部队在接下来的几个星期里开始紧锣密鼓地投入工作，为即将打响的大战做好准备。士兵们忙着装填弹药、加满燃料、维护车辆、同时尽量避免打草惊蛇，切莫引起盟军飞机的注意。我们手头没有任何资料能够了解塞普·甘戈尔在此期间的思想动向，不知他究竟是感到恐惧，还是听天由命，抑或是对战争早就感到厌倦，看淡了生死，唯一能够做出的保险预测是甘戈尔肯定在竭尽全力，让自己炮组的士兵们做好准备，迎接狂风暴雨的到来，而这场暴风雨将把他们所有人全部吞噬。

暴风雨终于在6月6日来临，发起这场风暴的是盟国海空部队的15.6万大军。翌日，第七投掷式炮兵旅接到命令，英国与加拿大部队已经兵临卡昂，他们必须向诺曼底沿岸火速进发。这段116英里长的路德国人走了整整三天三夜，盟国飞机不仅让他们损兵折将，也造成了物质损失。第七旅到达卡昂之后即被并入“希特勒青年团”党卫军第12坦克师。这两个投掷式炮兵团在接下来的两个月里一直在不断作战。虽然，甘戈尔及其部下能够起到关键作用，协助德军在卡昂组织起顽强抵抗，但到了8月的第三个星期，第七炮兵团[①]连同沃尔特·莫德尔元帅麾下B集团军群的几乎全部兵力都被压缩在了卡昂以南的“法莱斯口袋”之中。随着美军从南而上，英、加、波三国部队自北而下，形成合围之势，十余万德军面临着全歼的危险。不过，仍然有大约25000至45000德军赶在8月20日包围圈合拢之前成功逃脱，甘戈尔所在第七旅的残部也在其中。

第七投掷式炮兵旅虽然逃出重围，残留了一丝希望继续作战，却把辎重武器统统丢在身后，一路退到了普朗，这个地方位于德国西部的埃菲尔山区。部队随后在普朗当地重新集结，补充了部分装备，11月中旬将番号改为“第七投掷式炮兵人民旅”。12月16日，德军展开最后的殊死抵抗，发起反攻，此役史称突出部之战，第七投掷式炮兵人民旅的两个团均参与了当天率先进行的大规模炮击。进攻部队不断向前推进，第七旅紧随其后，为第五装甲集团军提供

---

① 原文如此，此处应为“第七投掷式炮兵旅”，为作者笔误—译者注。

火力支持，一直打到比利时小城圣维特东郊方才停下脚步。然而，随着美军地面抵抗日渐加强，加之天气放晴，盟军的强击机再次自由飞翔在白雪皑皑的战场上空，德军大势已去，第七旅无奈之下只能跟着大部队向东撤退。

1945年1、2月份，第七投掷式炮兵人民旅又参加了守卫萨尔布吕肯的战役，试图阻挡亚历山大·帕奇的美军第七集团军。德军的努力终归徒劳，塞普·甘戈尔在这场战役中因战斗英勇再次获得嘉奖。我们并不清楚甘戈尔究竟干了何等惊天动地的英雄举动，只知道他在3月8日被授予德意志十字金质勋章[①]，几天之后又被升为少校，成为所在83团二营营长。不过，此时的二营已经凑不齐足够人手，就连一个完整的炮兵连都几乎无法组成。甘戈尔想必应该没有多少时间好好体会一下当上营长的滋味，第七投掷式炮兵旅打到这个地步早就七零八落，兵力几乎减半，没有几台车辆能够正常运行，火箭发射器也丢得一干二净，全旅上下只能节节败退。第七旅为了避开低空盘旋的盟军战机，只有趁着夜间才敢行动，向东南方向缓慢推进。其残余兵力到了4月份的第一个星期才到达巴伐利亚佩森博格地区，这里正是甘戈尔出生长大的地方。整支队伍一路上稀稀拉拉，拖了好几英里。指挥第七旅的库尔特·帕佩准将考虑到自己的部队已经不再具备作战凝聚力，于是将部队分成几个营，各自为战，命令各营营长带着余下人马转移进入奥地利蒂罗尔州，不管

① 该勋章为八角星形勋章，中间饰有纳粹党十字标志，旨在对受勋者在战斗中表现出来的英勇无畏与出色战功给予认可与嘉奖。受勋者必须在此之前已经获得过二级与一级铁十字勋章方可接受。

是谁在组织防卫山地要塞，都交由对方接管指挥。

我们虽然无法确定塞普·甘戈尔和他手下30来号人——甘戈尔的营全部人马加起来也就这么一丁点儿人——进入奥地利到底是走的哪条路线，但考虑到美军正在快速推进，横穿下巴伐利亚地区，因此甘戈尔一行很可能一开始从派森博格往正东方向前进，首先到达巴特特尔茨，然后调头沿伊萨尔河谷南下，往南走上大约12英里，到达伊萨尔河出希尔闻斯泰因塞后向北流去的地方，在此改为向东前进，进入奥地利境内。甘戈尔等人在越过1938年之前的那条边界线之后，应该往南穿过阿亨湖谷地，沿阿亨湖东岸一直走到因河河谷延巴赫的所在位置。甘戈尔和第二营的一小撮残卒抵达目的地时已是4月中旬，这里是亨格尔山地军团西北方面军的地盘，他们很快被编入吉尔的战斗大队，后者指挥部的分队当时还留在沃格尔。

我们很可能永远无法得知塞普·甘戈尔带着残部进入奥地利境内，究竟真的是为了参加最后的战斗，阻挡美军前进，还是仅仅只为找一个清净的偏远之地，让自己和手下的士兵们能够平安度过这最后几个星期，直到战争结束。我们同样无法确切知晓这位纳粹国防军炮兵指挥官——不要忘记这位职业军人在与祖国敌人的战斗中因为作战英勇三度荣获勋章——是否真的对希特勒宣扬的那一套信以为真，毕竟他曾向元首庄严宣誓过永远效忠。无论如何，我们还是能够从甘戈尔抵达沃格尔短短几天之内的所作所为多少推断出其本人的真实性格：这个男人在这几天里与阿洛伊斯·迈尔的抵抗组织取得联系，提出愿意提供武器，并将给予全力帮助。这样做完全是对元首与祖国明目张胆的背叛，这样的举动不仅将为他本人招来死亡的惩罚，在战争的这个紧要关头也将断送自己妻儿的性命。

然而，塞普·甘戈尔即便明知此举会给自己和深爱的家人带来危险，仍然下定决心，伸出援手去解救那一帮法国人——这些大人物被关在一座犹如童话般美妙的古堡之中，正在喋喋不休地吵个不停——正是这个决定将在短短数周之内让他的生命陷入更加直接的危险境地。

我们并不知晓甘戈尔究竟是如何与沃格尔的抵抗运动成员接上头的，在此不妨做几个合乎情理的推测。

第一种可能是甘戈尔在刚刚加入吉尔战斗大队时就已经得到情报报告，从中得悉了迈尔、哈格莱特纳和抵抗组织其他关键成员的消息线索，并且凭借一己之力将他们找了出来。可是，这些抵抗分子的身份信息倘若早已被官方记录在案，想必早就被抓了起来，因此这种推测成立的可能性微乎其微。事实上，党卫军和盖世太保的爪牙直到大战结束前几个星期里还在蒂罗尔州四处猖狂活动，无论军人还是平民，也不管确有其事还是稍有嫌疑，只要有人胆敢反对纳粹或者“鼓动失败情绪”，一律予以处决。冯·亨格尔山地军团西北方面军的军官队伍中就包括党卫军与盖世太保成员（对于这位挑剔的将军来说，这一点很可能有悖他的意愿），假如有任何情报信息能够表明抵抗分子的身份，恐怕早就落入了这帮家伙的手中。

另一种可能性在于甘戈尔为吉尔战斗大队工作期间通过某种途径得知了一、两名沃格尔抵抗成员的真实身份，随后找到了他们。这一种推测虽然说得过去，但同样存有疑点。鉴于党卫军与盖世太保仍然在大肆搜捕，想必任何一位抵抗运动成员见到一名纳粹国防军军官——这位军官不仅功勋赫赫，而且连奥地利人都算不上——前来登门拜访，都会无一例外地认为这不过是一种拙劣的把戏，试图请君入瓮，让自己上钩罢了。客气一点的话，他们会装出一脸无辜的神情，凡事一问三不知，说出一大堆令人作呕的恭维话，把甘戈尔客客气气地请出家门；碰上不客气的，那甘戈尔恐怕就要在后脑门子吃上一颗枪子，横尸因河河中了。

如此一来，甘戈尔之所以能够与迈尔领导的抵抗组织取得联系，最有可能的一种方式便是通过某位值得信任的中间人。正如本章前文所述，驻守库夫斯泰因与沃格尔地区的纳粹国防军二线队伍中有不少军官是奥地利人，山地部队第136补充营、山地部队第137预备营还有山地炮兵第118补充支队都是例子。这些军官大多担任要职，而且据说在抵抗组织内部相当活跃，要么至少对抵抗运动抱有同情态度。既然，这些部队旨在为冯·亨格尔的战斗大队提供人员与物质，山地部队的士官学校在这一点上也扮演着同样角色，那么甘戈尔完全有可能在执行公务的过程中与一名、甚至好几名反纳粹抵抗分子有过接触。究竟是甘戈尔亲自迈出的第一步，还是有人暗中接近，我们对此虽然无从知晓，但可以明确断定双方一开始的接触肯定极为关键，意味着彼此互信。倘若考虑欠妥，找错对象，暴露了身份，那么唯一的下场恐怕就只有死在行刑队的枪口之下了。

无论甘戈尔究竟通过什么方式被引荐给迈尔与哈格莱特纳等人领导的抵抗组织，我们都能够明确无误地判明一点，即甘戈尔身为吉尔战斗大队的高级军官，其特殊地位使得他对反纳粹抵抗运动具有极大价值。甘戈尔在执行公务的过程中能够从罗森海姆到库夫斯泰因、再到沃格尔等地自由活动，不受限制，表面看似在与其他战斗大队协调工作，实则暗中监视托特组织①的一举一动，观察对方在那些重要道路桥梁上究竟如何设置路障，安放爆破装置。甘戈尔对于路障的具体位置以及纳粹国防军与武装党卫队部队部署在当地的兵员人数及武器配备均一一做出详细记录，再将信息传达给哈格莱特纳，由后者通过奥地利临时民族委员会—O5的情报链进一步传递。甘戈尔不仅为抵抗组织成员提供武器与弹药，还负责报告有关战斗大队军官的详细情况，让抵抗组织掌握哪些军官属于顽固分子，死心塌地为纳粹效忠；又有哪些军官值得信任，必要时能够为抵抗运动提供帮助。在值得信任的对象中有十几个人都来自甘戈尔曾经待过的第83投掷式炮兵团，不仅有军官，也包括士兵，都曾经跟随甘戈尔历经艰辛才来到奥地利，甘戈尔对他们同样充满信任，愿意分享自己的观点。

甘戈尔与沃格尔的抵抗组织接头成功之后便开始展露才华，

① 托特组织（the Organization Todt, OT），以其创始人纳粹工程师及高级官员弗里茨·托特命名，是第三帝国的主要民用与军用工程建设组织，二战爆发之前负责德国的公路与前线工事建设，1939年9月以后扩展为军事建筑组织，在纳粹德国与德占区均有活动。该组织所用劳工几乎全部为“强征”劳工，起初为不符合兵役条件的德国公民。后来随着战争的进展，劳工队伍差不多全部由犯人组成，包括战俘、政治犯以及集中营里关押的囚犯。

让人看到自己既是一名甘于献身的反纳粹分子，也是一位能征善战的优秀军人。阿洛伊斯·迈尔于是在4月30日周一的一次会议上做出决定，将抵抗组织军事行动的领导权交到了这位纳粹国防军指挥官手中。由于吉尔此时已经下达了两项命令，第一项是严防死守沃格尔，阻挡美军前进；第二项是在城内各桥梁与主要道路上设置路障，要不就用炸药破坏，因此甘戈尔做出的头一项决定便是要求抵抗组织各成员务必阻止这两项命令的执行。

甘戈尔的第二项决定与关在伊特堡的法国囚犯有关。甘戈尔在与沃格尔的抵抗运动成员取得联系之后不久便得知了法国囚徒的存在，坦言营救要人势在必行，但一切救援行动必须秘密展开，不得与依旧忠于元首的武装党卫队和纳粹国防军发生全面冲突。他命令将救援行动所需的武器弹药全部藏匿到沃格尔城外某处地方去。迈尔于是和当地一位名叫汉斯·谢弗尔德的医生在次日将必要物品装上两辆轿车，从新邮政酒店的地下室转移出去，开车走乡间小路运往一处废弃的农舍。那座农舍位于凯尔克索，距离沃格尔东南差不多有60英里。

甘戈尔起初认为营救法国犯人的计划宜早不宜迟，不料因河河谷的军事形势风云突变，无法立刻展开救援。5月1日，也就是周二一大早，迈尔和谢弗尔德还在转移武器的路上，甘戈尔却接到吉尔的命令，要去检查战斗大队部署在公路两旁的几支小分队。这条公路是一条交通要道，从罗森海姆往南一直通向库夫斯泰因。到了第二天，甘戈尔一整天都在与留守沃格尔的预备役部队指挥官福斯特上校开会，根本无法抽空脱身。他原本指望在5月3日，也就是星期四动手把法国要人给救出来，谁知吉尔战斗大队的小分队在涅德劳一带遭遇美军第12装甲师进攻。这座德国小镇距离库夫斯泰因以北只有7英里远，如此一来，甘戈尔的希望只能化为泡影。

美军已经越过边界，出现在德国境内。消息传来，沃格尔城里城外立刻引发了一场骚动。冯·亨格尔午后不久派遣福斯特的预备役部队向施瓦茨进发，协助封锁因河河谷，没想到福斯特的部队走了还不到5英里就遭到美军的空中打击与炮火轰炸，损失惨重。待到下午5时许，吉尔战斗大队在库夫斯泰因以北的几支分队已经基本上被消灭殆尽。傍晚时分，冯·亨格尔决定将余下部队撤出沃格尔，转移至伊特堡以东，重新布置阵地。可是，亨格尔的命令对武装党卫队的几支部队起不到丝毫作用。这几支部队都是独立部队，各自为战，已经撤退至此，在冯·亨格尔的部队撤走之后便慢慢进入了沃格尔城内及周边地区。

甘戈尔眼看大批武装党卫队部队出现在眼前，深知这些都是穷凶极恶的顽固分子，于是当机立断，与纳粹国防军就此彻底决裂。星期四晚，夜色已深，吉尔已经带着其他参谋军官跳上汽车，一路呼啸着向沃格尔城外逃去，甘戈尔却在与阿洛伊斯·迈尔商讨对策。后者一脸愁容，担心冯·亨格尔的部队一旦撤走，会给刚刚到来的武装党卫队部队有机可乘，对当地百姓大开杀戒，要知道当地不少居民早就在门上插起了白旗，迎接美军的到来。迈尔的担心绝非杞人忧天，完全可以理解。海因里希·希姆莱早在10天之前就已下达命令，“凡民宅挂有白旗，屋内男性居民一律枪决，格杀勿论”。命令中提到的所谓“男性居民”将14或14岁以上的男子统统包括在内，德军在执行命令时不得有误。甘戈尔深知只有自己和那些选择追随自己的战友，以及哈格莱特纳领导的武装抵抗组织成员才是唯一保护沃格尔的平民百姓免遭德寇屠戮的力量，于是当即决定待到吉尔战斗大队的残余人马全部撤走，自己就带着部队留下来，保卫沃格尔。

然而，这位炮兵指挥官、刚刚上任的抵抗运动领导人万万没有想到，就在5月4日、星期五的上午、却接到了一项新的任务。这项任务来得如此突然，和保卫沃格尔恐怕意义同样重大。上午11点才过去不一会儿，甘戈尔刚刚把自动武器和手榴弹交给哈格莱特纳及其部下，另外一批抵抗组织成员就出现在了眼前。一同前来的还有一个男人，此人头发蓬松凌乱，衣衫不整，骑着一辆破旧的自行车，径直走到甘戈尔面前，用带着浓重口音的德语说自己名叫安德里亚斯·克罗伯特，从伊特堡带来了一些消息，全都是人命关天的大事!

第五章

前途未卜

安德里亚斯·克罗伯特从伊特堡一路跑到沃格尔来，能够做到毫发无伤，安然无恙，不能不说是一个奇迹。虽然冯·亨格尔手下的残兵败将已经撤退到伊特堡以东，重新布置阵地，但这个捷克厨子蹬着自行车，往西一路行来并非没有危险。负隅顽抗的武装党卫队士兵在这一带变得越发肆意妄为，在沿途布下路障，搜寻逃犯，只要遇见奥地利抵抗分子就会发起进攻。克罗伯特能够避开这一系列艰难险阻，成功抵达沃格尔，一方面得感谢老天有眼，运气不错；另一方面还要归功于自己谨小慎微，胆大心细。捷克人带来了和那帮显赫法国囚犯有关的消息，这些人正在翘首以盼援军的到来。

局势在过去几个月里不断变化，营救行动势在必行。被关着的那些法国人虽然生活条件比绝大多数落入纳粹牢笼的囚犯好了不止

一星半点，可自从1944年整个下半年纳粹德国战场形势急转直下，这些人在伊特堡的好日子也逐渐起了变化，不再像开始那样过得优哉游哉。犯人也好，狱卒也好，食物都变得越来越稀缺珍贵。城堡里的发电机燃料日渐不足，蜡烛与灯笼最终取代了昔日亮着的电灯。更加让人坐立不安的是伊特堡警卫队的那帮家伙把敌人的动向越来越当回事情。1944年10月7日，爱德华·达拉第便注意到了戒备状态升级，并在当天的日记中记录了下来：

> 我看见党卫军的士兵们在城堡里跑来跑去，红色照明弹划过天际。他们这样做要么是为了吓跑敌人的敢死队，让对方打消突袭的念头，要么就是为了进行定位演习，防备敌人从村子或者底下的山谷里头发起进攻。演习持续了两个小时，士兵也好，军官也好，一个个都显得正儿八经，丝毫不敢怠慢。

仅仅过了10天，达拉第又发现了另外一个现象：这帮狱卒虽然一眼就能看出从未上前线打过仗，大多数人甚至连枪都没有放过，此时却得到了人手支援——伊特堡来了27名武装党卫队士兵，全部具有作战经验，还带来了好几挺机关枪和几箱弹药。党卫队士兵一到伊特堡，就马上着手加强城堡的防卫力量，用沙包垒成机枪阵地，将树木砍倒阻塞过往道路。借用这位法国老人的话来说，这帮人行动起来称得上“迅速划一”。除此之外，城堡里的守卫还用上了其他办法。10月27日，魏默尔宣布他安装了一个防御报警系统，用一种警报声音表示盟军空袭。警报响起时由法国囚犯自行决定是否躲进城堡地窖的掩体之中，言下之意法国人如果不这么做，那么一切风险由他们自己承担。倘若面临地面进攻的危险，响的会是另外一种警报声音，犯人们必须立即躲进地窖。如若不从，魏默尔接着说了，那就采用武力强行关进去。

诚然，这些被关着的法国人有可能在盟军漫无目的的空袭行动中受伤、甚至丧命，这样的危险的确存在，可让他们感到更加恐惧的恐怕在于塞巴斯蒂安·魏默尔的行为举止反复无常。这位伊特堡主管向来说变就变，常常莫名其妙地大动肝火，可是自从1944年7月中旬去了一趟慕尼黑参加哥哥的葬礼，性格就明显收敛了许多。就在魏默尔到达慕尼黑的头一天——魏默尔的哥哥是在几天前一场盟军空袭中丧生的——城里又遭受了一场大规模空袭。这位骷髅队军官到了之后别说出租车、就连一辆正常营运的有轨电车都找不到，只好在满是瓦砾的街上徒步前行，去一个临时搭建起来的停尸房，哥哥的遗体就放在里面。谁知空袭警报再次响起，炸弹像雨点般从天而降，停尸房瞬间被炸成了一堆废墟。达拉第后来回忆道，“魏默尔回到伊特堡之后，整个人已经完全垮了”。

这位伊特堡主管试图借酒浇愁，用酒精让自己免于意志消沉，喝得越来越多，一喝就从日上杆头喝到夜深人静。犯人也好，狱卒也好，人人都知道只要到了下午，千万不要碰见魏默尔。一般说来，这家伙在刚刚打开一瓶“老阿斯巴赫”[①]之后的头几个小时里表现还算安分，可每天到了后半段就会原形毕露，变得狂躁不安，大

① “老阿斯巴赫”（Asbach Uralt）是一种德国牌子的烈酒，酒精度数为80度。

吼大叫，赶上心血来潮还会对人拳脚相加。这位骷髅队军官通常不会将酒精引起的怒气发泄到自己看管的那帮大人物身上，可对于那些以编号称呼的犯人就丝毫没有克制，想怎么折磨就怎么折磨。魏默尔最喜欢的发泄对象便是祖文科·库科维奇，虽然偶尔也会对这位心灵手巧的克罗地亚人稍微好一点，可1944到1945年那个冬天发生的两件事情更能恰如其分地反映出他的一贯态度。

头一回是库科维奇给魏默尔的指挥车检修，车就停在城堡前门与庭院中间的小院子里头。这位骷髅队军官东摇西晃地走到克罗地亚人跟前，二话不说，照着对方面颊就是狠狠一拳。库科维奇知道魏默尔又喝醉了，自己哪怕稍有反抗，对方都会变本加厉，只好一声不吭，啪的一声赶快立正站好。谁料这位城堡主管不依不饶，又给了克罗地亚人一记老拳。就在魏默尔准备出手打第三拳的时候，突然感觉身后有人，原来是莫里斯·甘末林走了过来——此君是出来锻炼身体的，每天如此——于是向这位法国将军敬了个军礼。后者直瞪瞪地看了他一眼，开口说道：“你怎么能打一个犯人？”魏默尔没等法国人转身离去，又摇摇晃晃地走开了，边走边嘀咕着什么，接下来的两天里把自己一个人关在套间里寸步未出。

第二件事情对库科维奇来说其实更加危险。那一回刚刚下过一场大雪，魏默尔又一次喝得酩酊大醉。他把克罗地亚人叫到警卫室，对着后者声嘶力竭地一顿大吼，质问对方明明知道主管套间里的抽水马桶漏水，为什么不去修理。库科维奇试图辩解两句，告诉对方已经从达豪的补给仓库预订了橡皮垫圈，只是还没送来而已。魏默尔先是一顿咆哮，说不要听什么借口，接着便命令克罗地亚人第二天晚上去后院铲雪，从晚上六点到早上六点连续干两个晚上。若不是奉命监视库科维奇的两名党卫军士兵偶尔发发慈悲，帮上一把，克罗地亚人恐怕早就因为劳累过度、天寒地冻一命呜呼了。当然，那两个士兵之所以出手相助，很可能也只是为了给自己讨点好处，留条后路，毕竟纳粹德国到了这个时候早就每况愈下，距离战败越来越近。

随着盟军的脚步距离伊特堡越来越近，魏默尔的发泄也变得越来越频繁，行径也越来越恶劣。其中有一次最为粗暴，不过这一回库科维奇侥幸没有成为施暴对象。那是1945年3月20日，克罗地亚人又一次在为主管检修指挥车。格特鲁德是带号码女囚中的一位，她匆匆忙忙跑来找库科维奇，告诉他魏默尔扬言要开枪打死安德里亚斯·克罗伯特。库科维奇拔腿便向存放炊具的房间跑去，只见眼前一片混乱。魏默尔一看就是一副酩酊大醉的样子，正拿着那把瓦尔特P38手枪瞄着窗外，对准了捷克厨子，后者站在伊特堡的小菜园子中间，早就吓得魂飞魄散。厨房里干活的女囚全都躲在一旁站着，一个个嚎啕大哭。魏默尔朝着克罗伯特一顿咆哮："你这条狗，给老子往前走一步，再给老子走到左边来！"看得出来魏默尔是要捷克人站好位置，好一枪打死。库科维奇从身旁的架子上操起一把菜刀，心想只要魏默尔胆敢开枪，就一刀捅死这家伙。没想到魏默尔的老婆突然出现在了跟前，闹剧就此收场，避免成为一场流血悲剧。

1945年刚刚过去一个月，那些武装党卫队士兵在帮助临时加强伊特堡防御之后便启程开拔，去往别处。留下来的狱卒借用达拉第的话来说，可谓“惶惶不可终日”。说来也难怪，毕竟纳粹德国大势已去，败局已定。法国人在1月30日的日记中这样写道：

> 现在已经到了最后时刻……过去几天，所有人的收音机都被没收，锁在了主管的办公室里。这样做或许是为了避免狱卒们士气彻底崩溃。即便如此，就算已经预先做了警告，可令人沮丧的消息还是到处满天飞。党卫军的士兵们看得出魏默尔和斯蒂芬牙关紧咬，脸上神色惶恐。只要看看二人眉头紧锁、满脸愁云的样子，就算不用听战场公报也能猜得出一二……我看得出士兵们脸上挂着沮丧的神情……（库科维奇）跟我说我们得自己好好保护自己。有几个党卫军士兵谈起了自杀的事情，还有一些盘算着抢走所有的食品补给……先喝个痛快，再把我们给一枪毙了。

这最后一种可能发生的危险才是让达拉第和那帮同为阶下囚的大人物们真正担心的。这帮显赫的犯人十分明白如果纳粹想要掩盖犯下的罪行，那么他们这些人的性命或许就将不再那么值钱。雷诺被认为是处境最危险的一个。眼看四月还剩最后几天，克列孟梭于是自告奋勇去找魏默尔——克列孟梭说得一口流利的德语——说自己和雷诺、还有甘末林有事找他好好谈谈。克列孟梭当着大家的面，提醒这位伊特堡主管不要忘记不单雷诺，事实上所有法国囚犯的身家性命都攥在这位党卫军军官的手里。

“你可能很快就会接到命令，把保罗·雷诺总理交出去”，克列孟梭说道，“如果雷诺总理被带走，你应该清楚原因到底是什么，也应该明白盟军对于干出这种事情的帮凶一定会追查到底，我想知道你到底有什么打算？”

这段谈话被记录在了雷诺的回忆录中。法国人还在书中提到了魏默尔是如何回答的。后者说只能对自己的良心负责——想想这位骷髅队军官在波兰、马伊达内克还有达豪干过的那些勾当，必须承认“良心”这个词和他可是一点边也沾不上。不过，魏默尔说得倒也相当直截了当，不管是杀了雷诺，还是其他犯人，都不符合德国的战后利益，必要的话他愿意出一份力，帮助法国人逃出去。

虽然，魏默尔许下了承诺，可眼看党卫军骷髅队的高级军官们一拨接一拨来到伊特堡，法国人仍然感到焦躁不安。来的这些党卫军军官多半都拖家带口，车上还装着武器、行李和抢来的赃物。这些人把伊特当成了一个小站，试图在此躲避节节进逼的盟军[①]。大多数逃亡的纳粹分子在伊特堡稍作停留只是为了获取饮水和食物。然而，4月30日晚上到来的威廉·爱德华·魏特却不一样。这位党卫军中校是达豪集中营最后一任主管，不单带了随从，还有老婆和孩子。

魏特此行并非头一次造访伊特，他此前曾在1943年10月视察伊

① 即便战争结束之后，伊特堡的周围地区仍然被原纳粹分子当成小站，躲避盟军缉捕。其中最有名的当数阿道夫·艾希曼，此人是大屠杀的主要策划者。这位原党卫军骷髅队军官于1950年流亡海外，逃往阿根廷，逃亡过程中曾经途经奥地利，在库夫斯泰因短暂停留，并在当地纳粹支持者的帮助下最终到达因斯布鲁克，从因斯布鲁克进入意大利，然后乘船去往南美。1960年，艾希曼被以色列特工绑架逮捕，随后被押往以色列，以战争罪与反人道罪接受审判，1962年被处以极刑。

特堡，看过里头关押的犯人，当时还和雷诺等其他几名法国囚犯交谈过。这一次是魏特最后一次来到伊特堡。达拉第将其描绘为“体态臃肿，似有中风的先兆，一脸横肉，粗鄙残暴”。魏特有一回喝得酩酊大醉，不无得意地向魏默尔说起自己在离开达豪之前最后一次下令，一次就处决了两千名犯人。伊特堡的法国囚徒听着魏特扬扬得意的夸耀，不由得忧心忡忡，深恐后者的到来意味着自己将被处以极刑，不过后来才发现魏特此时此刻唯一想着要杀的只有他自己。雷诺后来回忆道：5月2日，星期三，一大早[①]，“我听见隔壁房间里传来几声枪响：魏特开枪自杀了，先是一枪打中了靠近心脏的位置，接着又在耳朵后面补了一枪”。

魏特随行的一帮党卫军仆从赶紧找来几块松木板，做成一个箱子，然后把箱子拖到魏特的房间，没想到箱子做得大了一些，从门口进不去。这帮家伙灵机一动，想了个主意，把魏特的尸体拖到过道里，然后抬着下了几节楼梯，放在城堡庭院的车库里头。几个人把尸体毛手毛脚地倒进了松木棺材。其中一个家伙转身离开，去圣约瑟教堂找牧师，教堂就在伊特村这个小教区里头。雷诺、甘末

① 雷诺在战后回忆录中记录的日期是5月1日，而魏特自杀的时间是在5月2日凌晨一点至六点期间。魏特并非唯一一位在伊特堡附近结束自己生命的党卫军高级军官。就在这位达豪集中营主管自杀身亡几天之后，党卫军少校赫尔曼·穆勒·约翰在距离伊特几英里远的一间农舍里首先杀死了自己的妻子和19岁的女儿，随后饮弹自尽。赫尔曼身为元首警卫团“阿道夫·希特勒警卫旗队”的军乐队队长兼指挥，之所以选择自杀显然是为了躲避战后追查自己以及手下旗队成员犯下的暴行——他们在1939年9月18—19日夜里，在波兰布洛涅残忍杀害了大约50名犹太人。

林、儒奥和克列孟梭此时提出要看一下尸首——法国人希望亲眼证实死者是否就是这位几个月前刚刚驾临伊特堡的达豪集中营高官，这样好让盟军把他从战犯通缉名单上划去。雷诺后来回忆道：“眼前的景象看得让人心惊肉跳。死者的靴子已经被士兵们脱掉偷了回去。魏特的衬衣被鲜血浸得透湿，衣服半敞开着，露出胸膛，头朝后耷拉着，大张着嘴，两只眼睛还直盯盯地睁着。这个家伙平素以折磨人为乐，现在看上去倒像是一副受尽虐待的模样”。

党卫军士兵见法国人确认尸体是魏特无疑，便抬着这具粗制滥造的棺材出了城堡大门，朝村子走去，没想到刚出门口就碰上了去圣约瑟教堂找牧师的那个士兵。牧师捍卫了自己的尊严，直截了当地一口回绝，坚决不让魏特埋在自家神圣的墓园里。党卫军士兵别无他法，只好在城堡墙外找了一处小小的空地，把这位“达豪屠夫”草草掩埋起来。坟上一个字也没写，唯一具有纪念意义的只有一堆刷子，这些都是用来掩人耳目的，让人看不出土被刚刚翻过。

魏特饮弹自尽，魏默尔看起来受的刺激不小。5月4日一大早，这位骷髅队军官先把几位大人物叫了过来，要他们在一份声明上签名，承认自己待他们“不薄”，接着便跟雷诺和达拉第再三保证，说尽管周围山里还有大批武装党卫队在活动，但自己一定会找到办法，保护所有关在这里的法国人免遭报复，说完便带着老婆飞也似地逃离了伊特堡。魏默尔话虽然说得漂亮，可没有几句兑得了现。他信誓旦旦要为这些大人物提供“保护”，其实是找了一个熟人过来。此人也是一名军官，在战争中受过伤，正在伊特村的家中休息疗养。魏默尔最后的善意似乎成了一个莫大的讽刺，因为他亲自挑选，代替自己保护法国要人的救星竟然是一位战功赫赫的武装党卫队军官。

党卫军上尉库尔特·齐格弗里德·施拉德乍一眼看上去似乎具备了那帮万恶的纳粹分子应该具备的全部特征，和过去70年里电影银幕上那帮雄赳赳、气昂昂，踏着正步的家伙简直一模一样。还是让我们看看施拉德个人档案里的那张官方正照吧：眼神深邃专注，叫人捉摸不透，不寒而栗；一顶尖尖的军官帽戴在头上，帽子上的骷髅头标志发出铮铮寒光，意味着恐怖，令人心有余悸；衣领上两道闪电的党卫军标志让人一看便知道军服的主人是何等骄傲与光荣。当然，能够证明施拉德对事业忠心耿耿的绝不仅仅是这么一件简简单单的军装和脸上的几分表情。无论这张单人照片，还是从他战后所著的个人回忆来看，这个男人在其军人生涯的大部分时间里都堪称武装党卫队军官尽忠职守的典范。

施拉德于1916年8月出生在马格德堡，家中排行老三，也是最小的一个。父亲老施拉德战前是司法部一个名不见经传的小官，儿子出生那会儿正在法国服役，一战之后官复原职，虽然在政治上急剧转向，选择右倾，但在接下来几年里无论地位还是声望都非同昔比，大有提高。1930年，老施拉德参加了在莱比锡举行的纳粹党集会，一回家便和家人大谈特谈只有阿道夫·希特勒才是“德国人民的大救星”。库尔特·齐格弗里德很快受到父亲的政治影响，14岁那年年纪轻轻便参加了亲纳粹青年组织。由于该组织支持纳粹，在普鲁士联邦当时尚未得到法律认可，少年施拉德有一次向同学分发纳粹宣传资料，结果被当场抓住，不但被学校开除，还禁止去任何一家公立学校读书。施拉德并未因为遭到开除就变得畏手畏脚，他去了一家右翼私立学校，并且加入了希特勒青年团，还参加过好几次大规模的纳粹党集会。1933年1月，希特勒宣布成为德国总理。施拉德回忆起这一幕仍然记忆犹新，在他的脑海里那一刻就好比一道耀眼的光芒，一瞬间照亮了遥远黑暗的地平线。

1934年，年仅18岁的施拉德凭借着过人的聪明才智——当然，也少不了父亲的政治人脉——进入柏林一所军事政治贵族学校，读的是两年制专科。这个小伙子毕业之后在帝国劳役团参加了6个月义务劳动，一心指望能够加入驻守纽伦堡的第七炮兵团，完成规定的两年兵役。然而，第七炮兵团拒绝了施拉德的申请，以前读书时的一位老师于是建议他去其他部队试试运气，那些部队都归党卫军管辖，当时还在组建之中。施拉德听从了老师的意见，1937年4月成为了党卫军信号营底下野战电话连的一名士兵[①]。

施拉德作为一名通信部队的年轻新兵，先后参加了1938年3月德奥合并以及同年10月吞并捷克苏台德地区的行动，并在结束吞并苏台德的行动后被选派参加了一个为期四周的步兵训练项目，该项目主办者正是党卫军“日耳曼尼亚”旗队。1939年4月，施拉德进入党卫军设在布伦瑞克的预备军官学校进修。无论是军事技能还是政

① 施拉德的党卫军士兵号码是353 103。

治意识方面，施拉德对在军官培训期间学到的一切都颇为满意。他后来回忆道正是在布伦瑞克才“开始真正认真对待”起自己的职业生涯来。这位年轻的军官军校毕业之后被授予少尉军衔，对个人生活的态度也变得严肃起来，在1940年1月迎娶了女友安娜丽丝·帕特莱斯。

这对新人在战争爆发初期生活并未受到影响。施拉德在新婚头一年被派往德国东部，先后担任过好几个不同职位，1941年1月又接受了一份为期3个月的任命，调到布拉格的一个补充营担任副官。那里不久前还是捷克首都，施拉德和安娜丽丝在当地过着有滋有味的二人世界，用施拉德的话来说：“两个人拥有心中希望得到的一切”。4月份，这位年轻的党卫军军官接到了一份意料之外的美差——去党卫军帝国元首警卫营担任副官，这支警卫部队由海因里希·希姆莱一手组建，刚刚成立不久。帝国元首警卫营在柏林整备完毕便被派往“狼穴”，那里是希特勒的战地司令部所在，地处东普鲁士境内，距离拉斯滕堡①不远，周边环境极其安全。

不过，这项任命虽然相对安全，却并未持续多久。1941年6月，纳粹德国悍然入侵苏联，施拉德的部队随即调往前线，参加包围列宁格勒的战役。11月末，施拉德与警卫营营长，连同开车的司机和两名开着摩托车护卫的士兵，一行人在视察部队部署时遭到苏联游击队伏击。武装党卫队的那两个士兵倒是逃得飞快，毫发无伤，可施拉德却被打伤了脚踝。他先被送到了托斯诺的一家军医院，就在

① 拉斯滕堡（Rastenburg），波兰肯琴的旧称，位于波兰东北部—译者注。

列宁格勒郊外不远，后来搭乘医务列车向西转移。由于苏联游击队在铁路沿线不断展开破坏，炸毁路段，一路走走停停，好不容易才抵达东普鲁士。施拉德接着改乘另外一列医务列车前往布拉格，直到12月中旬才与妻子在布拉格团聚。二人相聚短短几天之后迎来了第一个孩子的出生——他们拥有了一个女儿，夫妇二人给孩子起名海蒂。由于伤势严重，施拉德不得不在1942年春临时退伍，被柏林洪堡大学接收入学进修，在妻子和女儿的陪伴下读了两个学期，专修生物与地理。

1942年10月，施拉德重新披上戎装，被分配至绰号“欧根亲王”的党卫军第七志愿山地师，担任营级副官。该师当时正在塞尔维亚南部巴纳特地区重镇潘切沃与游击队展开激战。1943年2月，施拉德被选为党卫军第22装甲掷弹兵团副官，该团隶属于党卫军“弗隆德斯博格”第10坦克师，当时正在法国夏朗德省的小城安古兰组建之中。就在施拉德调离他乡的这段日子里，安娜丽丝又在柏林生下了第二个孩子——女儿比伊特。施拉德担心家人生命安危，想到了一个法子：德国宣传部长约瑟夫·戈培尔曾经有令，鉴于盟军空袭日趋严重，凡带着年幼孩子的母亲都可以离开首都，躲避战乱。安娜丽丝于是带着两个女儿先是搬回了娘家，与父母同住在一起，那儿离比勒费尔德不远，在柏林西南大约200英里。随着当地遭受空袭的情况越来越严重，他们又搬到了奥格斯堡，那个地方还要再往西南走上350英里。

1943年眼看就要过去，施拉德决定再次举家搬迁，这一回要搬到一个他认为不大可能引起盟军轰炸机注意的地方——奥地利的蒂罗尔州。施拉德听人说过有一名军官刚刚被派去伊特堡，负责看管那里的特殊犯人营，这个人自己以前还在布拉格打过交道。此人不是别人，正是“瓦斯特尔”·魏默尔。施拉德于是与魏默尔取得联系，后者答应给安娜丽丝和孩子们在伊特村找个地方住下。这位伊特堡主管自己拥有一所房子——房子很可能是从合法的屋主那里强行征用过来的——虽然面积不大，住着倒还舒服，施拉德显然也有时间抽空把家人从奥格斯堡送到伊特去。1944年1月，施拉德一家刚刚搬走不久，他们在柏林的寓所便被盟军飞机扔下的一枚炸弹炸毁。

1944年3月，“弗隆德斯博格”坦克师被调往乌克兰，4月在塔尔诺波尔附近经历了一番血战，盟军6月诺曼底登陆之后又星夜兼程调回法国，在梅斯西南一带迅速投入战斗，从6月29日开始参加德军在卡昂一带发起的一系列反攻。双方打得难分难解，战事陷入胶着——用施拉德的话来说，这场战斗简直就是“人间地狱”，是一场“谋杀”。施拉德的部队不断遭到盟军飞机、海军舰炮还有地面重炮的火力打击，党卫军第22装甲掷弹兵团短短数周之内就被基本消灭殆尽。7月初，施拉德本人也成了盟军空袭的牺牲品——一架盟军战斗轰炸机对施拉德驾驶的桶车[①]发起扫射，导致其头部与右腿多处受伤。施拉德的伤情相当严重，在被刚刚送到前线急救站接受紧急救助时，急救人员甚至把他陆军士兵证首页上的名字划去——

① 桶车（Kubelwagen），大体相当于美军的军用吉普车，是保时捷公司创始人费迪南德·波尔舍设计的一种军用车辆，为四门敞篷车，造价低廉。

陆军士兵证共有24页，是士兵的个人身份记录，德国士兵人手一册——用深黑色的墨水重新写了一遍，这意味着没人指望救得了像他这样的重伤员。

施拉德最终活了下来，先被转移到了第戎的一家战地医院，接着搭火车去慕尼黑一家更大的医院。施拉德到达慕尼黑几天之后消息传来，希特勒在7月20日遇刺未遂。此时的施拉德早已看透了纳粹主义的本来面目，不再相信那些谎言。他躺在病床上，花了大量时间思索与反思，最终做出决定——回首当年加入党卫军时立下的誓言，施拉德的决定可谓意义重大，标志着与元首、纳粹党和第三帝国“在精神上彻底决裂”。这个男人此时此刻唯一的目标便是好好保护家人，平安度过战争的余下时光，不让他们受到任何伤害。

安娜丽丝·施拉德每个星期都会从沃格尔坐火车去慕尼黑探望丈夫。然而，盟军对德国铁路网络的空中打击日益频繁，这趟旅程也变得越来越费时费力，路上危机重重。1945年1月，施拉德被转移到了沃格尔的一家小型军医院。他刚到奥地利才几天便说服医生让自己出院，好与家人在伊特村一起生活。对于施拉德来说，这是一段相对平静生活的开始，既没有军令在身，也不用身披戎装，有充足的时间与爱人和两个年幼的女儿共享家庭欢乐。的确，施拉德这段时间只有一项任务需要完成，那便是每隔一周去一趟沃格尔的医院体检复诊。

施拉德每次去沃格尔的医院坐的都是一辆指挥车，车子是老战友魏默尔安排的。这位武装党卫队军官有伤在身，为了活动活动伤腿，总会从伊特村的家里步行出发，徒步走上好几百码去伊特堡，再由狱卒领到城堡院子里头，每次等待指挥车准备的时候都会抽空和那几个会讲德语的法国要人聊上几句，言谈之中明显流露出对纳粹政权的厌恶与反感。施拉德的观点赢得了伊特堡法国客人们的认可与赞许，他开始定期去城堡走上一走，同克列孟梭、儒奥和布吕克伦等人一边天南海北地聊一聊政治哲学，一边点上烟，抽上几口，要么拿出蒂罗尔本地的红酒佳酿，几个人好好喝上一杯，有时也会带上妻子和两个女儿，一家人一起去伊特堡坐坐。安德里亚斯·克罗伯特对两个孩子尤其喜爱，总会给她们做一些小点心、果子奶油蛋糕和其他好吃的甜点。施拉德见到这位捷克厨师对海蒂和比伊特如此友好，深受感动。也许听上去有些不可思议，但这名政治犯与这位武装党卫队军官之间却慢慢萌生了友谊，这段难得的友情也将最终挽救后者的生命。

施拉德在蒂罗尔州的日子过得悠闲惬意。然而，好景不长，德军在战争最后几个月里伤亡人数惊人攀升，这意味着但凡是个当兵的，只要还剩一口气，还有力气拿枪，统统都得上前线。1945年3月，施拉德也接到征召，他虽然距离康复还有很长一段时间，走起路来仍然需要拄着拐杖，可命令里却宣布他已经“没有大碍，能够复职”，把他分配到了党卫军第502战地预备旅当副官。该旅尽管名义上只是一支补充兵员部队，专门为野战部队培训步兵，提供兵员，也要直接送上前线，帮助阻止美军夺取鲁登道夫大桥。鲁登道夫大桥位于雷玛根，横跨莱茵河两岸。德国人最终未能守住大桥，施拉德也险些被俘。第502战地预备旅的残部只好退回纳布堡。纳布堡在纽伦堡以东大约50英里的地方，退守此地的施拉德临危受命，被调往另外一支部队，离匈牙利布达佩斯不远。他在4月中旬赶到维也纳，谁知当地的武装党卫队指挥官告诉他布达佩斯已经落入苏联红军之手。施拉德再次接到调令，改为前往党卫军指挥总部报到。指挥部此时已经从柏林迁至巴伐利亚的巴特特尔茨，这个地方位于伊特西北，相距仅有34英里。不料敌军行动令计划再次生变。施拉德4月24日在维也纳上了火车，开到奥地利城市梅尔克附近时遭到英国皇家空军战斗轰炸机攻击，车头被炸了个稀烂，车上的人毫无办法，只能全部躲进附近的林子里逃生。英国人的飞机来来回回好几轮，对火车上的人员进行低空扫射——施拉德管这个叫作“打野兔”。待到进攻的飞机好不容易飞走，一列替补车头出现在眼前。人们把几列尚未炸毁的车厢拼在一起，施拉德又继续开始了自己的西行之旅。

火车最终抵达沃格尔的铁路中转站，施拉德的旅程就此结束。他并没有急着赶往巴特特尔茨，而是一心想着与在伊特的家人见面，顺便找个军官帮忙，看能不能把自己的调令给改过来。此人不是别人，正是吉尔中校，也就是那位山地部队士官学校的主管兼新近成立战斗大队的指挥官——这支战斗大队还是以吉尔的名字命名的呢——二人在沃格尔疗养时就已认识。这位武装党卫队军官运气不错，吉尔跟他说去巴特特尔茨的路早就无法走通，美军已经攻下慕尼黑，正在迅速向南推进。吉尔不仅没有帮着更改调令，反而在4月28日把施拉德加入了自己战斗大队的参谋班子，让他专门负责后勤补给。

施拉德尽管很高兴能够又一次驻扎在离家这么近的地方，却根本没打算继续为纳粹德国卖命，人人都知道这场战争败局已定。这位29岁的武装党卫队军官自从加入吉尔的战斗大队之后，一连好几天都在小心翼翼地打探虚实，看其他军官是否有意继续战斗。诚然，打探这样的口风非得讲究谨小慎微，倘若找错对象说错了话，恐怕就得站到行刑队的枪口面前乖乖受死了。不仅如此，施拉德小心试探的那几位军官都来自纳粹国防军，面对这样一位战功赫赫的武装党卫队成员，开口讲话肯定顾虑重重，谁也不敢说出心里话，大家都知道施拉德所在的这个组织可是恶名远扬，哪怕有人举一下白旗，都会被视为“失败主义分子”，从家中强行拖出来，要么一枪打死，要么就挂在电线杆子上活活吊死。

对于施拉德和他在战斗大队的好几位纳粹国防军同僚来说，这或许是某种发自内心的真诚愿望，大家都盼着战争早日结束，不愿再见到更多流血与破坏；这也许又是一种祈求，虽然不那么光荣体面，却完全让人理解：每个人只是单纯希望能够在战斗中活下来。不管出于何种原因，总之这群人终于克服了彼此之间的猜忌与怀疑，决定将信任托付给对方。正因为如此，这些军官最终敞开心扉，吐露心声，表达了自己的心愿，希望立刻赢得和平，不愿再战，并且找到吉尔，说服后者不要再继续战斗下去，不要再干这种毫无意义的事情。5月2日，这位战斗大队指挥官下令全队停止抵抗，等待时机成熟便向美军投降。施拉德清楚武装党卫队和盖世太保的散兵游勇正在成群结队活动，一旦在路上发现士兵没有携带免除兵役的官方文件，就会以逃兵的罪名将其立刻杀害。他于是请求吉尔给自己写一份退伍声明，并且签上名字。吉尔找来一张毛糙的便条纸，在上面匆匆写下了几行文字。声明是这样写的：

批准书

党卫军预备役上尉施拉德于1945年4月28日来我处报到，为国尽忠，由于因伤无法参战，故解除其职，准其返回家乡伊特。

此批准书在未盖公章的情况下，以本人签名为准。

指挥官吉尔中校

诚然，吉尔写的这份声明代替不了正式复员令——吉尔为了自保，以防施拉德有朝一日被人抓住，自己也受牵连，将这位武装党卫队军官“解除”职务的原因写成了有伤在身，而非解除其全部军职，不能不说在措辞上颇有心计。不过，这份批准书的确起了作用。武装党卫队的部队和盖世太保的手下正在抓紧时间，在沃格尔到伊特的路上设置路障，施拉德被先后拦下来好几回，却一次也没有被抓起来。当他最终平安到家，脱下军装，还以为就此与战争道别了。

———

爱德华·魏特5月2日一早饮弹自尽，这显然是一大原因，促使“瓦斯特尔”·魏默尔最终离开伊特堡，可让这位城堡主管感到待不下去的还有另外一件大事，事情就发生在第二天，主角正是祖文科·库科维奇。魏默尔一直以为就凭自己平日里吹胡子、瞪眼睛，拳打脚踢，这个克罗地亚人早该对自己服服帖帖，卑躬屈膝，却万万没有料到后者居然跑了，而且跑得连一点踪影都找不到。在这位党卫军骷髅队军官看来，这个打杂的克罗地亚人逃出城堡肯定是去找盟军部队，搬救兵回来解救法国囚犯，而事实也正是如此。

库科维奇之所以在5月3日逃离伊特堡，完全是因为保罗·雷诺与爱德华·达拉第达成的共识——这两位能够达成一致，还真是件稀奇事。雷诺房间里藏着的那台收音机每天都有消息传来，电台里说得清清楚楚，美军正在向蒂罗尔州进发，头一个进攻目标就是因斯布鲁克。雷诺和达拉第心里明白德国人在当地的管辖一旦崩溃，只会让自己和同处一地的狱友们陷入更加危险的境地，二人于是决定必须赶紧找个人逃出伊特堡，去找距离最近的盟军部队求援。库科维奇长期替魏默尔跑腿办事，经常有机会到伊特堡外面去，克罗地亚人看来是最理想的人选。此话不假，祖文科这些日子以来一直骑着单车，在伊特堡到穆塔尔①那条两英里长的路上跑来跑去。明眼人都知道魏默尔在穆塔尔找了间农舍，打算将来用做藏身之地，所以先派库科维奇去把电灯给装好。这两个法国老头于是找到库科维奇，将计划和盘托出，后者毫不犹豫地一口答应了下来。克里斯蒂安妮·马碧尔用英文写了一封信，在信中将囚犯们的处境一一说明，库科维奇要是碰上美国士兵，就赶紧把信交给他们。接下来就只剩给这位克罗地亚杂务工找一个说得过去的由头，打发他出城

① 库科维奇提到的“穆塔尔”可能会让人产生误解，伊特堡周边二十英里之内叫这个名字的小村子有好几座。魏默尔找到的那间农舍其实是在一个叫“伊特—穆塔尔”的地方，在尼德奥的东边。

去了。

令人万万没有想到的是提供理由的竟然是魏默尔本人。那是5月3日将近正午的时候，库科维奇正在城堡庭院的车库里头干活，这位主管大人走了进来，问克罗地亚人还有没有多余的零件剩下，好给他把农舍里床边的电灯给装上。

“先生”，库科维奇回答道，“零件我这里还有”。

“很好，今天下午你就跟奥伊巴中士去走一趟，那两盏灯今晚一定要保证有电。”

库科维奇当然明白叫狱卒同行的目的在于防止自己偷偷逃跑，于是答道要是自己一个人骑车去穆塔尔的话，可以更快把事情办完。魏默尔直勾勾地盯着克罗地亚人看了好一阵子，转身走了出去。库科维奇搞不清是不是说漏了嘴，站在原地一动不动，脑子里寻思着下一步该如何是好，谁知还没等想出法子，魏默尔又走了回来，还推来了一辆自行车。

“工具放在车篓里了”，这位主管说道，“你现在马上就去。”

库科维奇推着自行车朝着前门走去，魏默尔开了锁，推开大门，又补了一句，“快去快回！”克罗地亚人看了看手表，此时是中午一点半。

“遵命，上尉！”库科维奇干脆地答道，然后踏上自行车，沿着那条不长的城堡支路向伊特村骑去。这位杂务工可是个笃信天主的人，经过圣约瑟小教堂时还小声地嘀咕了两句：“主啊，请让我今天找到美国人吧！”

库科维奇出了村子，朝着东北方向骑去，25分钟不到就骑到了穆塔尔——他没有停下来，而是继续往前骑。库科维奇打算先骑到沃格尔，再往西南方向改走公路，沿着因河南岸向前，估计用不了3个小时就能骑完这35英里路，到达因斯布鲁克，沿途要经过昆德尔、延巴赫、施瓦茨和哈尔。不过，克罗地亚人并未料到一路上会见到那么多荷枪实弹的德国士兵。从沃格尔通往穆塔尔的主干道上来来往往全是军用卡车和桶车，满载着福斯特战斗大队的士兵往东驶去，这些士兵都是去索尔附近布置拦阻阵地的。库科维奇赶到沃格尔时发现几十名武装党卫队士兵正在挨家挨户搜查逃兵。克罗地亚人骑着自行车从城里穿过，没有受到任何阻拦，可就在拐上公路，打算去往4英里开外的昆德尔时，突然传来一声喝令："停下！"

库科维奇马上停下自行车，四下里看了看，只见一群"大德意志"装甲师的士兵已经架起四挺MG-42机关枪，把路口完全封锁起来。一名士兵正朝着自己走来，手里的冲锋枪就对着自己。库科维奇眼看士兵就要走到跟前，突然意识到口袋里还藏着那封信，万一被纳粹国防军士兵发现——信是用英文写的，内容是请求美军尽快赶到伊特堡——自己恐怕小命难保，当场就得死于非命，于是装出一副极尽谄媚讨好的笑脸，轻轻地点了点头。

"你是什么人，要去哪里？"士兵大声问道。

"先生，我正要去昆德尔。"库科维奇生怕说错一个字。

"去昆德尔做什么？"

"先生，是伊特堡的魏默尔上尉命令我去给他装几个电灯"，克罗地亚人回答道，"他要我快去快回，赶快把活儿办好，路上不要耽误了”。

士兵听到魏默尔的名字和头衔，看上去稍稍放松了一些警惕，瞄了一眼自行车篓子里的工具，一脸不屑地挥了挥手，嘴里嘟哝了一句：“行，走吧”。

库科维奇重新骑上自行车，踩着踏板向前骑去。到了距离昆德尔西面不远的地方，两辆“虎”式坦克从路上隆隆驶过，克罗地亚人没有法子，只好退到路边，让出路来。指挥舱里坐着两个士兵，都穿着黑色武装党卫队军服，炮台两侧用白色油漆一边涂着一条标语，一条写着“为元首效忠！”，另一条写的是“拿起武器，全民皆兵”。两个坦克兵目不转睛地盯着库科维奇，并没有停下来。克罗地亚人眼瞅着两辆坦克开了过去，接着往西赶路，走出不到几英里远又碰到一名武装党卫队士兵正在把守一座小桥，这里已经离延巴赫不远。士兵要库科维奇把车停下，克罗地亚人把之前跟那帮“大德意志”师士兵讲过的故事又重新说了一遍，不过这一回稍微做了一点改动，说的是魏默尔命令他去施瓦茨干一些电工活，至于到底干什么活儿倒没有说得那么具体。库科维奇的故事看来又一次起了作用，党卫军士兵信以为真，朝他挥手放行。克罗地亚人又顺着公路骑了好几百米，停下车来，刚想喘口气，突然注意到一辆军用卡车正从西面朝自己驶来。卡车从祖文科身旁疾驰而过，嘎的一声突然停了下来，把桥上的士兵接了上去，接着再次发动，刚刚开出不过几秒钟，只听一声巨响，一阵巨大的爆炸把整座桥墩炸成了废墟。库科维奇对此毫无防备，吓得魂飞魄散，飞快地跳上单车，沿着公路一溜烟地拼命踩着，一边骑一边给自己打气：“祖文科，骑快点，现在可是在无人区啊！”

没错，祖文科的确到了一片无人地带。克罗地亚人骑车经过施瓦茨和哈尔时路上竟然连一个人影也没见到。两座小城里唯一会动的东西只有一些白旗，要么就是红白红三色旗（奥地利国旗），三三两两插在楼上的窗外随风飘动，零星的枪声从远处传来，快到因斯布鲁克郊外的路上躺着一个平民，已经死去多时，样子十分骇人。库科维奇赶紧加快节奏，向市中心骑去，拐过一处街角时突然迎头撞见了好几辆坦克。克罗地亚人一个趔趄，停了下来，心想这下可完了，非得被打成窟窿不可，定睛一看才发现坦克上面全都画着白色的大星星。库科维奇突然意识到这段漫长的孤独之旅终于可以结束了——总算找到美国人了！

不错，克罗地亚人遇上的正是美军第103步兵师的先头部队，指挥这个师的是安东尼·麦考利夫少将，这位伞兵现在可是威名远扬、家喻户晓[①]，正率领部下完成对因斯布鲁克的最后进攻。此时的因斯布鲁克已经基本上无人防守，库科维奇遇见的路障实际上已经到了美军防线的最东端。一名士兵朝着克罗地亚人走了过来，开口向他打招呼。士兵手臂上戴着袖章，上面写着“MP”[②]的字样。库科维奇一面比画着说自己不会英语，一面把克里斯蒂安妮·马碧尔写的那封信交给对方。士兵迅速扫了一眼，接着示意克罗地亚人跟他过来。

---

① 麦考利夫曾是第101空降师的师长，1944年12月被德军围困在比利时巴斯托涅，面对敌人劝降只轻蔑地回答了一个词：“扯蛋”，从此名声大振。

② “MP”、即“宪兵”（Marshal Police）——译者注。

宪兵领着库科维奇向因斯布鲁克的市政大厅走去，这里已经被改成了第103师的临时指挥部。大厅里人头攒动，宪兵高声招呼一个平民模样的人过来，后者佩戴着彩色的袖章。两个人耳语了几句，平民模样的人然后转过身来，用德语问库科维奇是哪里人。

“我是南斯拉夫人”，克罗地亚人回答道。

平民模样的人脸上一下子露出惊喜的神色，用塞尔维亚—克罗地亚语说道：“兄弟，你干吗不早说？我也是南斯拉夫人，不过是在美国出生的”。

库科维奇没想到竟然能够用母语交谈，大喜过望，于是赶紧把自己是如何骑着自行车从伊特堡过来一路上的原委经过一股脑儿地说了一遍，还不忘告诉美国人去尽快解救那些还被关着的法国政要。

“兄弟，你听我说”，平民模样的人说道，“我们是到达这里的头一批部队，到这里才刚刚1个小时，只有等指挥官来了才能离开因斯布鲁克。他们要半夜12点才能赶到。我看你最好先休息一下，你看样子实在太累了。明天早上7点再过来，我们一起想办法”。

库科维奇虽然并不希望耽误时间，可想到能够睡上一会儿也是个不错的主意，毕竟骑了7个小时的车，一身骨头早就累得散了架，也就没有多说别的，跟着这位新结识的朋友去了附近的一家酒店。那家酒店被美军临时征用当成了军营。美国人给克罗地亚人送来了食物、喝的水还有香烟，然后把他带到了一间客房。库科维奇一走进房间便摊开手脚，躺倒在了床上，不消几分钟功夫便酣然睡去，外面发生的一切也就一概不知了。

库科维奇正在享受着辛苦赢得的机会，美美睡上一觉，伊特堡的局势也在不断起着变化。塞巴斯蒂安·魏默尔趁着天色未明匆匆离去，无疑让城堡里的党卫军骷髅队卫兵们更加坚定了自己的想法——他们也到时间该和伊特堡说再见了。5月4日，天边泛起鱼肚白，此时的伊特堡已经完全属于那帮法国权贵和带着数字编号的囚犯们。这群重获自由的大人物在马克西姆·魏刚和莫里斯·甘末林两位将军的鼓动下，一窝蜂地冲进了武器室——武器室里早已人去楼空，空无一人——有的拿了手枪，有的选了步枪，还有的挑的是冲锋枪，每个人都把自己给好好武装了起来。

有两个法国人并未料到解放的日子来得如此突然，看着刚刚到手的武器，决定重获自由后要干的第一件事就是穿过那150码地，去伊特村里头看个究竟——考虑到依旧身处险境，二人如此决定多少有些难以解释。保罗·雷诺和米歇尔·克列孟梭迈着悠然自得的步子，走出了城堡大门，门口此时连一个守卫的影子也见不到。二人走到城堡支路的尽头，经过那家小旅馆的门口，继续往前走去，前面那栋房子是间杂屋，专门留给教堂里的人洗衣做饭用，再往前走便是小广场，教堂就在广场后面。两个人看到不少屋子都在窗外插着奥地利国旗和白旗，全然没有料到村子东北方向的公路上竟然会出现德国人的部队和军车，大为惊愕。雷诺出发时从武器室里随身带了一个望远镜，于是拿起望远镜很快看了一眼：这些都是撤下来的士兵，不少人“还只是孩子，一个个穿着军装，看上去恐怕还不到10岁”。雷诺看着这么多部队出现在眼前，还带着武器，心想自己和其他犯人也许已经获得了自由，但还绝对谈不上安全。

雷诺和克列孟梭于是掉头匆匆跑回伊特堡，把城堡里的法国人统统召集起来，将刚才见到的一切原原本本说了一遍。大伙儿此时早就把什么个人恩怨和政治成见抛在了一旁，一致认为既然德国兵还在源源不断赶往城堡，那么所有人呆在此地都谈不上真正安全，只有等到美军主力来了才算脱险。这些大人物聚在一起，寻思着自从祖文科·库科维奇前天逃出去，直到现在仍然音信全无，克罗地亚人骑车去因斯布鲁克一路上想必凶多吉少，既然美军迟迟没有出现，救兵无望，那么只能自己决定下一步棋该怎么走。这场讨论出乎意料的简短，也没有人发表尖锐的看法，真是难得一见，这群昔日的阶下囚们一致决定有三件大事非做不可。

首先，得做一面法兰西三色旗，管他什么材料，总之一定要够大才行，得把旗子从仓库最上头的窗户垂下来，这样就能够预防盟军飞机对城堡发动空袭，也可以让友军知道自己在这里。其次、要派人去村子里把库尔特·齐格弗里德·施拉德给叫过来，要正儿八经地跟施拉德说清楚他必须对他们这些人的生命安全负责。这倒不是因为塞巴斯蒂安·魏默尔有言在先，已经指定这位军功赫赫的武装党卫队军官做接班人，负责保卫这帮大人物，而是在于法国人在施拉德造访城堡的时候已经互相熟悉，彼此产生了信任。第三、法国人猜想库科维奇很可能已经被敌人抓住，要么就在去因斯布鲁克的路上遭遇不测，因此决定再派一个会骑车的出外送信，去找最近的美军部队。就在法国人七嘴八舌地讨论谁才适合当送信人的时候，安德里亚斯·克罗伯特站了出来——他和其他带编号的犯人一直在一旁听着法国人商讨对策。克罗伯特平静地解释道，劳驾这帮大人物中的某位跑一趟毫无意义，弄不好会被当场逮住，就地正法。路上到底有多危险谁也说不清，倒不如让他去，反正自己只是一个做饭的。虽然，让·博洛特拉坚持认为自己才是最佳人选去冒这个险，但克罗伯特的说法显然更有道理，最终占了上风。

负责头一项任务、去请施拉德到伊特堡来的是莱昂·儒奥和奥古斯塔·布吕克伦。那位武装党卫队军官每次带着家人造访伊特堡，相处时间最久的恐怕就是这位劳工领袖和他精通德语的爱人，二人因此坚持这个任务非得由他俩承担不可。儒奥显然自认为万一施拉德在最后关头有所犹豫，不愿卷入法国人的麻烦，那么他和布吕克伦肯定能够找到法子让对方打消疑虑。诚然，儒奥的身体状况依旧堪忧，可他坚持认为走上几步去一趟村子并无大碍。这一对患难伴侣就这样手牵着手，慢慢迈着步子，一起踏上了这段短短的路途，儒奥还在肩上背了一挺MP-40冲锋枪。二人敲了敲施拉德的家门，门很快开了。施拉德穿着一件普通平民的衣服，答应陪儒奥和布吕克伦一同返回伊特堡。三个人回到城堡大约是在下午一点钟，大部分法国政要早就集合在院子里，等待他们到来。克列孟梭用德语向施拉德一本正经地说道，要求后者担起担子，在美军到来之前保护曾经关在这里的每一个人生命安全。这位武装党卫队军官其实心里明白倘若德军下定决心攻打城堡，就算自己亲自出马也无济于事，但他相信一旦发生冲突，自己应该还是有能力参与斡旋，多少能够挽救大人物们的性命，因此一口答应下来，接受了伊特堡“指挥官”的任务，不过加了一个条件，让妻子和两个女儿也一起搬到古堡里来与自己同住。

就在儒奥与布吕克伦出发去找施拉德的时候，克罗伯特已经动身上路。捷克人随身带了一封求救信，信是用英语写的，写信的自然还是克里斯蒂安妮·马碧尔。骑的那辆自行车是以前狱卒的，不过那帮家伙现在早就跑得无影无踪。捷克人的目的地是沃格尔——在法国要人们看来，不出意外的话，沃格尔现在应该已经由美军控制。克罗伯特可没这么乐观，虽然没有直接说出口，可他的保留意见很快得到了证实。捷克人沿着库科维奇前一天走过的路线一路前进，骑到沃格尔时距离出发离开伊特堡只用了不到三十分钟，眼前街道上出现的却是武装党卫队士兵的身影。党卫队士兵只要看见窗外插着白旗或者奥地利国旗，就会朝屋内开火。克罗伯特赶紧拐进街边一条狭窄的小巷里头，只见一个平民打扮的家伙正站在一户屋子门口，神情紧张地朝着相反方向看个不停，看上去像是在望风放哨。捷克人眼见机会难得，赶忙请求这个人帮自己一把。后者用锐利的眼神盯着克罗伯特的眼睛看了一会儿，从口袋里掏出一小截红白相间的奥地利国旗，脸上露出了一丝笑意。

几分钟之后，这位捷克厨子已经和塞普·甘戈尔聊了起来。

安德里亚斯·克罗伯特突然出现在沃格尔，还带来了一封法国

政要的亲笔信，这让甘戈尔不免感觉有些处境尴尬。

这位纳粹国防军少校这几天来一直在盘算着如何采取行动营救伊特堡，之所以依旧按兵不动，完全是为了避免与塞巴斯蒂安·魏默尔及其警卫队发生正面冲突。虽然，克罗伯特带来的消息不错，说那位城堡主管连同一帮扈从已经逃了个一干二净，但甘戈尔知道单凭自己和手下的十几号人马，即便能够避开武装党卫队，顺利抵达城堡，也很难守住阵地。党卫军的部队拥有冲锋枪，还有肩扛式反坦克火箭炮，真要发起进攻，恐怕难以抵挡。再说，如果这些部队拥有火炮或者坦克支援，那么要想守住城堡，保护这帮政要，无疑等于自寻死路。

不仅如此，甘戈尔现在身为沃格尔抵抗运动领导人，必须考虑如何保卫沃格尔还有自己的队伍免遭武装党卫队士兵蹂躏，毕竟党卫军在当地依旧活动猖獗。克罗伯特到达之后不久，他们便见识到了局势有多么危险。甘戈尔有一个同乡深得自己信任，名叫布莱希施密特，是一名少尉，正在与阿洛伊斯·迈尔商讨对策。由于此时正值逃兵成群结队出没之际，加上还有成千上万难民涌来，蒂罗尔北面的几条公路早就挤得水泄不通，二人商量如此情形之下是否还有必要保护存放在沃格尔仓库里的粮食补给不让人发现。正在此时，新邮政酒店外面响起了枪声。一个排的武装党卫队士兵不知如何发现了抵抗组织隐藏在酒店地下室的武器库。虽然，几名负责保卫大楼的抵抗成员已经撤离，仍然有一名党卫军军官拿着MP-40冲锋枪，照着酒店大堂疯狂扫射，扬言要把伦克夫人打死。后者是酒店老板，正和另外几位女士在酒店餐厅里喝茶，所有人生命危在旦夕。布莱希施密特眼睁睁看着党卫军士兵把找到的武器装上卡车运走，却只能躲在安全的地方束手无策，只好命令迈尔的一个手下赶快去找甘戈尔，把刚刚发生的一切告诉他。

这位纳粹国防军少校得知消息后愈发坚定了自己的想法，看来要想既保护沃格尔城里的市民不受伤害，又要保护伊特堡的政要生命安全，唯一的法子便是让美军尽快赶到。甘戈尔寻思美国人恐怕不会注意到某个骑自行车的平头百姓会上门来送口信，因此完成任务的最好办法便是亲自出马，去找美军，毕竟自己现在的身份是沃格尔的德军指挥官，能够名正言顺地率领沃格尔城内的全体纳粹国防军向美军投降。

甘戈尔打定主意，与自己的副手迪特里希，还有迈尔的副手鲁伯特·哈格莱特纳私下商议了一会儿。按照甘戈尔的吩咐，迪特里希将在他回来之前代为总指挥，由霍克尔中尉连同布莱希施密特和魏格谢德两名少尉负责辅佐。迪特里希和哈格莱特纳二人已经得知美军在头一天晚上到了库夫斯泰因近郊，于是同意甘戈尔去那里寻找美军，这样省得去西面的因斯布鲁克，去因斯布鲁克不单路途更加遥远，也充满更多难以预知的危险。从沃格尔这里到库夫斯泰因只有大约七英里，甘戈尔可以坐桶车去，路上只需要下士凯布里希一人开车同行即可。两个人可以随身带上一面白旗，不过考虑到当地仍然有不少武装党卫队士兵活动，因此在接近美军阵线之前没必要把旗子打起来。

既然计划已定，任务分配完毕，甘戈尔于是把克罗伯特从伊特堡带来的那封信往军服口袋里一塞，拿起那挺MP-40冲锋枪，朝着汽车大步流星走去，此时还不到下午3点。就在凯布里希发动桶车的那一刻，甘戈尔从座位上转过身来。他原本打算叫迪特里希过来，最后面授机宜，再说上几句，可看到与迪特里希站在一起的霍克尔、布莱希施密特和魏格谢德四个齐齐立正，向自己敬了个军礼，这位纳粹国防军少校话到嘴边，又咽了回去。

甘戈尔与凯布里希对于能否赶到美军前线，心中到底有多少把握，我们无从知晓，但可以肯定的是二人对于即将面对的危险心知肚明。从沃格尔到相距最近的美军部队之间不过7英里，可这短短一段路上却四处活动着武装党卫队与纳粹国防军的散兵游勇。哪怕元首已死，这帮家伙依旧效忠于他，已经在从沃格尔通往库夫斯泰因的几处要点临时设置了路障。诚然，甘戈尔有军衔在身，军服上还别着好几枚战斗勋章，实在不行还可以拿出福斯特战斗大队开具的证明，宣称急着赶路是为了组织防守，为美军即将到来做好准备，经过要点时好歹能够糊弄过去，可是一旦衣袋里藏着的信件或者车里的白旗被人发现，二人恐怕就得立时死于非命。当然，路上的危险可不止负隅顽抗的德军这一点，当地还有不少奥地利武装抵抗运动成员在活动。这些人同样可能朝桶车开火，他们可不会去研究车上坐着的到底是友军还是敌人。除此之外，二战期间那些司空见惯的危险同样不可忽略：鬼知道天上什么时候会掉下一枚迫击炮弹或者榴弹炮弹，敌人的飞机什么时候会出现在头顶，至于那些泥巴小路上埋着的地雷更加叫人防不胜防。

甘戈尔和凯布里希二人到底是一直沿着主干道往前开，装模作样、连蒙带骗地通过了路卡，还是沿着林间小路翻山越岭，避开德军耳目，这一切我们都已无法确切知晓，唯一能够知道的便是尽管一路上危机重重，两个人依旧毫发无伤地顺利抵达了库夫斯泰因郊外。然而，二人即将面对另外一种别样的威胁：他们即将开进的这座城市刚刚被美军占领，那些美国大兵们早就厌倦了打冷枪、狙击手还有其他种种市区战能够想见的危险动向。不但如此，甘戈尔还意识到就算在桶车天线上挂一面大大的白旗，近来发生的一些事情还是让他们接近美军阵线时变得更加危险——甘戈尔在抵抗组织的同事几天来一直在收听盟军的无线电台，电台里报导了美军解放达豪集中营和慕尼黑附近另外几座集中营的消息，营内的惨状让人无法形容。甘戈尔毕竟是一名老兵，久经沙场，在俄国东线亲眼见证过那些场景有多么惨绝人寰，意识到刚刚进入库夫斯泰因的这些美国士兵没准有人见过集中营里惨绝人寰的景象，对于这些美国兵来说，管你挂不挂白旗，都是不会接受两个德国兵前来投降的。

甘戈尔和凯布里希从沃格尔出发走了大约45分钟，开到了库夫斯泰因的最南端，没想到城里竟然连一个人也没有。街上早已空无一人，白色的床单和红白红三色奥地利国旗悬挂在窗台上，窗户关得紧紧的。两个人只好继续驾车往市中心慢慢开去，唯一飘着的白旗就只剩下了他们车上的那一条。二人开车转过一处街角，发现就在前方不到30英尺的地方停着四辆美军M4谢尔曼坦克，街道两旁一边各停着两辆。凯布里希见状立刻停下桶车，两个人小心翼翼地把手慢慢举起来。只见坦克后面闪出几名美国士兵，头上戴着有衬垫的坦克帽，朝着他们径直走了过来，手里的M3冲锋枪正对着德国人的胸膛。美国兵一边往前走，一边大声吆喝了几句，甘戈尔和凯布里希赶紧跪到了地上——手依旧举着——心里没准在想自己是不是就要这样遭到当街处决。枪决倒是没有进行，可两个人很快被全身上下搜了一遍，接着被告知站起来，手不要放下，接着被推到了跟前的一辆谢尔曼坦克后面。车后站着一个男人，身材不高却体格结实，穿着一身皱巴巴的卡其布军装，肩上背了个手枪皮套，里面塞着一把点45口径自动手枪，嘴里还叼着根香烟，看得出在嘴里含了很久，却没有点燃。

甘戈尔心里暗想这位多半就是带队的了，于是自报家门，一口英语虽然说得结结巴巴，倒也凑合管用。甘戈尔说自己准备率领沃格尔的德军交城投降，还带了情报过来，和一些重要的法国犯人有关，边说边指了指口袋，在得到对面那位美军指挥官点头示意之后，把克里斯蒂安妮·马碧尔写的信小心翼翼抽了出来，交给对方。那个美国人一副玩世不恭的样子，随手撕开信封，上下扫视了一眼，接着一个大步跳上谢尔曼坦克，钻进了炮台里面，没过几分钟又从炮台里探了出来，爬到坦克后方发动机的装甲隔板上头，咧着嘴巴呵呵笑了起来。

美国人低头看着这位德国少校，笑着说道自己名叫李，看来咱俩都有同一个任务，都是赶着前去救人的。

第六章

坦克兵，前进！

杰克·李一想到欧洲战场的战事接近尾声，能够在最后这段日子里开着坦克，在德国人的防线后方横冲直撞，脸上就不由得露出会心的微笑，叫人一眼便能看出这名27岁坦克兵的性格为人。李身高5英尺10英寸①，体重190磅②，高中和大学时代都是纽约校队的橄榄球明星，怎么看都是一条五大三粗的汉子，说起话来粗声大气，喝起酒来没完没了，一副精力充沛、雄心勃勃的样子。是战争给了这样一个男人用武之地。诚然，这样的描述同样适用于其他许多人——这些人同样经历过不少战争——李也不例外，从这个男人的早年成长轨迹便能看出他长大之后终将成为一名战士。

约翰·凯里·李于1918年3月12日出生在内布拉斯加州，在家中

① 5英尺10英寸，约合178厘米——译者注。

② 磅（pound），重量单位，一磅约合0.4535千克，190磅约合86千克。

四个孩子里头排行老大。父亲约翰·C·李是一位医生，母亲名叫玛丽·艾格妮丝（弗莱明）·李，都是地道的纽约乡下人，杰克出生的头一年才搬到内布拉斯加来。李当时刚从医学院毕业，两口子搬到内布拉斯加显然是为了让丈夫找一份好的工作。小两口在20世纪20年代中期又回到纽约，在诺维奇安顿下来，那里是一座小城，地处纽约州中南部。李医生在当地开了一间诊所，事业很快发达起来。杰克和他的三个弟妹——两个弟弟一个叫威廉，一个叫戴维，妹妹名叫玛丽——自小在中上层家庭环境中长大，家中收入稳定，条件优越。李一家都是天主教徒，可杰克好像并未受到教会清规戒律、条条框框的影响，也变得循规蹈矩起来，自小贪玩好动，个性独立，碰上一点小事就会呲牙咧嘴地笑个没完，总是一副满不在乎、嘻嘻哈哈的样子，虽说在女生中倒是挺受欢迎，可在家里和学校也会时不时闯点祸，招惹一些小麻烦。

杰克天资聪颖，凡事都爱刨根究底，问个明白，在班上成绩中等偏上，体育尤为出色。橄榄球是杰克的最爱，他在诺维奇高中读书的四年里一直是橄榄球校队的大明星。1938年，杰克进入佛蒙特州的诺维奇大学，也把球场上的才华带入了大学，大学四年每一年都凭着竞技场上的出色表现获得以学校首字母为标志的荣誉奖励。不过，更为重要的是这个粗旷的纽约小伙子在诺维奇学到了另外一门新的技能，当上了一名骑兵。

诺维奇大学由奥尔登·帕特里奇上尉于1819年创建，最早名为美国文学、科学与军事学院，李入学之际已经发展成为美国最顶尖的私立军事院校之一。该校将工程学和社会科学等传统四年制平民教育与军事科目训练相结合，后者旨在培养毕业生成为预备役军官。军事学员们在这里能够学习各种军事技能，其中就包括骑术、劈砍操练以及各种马上技巧等传统骑兵技能。学员们在训练场上策马扬鞭，驰骋飞奔，为日后成为一名军人挥洒汗水，不少人就此发现自己内心深处原来一直隐藏着对骑兵精神的热爱：如闪电般迅疾突进，将敌人迅速包围，一旦发现敌军防守的薄弱之处便毫不留情地予以致命一击，这无疑是一种快乐。对于热爱橄榄球运动的杰克·李来说，自己本来就崇尚团队精神，钟情于精妙复杂的跑动路线和在球场上满场飞奔的洒脱与激情，因此毫不奇怪这个年轻人对骑兵训练痴迷到几乎忘我的程度。李不仅光有热情，对骑兵训练方方面面的各项技能也一学就会，这一点同样不足为奇，毕竟一名合格的骑兵正如一位优秀的运动员，二者同样讲求身手矫健、头脑灵活、积极求胜，进取自信，李正是凭借着这些品质才在橄榄球场上有着出色发挥。事实上，骑兵与李的脾性能力简直堪称绝配，我们甚至可以毫不夸张地断言这个家伙之所以在不少人眼中显得“神气活现”，正是得益于骑兵完美地弥补了他的人格缺陷。正因为如此，李在大四那年将“骑兵”列入了自己的军种选择，希望毕业之后能够分配到骑兵部队。当然，李心里明白自己真正打算加入服役的骑兵部队不会是骑马作战，而是机械化部队。即便如此，他仍然觉得就算无法骑上战马，驾驶坦克也是一个不错的选择。

1941年12月，美国正式参加第二次世界大战，这也意味着杰克·李和在诺维奇的校友们毕业不久——小伙子们是1942年5月11日毕业的——就要接受征召，参军服役。这位新近委任的少尉接到命令，前往肯塔基州诺克斯堡陆军基地的装甲兵学校报到，参加装甲部队军官基础课程培训。李大喜过望，先在纽约小住了一段时间，同一个名叫弗吉尼亚的女子结婚，接着便乘火车南下。培训一共持续了90天，李如饥似渴地学习着如何操作坦克火炮、装甲部队战术、通信联络，车辆维护与保养等各种基本知识与技能。他在最后三天的野战演习中大显身手、表现出色，一名教官甚至将其誉为坦克战的“天才”。

李在结束诺克斯堡陆军基地培训之后被调到了美军第12装甲师，该师当时尚在组建阶段，驻扎在肯塔基州的坎贝尔兵营，这座军事营区刚刚建成，地跨肯塔基与田纳西两州交界之处。第12装甲师草创之初仅有一个重型装甲师，下设6个坦克营、3个装甲步兵营、3个装甲炮兵营，另有工程、侦察、医疗与补给等其他部队专事支援。然而，美军装甲部队在北非与西西里岛的初次作战经历表明重装甲师编制结构显得臃肿庞大，过于复杂，于是在1943年11月以轻装甲师为模式整编重组，并在陆军全军推行。其编制结构围绕三个装甲战斗群组建，分别为第1、第2以及预备装甲战斗群，每个战斗群配备一个坦克营，辅以支援部队。第12装甲师当时虽然已经进驻新的营地，去了得克萨斯州毗邻阿比林的巴克利军营①，依旧按照该模式进行了整编。整编完成之际，李已经当上了第一排副排长，成了一名坦克车长。第一坦克排一共有5辆坦克，属于第23坦克营唐

① 该驻地始建于1942年1月，1950年更名为坎贝尔堡陆军基地，本书成书之际仍然是第101空降师，第5 特种部队大队以及第160特种作战航空团的常驻基地所在。

纳德·考恩上尉的第二连。

李所在的二连配备的是M4谢尔曼中型坦克的早期雏形。这种战车体形庞大，装有一门75毫米口径的炮塔炮，两挺点30口径机关枪，一挺装在坦克车体的下部，另一挺与主炮同轴联装①，还有一挺点50口径机关枪安装在炮塔旋转式基座上，用于防空。每辆坦克配备5名操作人员，分别为坦克驾驶员、副驾驶员兼车体下部的机关枪手，炮手、装弹手以及坐镇炮塔的车长。谢尔曼坦克虽然在装甲和火力上都要逊色于对手德国人的坦克——李和战友们在投入战斗之前对此是不会有切身感受的——可机械性能稳定可靠，作为一辆平均战斗重量仅约35吨的战车来说，行动起来极其机动灵活。

无论是在肯塔基州，还是得克萨斯州，杰克·李在第12装甲师训练期间都表现得“机敏警觉，积极进取，善于思考，行动果敢，能够迅速把握战术机会”。从李的性格脾气来看，他取得如此上佳表现毫不意外，这些品质特征都是一名坦克部队军官所必须具备的，深得军队看重。李通过不懈努力，将自己指挥的坦克排打造成了一支锐意进取、意志顽强，具有强大凝聚力的团队。他和手下的25名战士很快就干出了一番名堂，成为二连敢打敢拼的“闪电”排，在实兵对抗演习中总是一往无前、奋勇争先——当然，这帮小伙子们在阿比林的酒吧夜总会里只要逮着机会，也要闹出点名堂来，名气同样不小。若是说起搞乐子，李一样毫不含糊，别看平日

① 所谓同轴联装机关枪安装在坦克炮塔内部，位于主炮一侧，与主炮呈平行位置，具有相同的射击方向，用于攻击非装甲车辆以及无掩护暴露状态下部队等“软”目标。

里工作起来总把自己和手下忙得够呛，可只要一放假就会和战友们好好喝上几杯，开开心心乐上一乐，像是完全换了另外一个人。李待在阿比林那会儿，玩得最熟的当数哈里·巴斯中尉。巴斯是二连汽车运输与保养主任，负责二连履带式车辆和轮式车辆的维护保养，年龄在33岁左右，来自加州波莫纳，很多方面和李简直就是两个极端，不单人长得瘦瘦高高，手脚又细又长，说起话来也细声细气，做事总喜欢先想上半天，再做决定。二人从一开始惺惺相惜，彼此器重对方的军事技能，到后来共同立下誓愿，要将平生所学用来杀德国鬼子，可以说就此结下了一辈子的友谊。

1944年7月，李和巴斯，还有第12装甲师10750余名士兵得到消息，马上就有机会将训练成果用于实践——第12装甲师随时待命赴海外作战。8月，全师上下将坦克和其他车辆留在得克萨斯，乘坐火车一路慢吞吞地开往纽约州的香克斯军营，军营位于曼哈顿以北大约20英里处。第12装甲师于9月8日至13日分批到达，头几天忙着各种部署前准备，比如说接受体检、接种疫苗、发放装备、还有写遗嘱和填写士兵人身保险表格等正儿八经的大事，9月18日、19日两日重新上路。这一次路途较短，全员将在布鲁克林的海军码头集结登船。第12装甲师的全体战士被分别安排在了好几艘船上，第23坦克营坐的是“澳洲女皇”号，这是一条客轮，属于加拿大太平洋船运公司，船龄25年，为了运兵已经经过改装。这趟旅程简直让人感觉没完没了，第23坦克营的小伙子们船上大部分时间要么睡觉，要么就只能玩玩扑克，打发时间，同时想想其他法子免得晕船呕吐，经过长达11天漂泊，谢天谢地终于抵达了英国南部港口城市南安普敦。一行人连同第12装甲师的其他人员接着乘火车北上，然后转乘客车，到达蒂德沃思军营，那里是一个集结待命区，地处索尔兹伯里平原，占地辽阔。全员在此从9月末一直待到11月的头几个星期，为参战做好最后准备。

此次任务的一个重要环节在于领取新的坦克、载重卡车、半履带卡车还有“皮普车”——其实就是威利斯公司制造的四轮驱动越野车，美军其他部门叫作“吉普车”，坦克兵们起了个新绰号，叫作“皮普”。李和手下看到第23坦克营分配的谢尔曼坦克都是经过改进的M4A3新款，一个个乐不可支。这种新型坦克采用液冷式福特GAA V-8发动机提供动力，而之前在得克萨斯受训时使用的坦克采用的都是大陆公司生产的星型发动机，前者在动力输出与稳定性上均远胜后者。李和自己的坦克组员为新分到手的坦克起了个昵称，叫作“为爱痴狂的詹妮”[①]，大家在接下来的几个星期里一直忙个不停，确保人员车辆准备万全，只待战斗打响。

1944年11月，第12装甲师搭乘美国海军的坦克登陆舰，自英国启程前往法国——该师已被分配至亚历山大·M·帕奇中将的美国第七集团军，师长是罗德里克·埃伦少将——12月初在法国阿尔萨斯—洛林地区迎来了一系列炮火洗礼。最初的战斗围绕着德军盘踞在马奇诺防线的各个要塞展开，这些战斗让第12装甲师的小伙子们清醒过来，更让李和第23坦克营的战友明白战争绝非儿戏。第23营

①“为爱痴狂的詹妮”（“Besotten Jenny”），某些资料显示为“为爱痴狂的吉妮”（“Besotten Jinny”），本书采用最普遍常见的版本。该昵称究竟因何而来已不可考，据推测大概缘于李首任太太弗吉尼亚的昵称。

在12月9日首次作战行动中表现中规中矩，还说得过去。他们当天的任务是为第17装甲步兵营提供支援，步兵营对几栋建筑物发起进攻，楼内盘踞有敌军，这条战线又被称作“比宁军营”。谁知二连指挥官唐纳德·考恩和三连上尉詹姆斯·P·佛滕贝里乘坐的“皮普”竟然在当天晚上撞上地雷，考恩不幸触雷身亡。考恩的阵亡意味着杰克·李升上了二连连长。12月11日，营长蒙哥马利·C·梅格斯中校命令李率部打头阵，支援步兵进攻，拔掉前进线路上的机枪掩体。美军的谢尔曼坦克遭到德军反坦克炮的阻击，敌军占据有利位置，双方展开一场混战，李手下的两名排长先后牺牲，另外一位身负重伤。营长梅格斯也在战斗中不幸阵亡①。

自从李和二连投入战斗以来，战况在接下来的几个月里丝毫不见好转。第23坦克营刚刚在人员装备上补充完毕，就会同第12装甲师的其他部队在1945年1月中旬投入了另一场战斗，这便是后来有名的“埃尔利塞姆血战”，由于德军当时已经渡过莱茵河，进入阿尔萨斯地区，试图夺回斯特拉斯堡，因此此役旨在击溃敌军。美军踏着寒冬的皑皑积雪，在崎岖难行的山地上与气势汹汹的来犯之敌展开连番恶战，敌军参战部队中就包括党卫军第10装甲掷弹兵师的精锐之师。此役过后，第12装甲师第43坦克营和第17装甲步兵营几乎全军覆没，待到1月20日第12装甲师由其他部队接防之时，第23坦克

---

① 蒙哥马利·坎宁汉姆·梅格斯（Montgomery Cunningham Meigs）是西点军校1940届毕业生，阵亡时年仅24岁。梅格斯出生于一个军人世家，父亲是一位海军军官，其子便是日后的美国陆军上将蒙哥马利·C·梅格斯，后者出生时父亲梅格斯中校刚刚去世一个月。

营已有72人阵亡，李所在二连的谢尔曼坦克也损失了一半。

第12装甲师在埃尔利塞姆经历一番恶战，倒也并非没有收获，其中一大利好便是第23坦克营被击毁的坦克得到补充，换成了M4A3（76）W型号的坦克。这种坦克又被称作“E8”坦克[①]，装备有76毫米口径的坦克炮，据说比75毫米坦克炮对付德国人的坦克要更省事一点。这种坦克还有另外一个特点——李尽管在这个节骨眼上根本无暇顾及，却在日后派上了大用场——设计有“湿式”弹药贮藏装置，这样一来，即便坦克车体被敌军炮火击中，车内贮放的76毫米炮弹也不会被引爆[②]。不仅如此，从埃尔利塞姆战役中幸存下来、退下战场的士兵成了具有作战经验的老兵。随着战争深入，这些人——还有那些补充兵员，老兵们将把自身经验传授给他们——将跟随第七集团军横扫德国南部，一路杀入奥地利境内，在战场上让对手领教自己是如何的骁勇善战。

杰克·李跟随大部队一路进军，也在不断磨砺自己身为一名战斗指挥员的技能，并被授予铜星勋章一枚，以表彰其“卓越的领导才能，……在指挥坦克排时表现冷静积极……面对逆境从不退缩，总是迎难而上”。1945年5月3日晚9时许，第23坦克营顺利通过了德

---

①“E8”（“Easy 8”）这个绰号来自M4A3（76）W坦克其实又被称作M4A3E8。“E8”的第二代模型装备有水平螺旋弹簧悬挂系统，不仅履带更宽，在其他细节方面也有所改进。

② 早期的谢尔曼坦克将炮弹贮放在两侧履带上方的突出部，车体一旦被反坦克火炮击穿，炮弹几乎不可避免地会被引爆。后期的现代M4型坦克经过改进，将主炮弹药贮放在炮塔底板下方的储弹容器之内。这些储弹容器浸泡在一种水状防冻混合溶液中，极大地减少了弹药引爆的危险，有效避免了坦克自毁的灾难性后果。

奥边境，一道越过边境的还有第17装甲步兵营和第495装甲野战炮兵营，这三支部队共同组成了第12装甲师后备装甲战斗群。此时此刻，第23坦克营已经跻身美国陆军最富作战经验，最为勇敢善战的坦克营之列，李也成为最具才华的坦克指挥官之一。

在第23坦克营指挥官凯尔索·克劳中校眼中，李无疑是第12装甲师最出类拔萃的坦克指挥官之一。正因为如此，他才让后者担任先头部队，为第12装甲师进军奥地利开辟道路。克劳早在几周之前就看中了这位意气风发的年轻坦克兵，命其指挥“李特遣部队”。这支特混部队不仅包括二连的谢尔曼坦克，还配备了半履带式车辆运送第17装甲步兵营四连的黑人士兵[①]，作为第23坦克营和后备装甲战斗群的“尖兵”，负责为主力部队打通道路，清理敌军布下的路障，夺取关键桥梁与道路枢纽，同时探察前进路线上城镇乡村的敌情。

虽说，特遣部队的任务暗合了李极富侵略性的冒险性格，可我们还是猜得出李的部下中多少有人对于被当作“头号打击目标”不大感兴趣。既然希特勒早在4月30日就饮弹自尽，德国武装部队土崩瓦解已是不争的事实，对于大多数美国士兵来说，欧战结束指日

---

① 随着第二次世界大战欧洲战事的深入，美国陆军步兵部队急需兵力补充。由于从其他作战任务抽调的白人士兵人数不足，无法有效填补空缺，陆军当时虽然依旧推行种族隔离制度，可迫于形势，只好允许驻扎欧洲各单位及支援部队的黑人士兵志愿加入。加入步兵部队的黑人士兵总数在2000人左右，他们先在法国接受简短的步兵培训，随后被分配至第12和第14步兵师的各支部队当中，不过指挥官一律由白人担任。诚然，第17装甲步兵营第四连的黑人士兵证明了自己无愧于英勇善战的步兵战士，可并未像不少资料指出的那样参加过营救伊特堡的行动。

可待，没有任何人甘愿就这样最后死在“德国佬的老家”。5月4日下午3点25分，李叫停了部队，命令全员在库夫斯泰因停下脚步，特遣部队的小伙子们闻听喜讯，无不为自己年轻勇敢的上尉感到高兴——李是在5月1日正式晋升上尉的。李通过无线电向营长克劳报告特遣部队已经进入库夫斯泰因城内，没有遭遇任何抵抗，随后被告知“坚守阵地”，后备装甲战斗群正在移交阵地，将库夫斯泰因及周边地区的防守任务转交给第36步兵师，24小时之内很可能实现战区范围内停火。李接到命令建立防御阵地，如果没有遭到进攻就无须与敌交火，静待第36步兵师第142步兵团增援分队的到来。

李将消息传达给特遣部队的队员，全体队员都欢呼起来。不管怎样，战争看起来已经结束了，而他们还依旧活着。虽然，李警告小伙子们切莫放松警惕，可有好几个家伙已经把带着的杜松子酒和红酒给“解放”了出来——那些酒要么塞在背包里，要么藏在坦克里不知道什么秘密角落——开始你一杯、我一杯地敬起酒来。这群士兵一边布置着防御阵地，一边又笑又闹，全队上下好不热闹。然而，随着一位纳粹国防军军官手摇白旗，突然出现在前方李的坦克周围，欢快的气氛霎时变得死寂一般。德国人出现的消息让整队人马顿时掀起波澜。站在一旁的大兵看着杰克·李钻进坦克炮塔里，用无线电对外联络，不由得一齐屏住了呼吸——他们太了解这位年轻美国上尉的性格了。

果不其然，当士兵们看到李从炮塔里探出头来，咧着嘴傻傻地笑着，大伙儿的心一下子全都沉了下去，他们明白这场仗还没有打完。

甘戈尔和李正在库夫斯泰因紧急商讨对策，二人谁也没有料到一场伊特堡救援行动也在同时悄然进行，而这还得多亏祖文科·库科维奇。

这位克罗地亚杂务工经过在酒店改造的军营里一夜好好休息，已经恢复了精力，5月4日早上7点一到就回到了因斯布鲁克市政大厅——雷诺和克列孟梭这会儿正在优雅地迈着步子，慢条斯理地穿过小村伊特。前天遇见的那个南斯拉夫裔美国人把他介绍给了约翰·T·克莱默斯少校。这位少校会说德语，以前当过炮兵，现在被分配到了第103师的军事管制部。克莱默斯把克里斯蒂安妮·马碧尔写的信读了一遍，意识到援救伊特堡的行动迫在眉睫，刻不容缓，于是赶紧打电话叫来了埃里克·卢顿中尉。卢顿是第103师旗下的一名法军联络军官，正好也是克莱默斯的好友。两个人赶紧找来一幅蒂罗尔州北部的地图，把地图摊开，标出路线，好沿着库科维奇来时的原路赶往城堡。克莱默斯把计划向上级作了汇报，上级不但批准了计划，还从第103师第783坦克营抽调了四辆M4谢尔曼坦克，必要时提供火力支援。

救援人马午后不久就上路出发了。克莱默斯、卢顿、库科维奇连同一位名叫格里斯的中士4个人共坐一辆吉普，后者负责开车。一行人驱车先后经过哈尔、施瓦茨和延巴赫，路上并未遇到拦阻，可就在快要接近拉滕贝格东郊的时候被一群美国大兵给拦了下来，这些士兵都来自休伯特·E·斯特兰奇中校的第409步兵团。士兵们告诉他们城里的武装党卫队士兵少说也有百来号人，德国人还在路上布置了反坦克火箭筒、几挺MG-42机关枪，少说还有一门反坦克炮。步兵们预计就算能够把德国人全部干掉，把路上清理干净，怎么说也得等到天黑。由于蒂罗尔州战局仍不明朗，师部下了命令，严禁小部队夜间沿公路非战术移动，克莱默斯只好极不情愿地命令小分队打道回府，返回因斯布鲁克。

杰克·李正忙着向营长汇报甘戈尔已经到了库夫斯泰因，克莱默斯此刻也在因斯布鲁克忙个不停。他正在组织一支救援分队，希望能够多些人手，这样就算德国人来找麻烦，也有充分信心对付，但是队伍不要太过庞大，省得路上走得太慢，耽误时间。克莱默斯新组建的这支特遣部队包括4辆M10反坦克自行火炮，都是从第824反坦克火炮营抽调过来的，还有3辆吉普车，车上备有点59口径机关枪，再加上一辆载货卡车，随车同行的是第409步兵团第三步兵营的一个排士兵，另外还有一辆卡车，上面什么都没装，专门用来接法国要人和他们的行李。克莱默斯刚刚安排停当，就看见两个平民跑了过来，要求批准跟随救援部队一同前往。这两个人是美军战地记者迈耶·莱文和法国摄影师埃里克·施瓦布。克莱默斯答应了二人的请求，告诉他们救援纵队天一黑就出发前往伊特堡。

这注定将是一场别开生面的特别之旅。

第23坦克营营长凯尔索·克劳通过无线电从杰克·李那里得知塞普·甘戈尔已经抵达库夫斯泰因，于是立即下令要李视情况发展，权衡沃格尔与伊特堡的局势再做决定，不容有失。李不到万不得已，显然不愿让自己的特遣部队主力面临危险，于是做出了一个决定——这样的决定完全符合李的性格，称得上勇气十足——他告诉甘戈尔在对沃格尔与伊特堡两地亲自侦察之前并不打算让全部人马进入沃格尔，也不会对伊特堡展开全面营救。李向甘戈尔提出二人一起走一趟，就坐这名德国少校的车去。李如此提议显然是在考验甘戈尔是否值得信任，有无说谎。甘戈尔对李的最后提议究竟做何想法，我们并不清楚，但可以肯定在李挑选出来的美国士兵中只有一位不大情愿。此人名叫爱德华·J·希姆奇克，下士，29岁，外号“臭鬼”，是李的炮手。在希姆奇克看来，自己被选中深入敌后，可不是为了参加这么一场“志愿”行动的。

李将特遣部队的指挥权暂时交给手下的副队长，弓着身子挤进了狭窄的桶车后座里，希姆奇克就坐在身旁，甘戈尔则坐在前排的乘客座位上。下士凯布里希发动了汽车，两个美国人背靠着车座，头盔很可能放在车里的地板上，以免引起不必要的注意，M3冲锋枪不用说早就打开保险上好了膛，平放在膝盖上。一行人在去沃格尔的路上没有遭遇任何敌军。纳粹国防军士兵倒是碰上了几个，不过都是听命于甘戈尔的。李一路上经过好几座小桥，每次都下车检查桥上是否装有爆破装置，有的话就要甘戈尔命令手下拆掉。车开到沃格尔已是下午大约四点半的光景，几分钟之后李就正式接受了甘戈尔的投降，后者将沃格尔连同手下的剩余驻军一并交给了对方。

鉴于一旦武装党卫队部队对沃格尔发起进攻，甘戈尔及其部下是唯一有能力予以阻击的力量，这名美军坦克兵因此允许德国人保留武器，这显然是一种信任姿态，当然也是出于实际情况的考虑。

甘戈尔在投降仪式结束之后便把哈格莱特纳和沃格尔抵抗组织的其他骨干成员向李一一做了介绍。这位美军军官告诉奥地利人在美军大部队到来之前，他们必须肩负起维护城市稳定的责任，甘戈尔手下的纳粹国防军已经投降，能够提供安全保障。李随后话锋一转，说起了伊特堡的事情。他要求哈格莱特纳把自认为通往城堡最安全的路线标记出来，没想到后者毛遂自荐，主动提出带路。5时30分不到，李、甘戈尔、哈格莱特纳还有希姆奇克便一起坐上桶车出发了，身后还跟着一辆小型卡车，里面坐着布莱希施密特和其他几个人。

虽然，沿公路去伊特堡全程只有短短5英里，可为了避开武装党卫队设下的层层路卡，一行人只能走偏僻狭窄的泥巴小路，一路上绕来绕去走了不少弯路，到达伊特村时已经耗去了差不多45分钟。大家刚刚走进圣约瑟教堂前面的小广场，便看见库尔特・齐格弗里德・施拉德站在那里——后者和几个法国要人谈话，时间实在拖得太久，正在回家的路上。施拉德告诉李自己已经接管了之前关在城堡的犯人，负责保卫他们的安全。甘戈尔早在吉尔战斗大队的时候就认识了施拉德，他见到李满脸狐疑，赶紧上前为施拉德作证。李于是要这位武装党卫队军官赶紧带着家人返回城堡，叫他放心美军的救援部队很快就会赶来。

李后面的这句话显然容易产生某种误解，让人以为李要返回库夫斯泰因集合救援部队。李如果真打算这么做，就必须在临行之前亲眼证实伊特堡的情况是否真如甘戈尔所说。他于是命令哈格莱特纳——这一次由哈格莱特纳负责开车——再往前开150码，开到城堡里面去。桶车慢慢驶近了古堡大门——城里兴许已经有人摇起了白旗——两个法国人拿着武器走上前来，举起了手中的枪。法国人见到德国军车驶近，怒火中烧，固然情有可原，可当他们看到李从后座上慢慢站起身来，大声解释自己是美国军官，胸中的怒火很快便烟消云散。

李很快被带到了那帮法国要人面前。他先作了个自我介绍，接着大声宣布自己会快去快回，带更多援兵回来。虽然，这名坦克兵具体说了些什么，我们无从记录，但可以肯定的是他一定受到了法国人的热烈欢迎，每个人都感觉心中的石头落了地，变得充满希望，精神抖擞起来。不过，我们也可以想象得出李说话一定还是他那副直截了当、大大咧咧的腔调。这个美国人给雷诺留下了深刻的印象，被后者描述成具有“橄榄球运动员一般的标准身材”。不过，对于其中至少一位昔日的阶下囚来说，李的印象就没有那么好了——爱德华·达拉第反倒是觉得塞普·甘戈尔为人“彬彬有礼”，“颇有教养”，而对这位美国上尉的印象却是“无论相貌长相，还是言谈举止都显得粗鲁俗气”。这位昔日的法国总理日后用轻蔑的语气写道：“如果像李这样的人能够代表美国的政策的话，那么欧洲可就没好日子过了”。

当然，李对于达拉第是否看得起自己根本就不在乎，他关心的是究竟该如何组织救援部队。李在伊特堡一共待了不到20分钟，命令布莱希施密特和其他几个人留下之后便带着希姆奇克、甘戈尔还有哈格莱特纳打道回府，坐着桶车回了沃格尔。一行人依旧沿原路返回，路上同样没有遇到任何阻拦，在把哈格莱特纳放下之后余下三人继续向库夫斯泰因前进。李到了库夫斯泰因之后找到营长。克劳要李继续开展营救计划，不过表示后备装甲战斗群已经将这一地区移交给了第36步兵师，因此第23坦克营李能够动用的装备除了他自己那辆坦克，只剩下另外一辆，如果需要多余的人手和车辆，就只能向第36步兵师开口求助。

李带着甘戈尔，风风火火地赶回当天早上与特遣部队分手的地方，首先跟自己的几名坦克组成员把新任务说了一遍。几名成员分别是希姆奇克、坦克驾驶员四级技术士官威廉·T·拉什福特、装弹手五级技术士官爱德华德·J·赛纳和副驾驶兼前机枪手一等兵赫伯特·G·麦克哈利。李接下来拜托好友哈里·巴斯指挥第二辆坦克。那辆坦克是华莱士·S·霍尔布鲁克少尉的，绰号叫作“德国佬克星”，坦克组成员包括下士威廉·E·埃利奥特和格伦·E·谢尔曼。

在李看来，这点火力显然还需要额外补充，于是又从第三坦克排一下子抽调了5辆谢尔曼坦克，这个排属于第753坦克营下面的二连，刚到不久。李接着去找乔治·E·林奇上校求助，后者是第142步兵旅的旅长，正率部接管该地区。林奇听李说完法国政要等待救援的事情，表现得颇有兴趣，从马尔文·J·柯伊尔中校二营下面的五连二排抽调了3个班的士兵，和救援纵队一同前往。不仅如此，林奇还向李坦言自己的142步兵旅原本计划的进攻轴线就要通过伊特堡，并且保证几个营的大部分兵力将紧跟在李和救援纵队的后面，“马上就到”。

救援纵队从库夫斯泰因出发的时候晚上7点还差一点。李带着他那辆“为爱痴狂的詹妮”在前面开路，紧随其后的是“德国佬克星”和从753坦克营借来的那5辆谢尔曼坦克，第142步兵旅的步兵兄弟们就坐在坦克后部的发动机甲板上。甘戈尔和他的桶车负责断后，车头的天线上不再挂着白旗，而是在车身两边潦草地画上几笔，换成了白色的大星星。虽然，李和其他人当天早些时候来去伊特堡的路上都没有遇到任何阻碍，看似风平浪静，但这位年轻的指挥官丝毫不敢掉以轻心，深知救援队伍已经比之前壮大了不少，要想不被敌人察觉，遭遇阻击，恐怕不大可能。负隅顽抗的武装党卫队与纳粹国防军余部依旧在整个奥地利北部地区活动，不出意外的话，这些残敌很可能配备有“铁拳”反坦克火箭炮。这种武器杀伤力之大，足以令盟军坦克兵闻之色变。

美军坦克兵很快意识到让自己感到担忧的可不止“铁拳”反坦克火箭炮这么一桩事情。救援纵队离开库夫斯泰因不久便遇到了一座小桥。小桥横跨因河支流布里森特河而建，一看便知早已年久失修。李的两辆坦克和753坦克营的两辆坦克没费什么功夫便从桥上开了过去。可是，就在第五辆坦克试图通过时，桥体垮塌下去。李毫无办法，只好命令753坦克营剩下的三辆坦克连同车上坐着的步兵打道回府，返回库夫斯泰因。

等待救援部队的麻烦事一桩接着一桩。当晚8时许，救援部队抵达沃格尔。负隅顽抗的德军散兵游勇不仅让李忐忑不安，也让鲁伯特·哈格莱特纳和他抵抗组织的同事们忧心忡忡。他们向这位年轻的指挥官提出请求，希望后者能够加强防御。李不知出于什么原因，答应将第753坦克营剩下的两辆坦克和跟车的步兵留在沃格尔。甘戈尔主动提出用自己的部下来填补人手不足。这位纳粹国防军军官见李点头应允，立即把迪特里希上尉和霍克尔中尉两名军官，连同其他几名士兵全都叫了过来。救援纵队随后离开沃格尔，继续向伊特堡前进。此时李的全部人马包括两辆谢尔曼坦克，十四名美国士兵，一辆桶车和一辆奔驰小型载货卡车，车上一共载着十名德国士兵。对于二战期间任何一名美国军官来说，指挥这样一支队伍恐怕还是破天荒的头一遭。

救援部队出了沃格尔之后一开始往正东方向前进，快到索尔—吕肯塔尔村庄的时候改走东南方向，接着上了双车道的布里森特公路，沿着布里森特河西岸一直向南，行至一座名叫布鲁格伯格的小村庄时发现了一座桥梁。李认为几辆坦克从桥上开到河对岸应该不成问题，不巧发现桥上装有爆破装置。李心想这座小桥是带法国政要返回美军防线的唯一必经之路，于是让“德国佬克星”留在原地，跟车的步兵除巴斯一人之外其余悉数留下，负责解除爆炸装置，保卫桥梁。

李带着“为爱痴狂的詹妮”和全体坦克组人员，连同巴斯和剩下的四名142步兵旅士兵——四个人分别是下士威廉·萨顿、二等兵亚历克斯·佩特鲁科维奇、亚瑟·波洛克和阿尔弗雷德·沃思汉姆——继续沿着河的东岸前进，甘戈尔则带着自己的人马乘车紧随其后。由于公路东侧全部环绕着陡峭的山坡，大队人马只能朝着几乎正南方向，往集镇霍普夫加尔滕前进，直到左拐过了一个急弯才上了伊特公路，走这条公路能够直接通往山上的伊特村和伊特堡。李此时已经看得见此行的目的地所在——那座古堡就坐落在山顶，距离自己战线的直线距离不到一英里。他叮嘱坦克兵接下来的路要小心谨慎、步步留心。

李的担心并非多余，车队开上伊特公路不到几分钟，刚刚转过一个“S”形弯道便迎头撞上了一小队武装党卫队士兵正在布置路障。坦克后甲板上的步兵迅速开火，前机枪手麦克哈利和卡车上甘戈尔的部下也开枪射击。武装党卫队士兵慌乱中来不及还击，赶忙躲进了路边的树丛中。李对拉什福特下令：“给我让她动起来”！坦克猛地转过另一个弯道，沿着弯弯扭扭的伊特公路直冲上去，纳粹国防军那帮人的汽车紧紧跟在后面。

这支小型护卫队一路咆哮着从伊特村狭窄的街巷直穿而过，调头向西，开上了城堡支路。这是一条狭窄的小路，直通城堡，路的尽头有一座小桥，桥的另一头便是古堡大门。李命令拉什福特把“为爱痴狂的詹妮”停到路的一侧，越远越好，然后挥手示意甘戈尔和后面的卡车司机把车开到前面，从桥上开过去。李看着纳粹国防军的几辆汽车从谢尔曼坦克旁开过，一直开到城堡大门跟前，才要坦克后甲板上坐着的四名步兵从车上跳下来，进入防御阵地。他接着回过头来，要拉什福特把坦克稍微退后一点——后者驾驶坦克从伊特村开到这里开了好几百码远，一路上都把头和胳膊露在舱口外面——完全退到路的中间，再来个180度调头，这样一来战车的前部便正对着村子的方向。虽说，要在如此狭窄的道路上调头可是一件细活，容不得半点马虎，可拉什福特把操纵杆往反方向一拉，再加上动力，坦克就掉转头来，稳稳就位了。

这条支路弯弯扭扭、长不过60英尺，李为何要拉什福特在支路上倒车，把坦克屁股对着城堡门楼，如此安排的原因很快就将一清二楚。李看着拉什福特和巴斯一脸的疑惑不解，连忙解释道自己之前曾和甘戈尔到过城堡，逗留了一小会儿，当时就注意到这条进路要比坦克现在停着的地方窄，而且进入门楼时拱门高度过低，坦克无论如何都没法开进城堡里头地势低矮的院子里去。他因此希望能够让坦克尽量靠近门楼，这样一来能够堵住入口，二来可以防止敌军插到坦克和大门中间。虽然，让“为爱痴狂的詹妮”背靠通往门楼的进路存在风险，但按照李的说法，既然坦克后部下方的装甲要薄一些，那么这样做就能够确保敌人的炮手无法瞄准坦克最薄弱的部位射击。李见大家没有异议，于是命令除拉什福特之外其余所有人都从坦克车里出来，自己爬上炮塔，腾的一下跳进了指挥舱。

由于这辆谢尔曼坦克的后视镜几天前被打坏了，拉什福特只能依靠李的口头指令驾驶。“为爱痴狂的詹妮”开始向后退去，速度极其缓慢，慢到一旁看热闹的士兵若不细看根本察觉不出坦克在移动。李通过车内通话系统不断发出指令，对方向进行微调。这条进路的前半截相对而言还算笔直，却隐藏着一个坦克最难逾越的障碍——眼前的这座小桥长约20英尺，桥下的溪谷把伊特堡和周围的山脊分隔开来。桥身是用钢筋混凝土筑成的，一头各有一座尖尖的石头桥墩支撑。两个石头桥墩虽然看起来又大又结实，上面雕梁画栋，还刻了不少图案，可谢尔曼坦克这样的庞然大物毕竟超过了桥梁的设计限制。倘若承受不起坦克的巨大重量，轰然垮塌，那么“为爱痴狂的詹妮”就会掉到25英尺深的山沟底下去。从这样的高度掉下去足以让车辆报废，如此一来，救援部队就将失去最有威力的火炮，李和拉什福特还很可能因此身受重伤，甚至丧命。

谢尔曼坦克倒着开上了桥，桥身吱呀作响，桥体内部用于承重的金属主梁被压得弯曲变了形。石块从两侧石头桥面上大块大块脱落下来，坠入山沟底下，碎石铺成的路面也裂开了密密麻麻的细痕。亚瑟·波洛克身背勃朗宁自动步枪，面对村庄，蹲在一旁，听到响声，回头一看，不禁被眼前的景象吓得呆住了：只见整座桥梁已经横着微微晃动起来。好在桥体尽管承受了巨大的重压，总算还没垮掉。拉什福特、李和一旁的士兵看着这一幕，全都把心提到了嗓子眼上。就这样又过了几分钟，“为爱痴狂的詹妮”终于从桥上平安无事地开了过去。可是，进路到了桥靠近城堡的那一头要先经过一个左转弯，再直接通向门楼。这一段路的坡度在15度左右，路面也由原来的12英尺变为不到11英尺，越发狭窄。对于九英尺宽的坦克来说，车身距离道路两侧的空间只有不到一英尺，拐这样的窄弯着实难办。万一拉什福特判断失误，没有把握准转弯角度，或者一时大意，加速过猛，谢尔曼坦克就会冲破路旁的护栏——那些护栏修得不高，里面都是空心煤渣砖，外面钉着一层木板——从另一侧的山坡上滚落下去。好在李指令准确，加上拉什福特操纵稳当，美国大兵们又一次逢凶化吉，避免了一场灾难——“为爱痴狂的詹妮”虽然转弯时剩下的余地只有差不多几英寸宽，仍然有惊无险地拐了过去，接下来开到门楼前的那一段路便易如反掌了。

拉什福特把坦克倒着开到了距离拱门入口只有几英尺远的地方——德国人的几辆汽车已经从门口开了进去——李要他熄火，关掉发动机，两个人从各自的舱盖里爬出来，跳到地上，点上一根烟，权当小小庆祝一番。巴斯、希姆奇克、赛纳、麦克哈利连同那四名步兵各自走出防御阵地，从桥靠近村子的那一头一路小跑过来。这帮美国大兵穿过敞开的大门，走进院子里头。院内低洼的地面上还残留着积雪，施拉德和甘戈尔早已在此等候多时。李眼看天色渐暗，一心急着尽快组织防御，谁知还没来得及发号施令，城堡庭院那扇小小的拱门吱呀一声打了开来，美国大兵们立时被一群欢呼雀跃的法国人给团团围住了。

————

李又回来了，还带来了日思夜盼的美军救援部队，这样天大的好消息让伊特堡的法国政要们好不高兴。大伙也顾不上安不安全，一下子全都从大厅里涌了出来，穿过围墙围着的露台，跑下台阶，来到院子里头。每个人脸上都挂着欢笑，嘴里叫着嚷着，手里拿着酒瓶。然而，当法国人看到援军居然只有这么几个人，刚开始的欢喜之情霎时变得暗淡下去。李几个小时前不是还信誓旦旦地说要带着“骑兵”回来么？这个词在法国人的脑海里可是一大队装甲铁骑，在大批身披重铠的士兵簇拥之下昂首前进的画面，谁知眼前出现的竟然是这么一辆坦克，破破烂烂，再加上七个美国兵。让这帮昔日阶下囚感觉更加窝火的是居然还来了这么多德国人，而且人人带着武器。说得客气一点，法国人的确大失所望。

李跟施拉德说起救援部队在霍普夫加尔滕以北的伊特公路上遭遇武装党卫队的事情——施拉德回到伊特堡时已经穿着全副军装——那些昔日的阶下囚听到这里，心情越发低落。诚然，法国人之前就知道有敌军部队在当地活动，布莱希施密特和他们的人之前到城堡来的时候就已经跟法国人说起过这回事情，可是听到居然还有德国军队胆敢跟美军的坦克作对，不禁让人心头一凉，看来战争已经结束还为时尚早。不仅如此，法国人还听见施拉德向李做情况汇报，心里抱着的和平希望变得越发渺茫——那位武装党卫队军官把美国坦克兵拽到一旁，低声耳语了几句。原来下午早些时候，布莱希施密特正带着手下一小撮人在城堡各个楼层安排位置，施拉德此时正好看见有好几队敌军从北、西、南三面朝伊特堡移动。更加不妙的是施拉德还说他和那位年轻的纳粹国防军中尉两个人都看见有两门“Pak”40型反坦克炮被拖进了阵地，从位置来看足够打到城堡。其中一门反坦克炮被布置在了林线[1]靠里一点点的地方，就在山脊上面和城堡平行的位置，正对着伊特堡东面，还有一门被安放在了一块小小的空地上，位于布里森特河西岸，伊特堡的西南方向。

李意识到战术局势在刚刚过去的几个小时里已经严重恶化，敌军随时可能发起进攻，于是开始迅速下达指令。李首先需要安排的

---

① 林线（treeline），亦称“林木线”（timberline）或“森林界线”（forest line），是指树木等植物因气候、水土等环境因素能否生长的界线。林木在林线之内可以生长，而一旦超过此线，大部分植物则会因为风力、水源、土质等因素无法生长——译者注。

是那帮满怀期待的法国人，他要法国人带着施拉德的妻女和带编号的女囚躲进地下室的储藏室，各自找好藏身之处。此言一出，顿时引来法国人的一片哗然。雷诺、达拉第和另外几个男人高声抗议起来，扬言宁可战死城头，也不愿像个懦夫一样躲进地窖。李斩钉截铁地挥了一下手，打断了法国人的抱怨，要让法国人明白这里的一切只有自己说了算。他接着又补充了一句，要这些法国人搞清楚如果就这样把性命丢了，对战后的法国可没有半点好处。

这些昔日的法国囚徒听了只好四散走开，几个男人仍然嘴里嘟囔着抱怨个不停。李接着使了个眼色，要巴斯、甘戈尔、施拉德、迪特里希、霍克尔还有布莱希施密特几个全都过来，把自己的对策简单扼要地说明一下。由于城堡里车辆不足，无法把所有人都运回库夫斯泰因去，再加上周围地区看起来怎么都有敌人出没，因此所有人最好待在伊特堡原地不动，做好防御，等待第142步兵旅的援军到来。李仍然是这支临时组建的伊特堡卫戍部队的总指挥——这支部队现在一共有十个美国人、一名武装党卫队军官，再加上14名纳粹国防军士兵——巴斯、施拉德和甘戈尔三个则临时担任他的副官。

虽然，守城部队就这么点儿人，看上去很可能寡不敌众、陷入重围，可李说了虽然人少，却有几个优势可以利用。首先，咱们的武器装备相对要好。除了98式卡宾枪和M1型加伦德式半自动步枪，还有几挺MP-40和M3冲锋枪，波洛克手上还有一把勃朗宁自动步枪，再加上其他美制、德制手枪和手榴弹，更重要的是“为爱痴狂的詹妮”上装有点30和点50口径机关枪各一挺，还有一门76毫米口径坦克炮，这个才是最最关键的杀手锏。其次，李还说了敌军倘若企图从北、西、南三面发起进攻，就必须突破四周围着的蛇腹形铁丝网，从下往上进攻，这样一来势必处于三面高墙密集火力的打击之下。第三，敌军若是从东面进攻，妄图走城堡支路、也就是从伊特村到城堡距离最近的那条进路通过，肯定会完全暴露自己。来犯之敌到了最后60英尺将不得不通过山沟上那座窄桥才能接近城堡门楼。第四，在李看来，伊特堡的石墙坚固结实，足以抵御小型火器进攻，退一步说，就算敌人使用火炮，也能减小杀伤力。第五点或许是最为关键的一点，按照李的说法，即便敌军突破了外围防御，守军也可以采取某种老式的积极防守战术：先将那帮大人物护送到城堡中间的那栋高楼里头——李很快给那栋高楼起了个外号，叫作“要塞”——再利用剩下的弹药、手榴弹，紧要关头甚至可以抡起拳头，在每一道楼梯、每一条走廊和每一间房间与敌人展开最后搏斗。

李把自己的作战计划大致叙述了一遍，接着开始部署人马。甘戈尔和施拉德负责城堡四周的防御任务，两个人一人防守一边，前者负责南面，后者防守北面。二人手下各有几名人手担任“班长”——迪特里希和布莱希施密特跟甘戈尔，霍克尔协助施拉德——每人另外带上三名纳粹国防军士兵。剩下的三个德国兵作为哨兵，去“要塞”顶楼站岗放哨。李同时要求我方的德国友军一律在左臂系上一条黑布，以示区分。若非有事，大家可以轮班休息吃饭，但一旦战斗打响，城墙上的各个岗哨就必须有人，不得有误。

李看着两位德国军官分头离开，去找位置，于是告诉拉什福特、希姆奇克、赛纳和麦克哈利四个人到坦克边上去等自己，坦克此时还停在门楼前方几英尺远的地方。李转过身来，吩咐巴斯和第142步兵旅的四名士兵负责城堡正门一带的防御，同时掩护出入城堡的必经之路。他打了个手势，要这五个人跟上自己，接着便朝门楼一路小跑过去。李和巴斯先把周边情况很快打探了一番，波洛克、沃思汉姆、佩特鲁科维奇和萨顿四个人则在“为爱痴狂的詹妮”左右两侧和后方各自选好了位置防守。

李和巴斯把门楼上下打探了一番，进一步肯定了最初的印象：这座门楼高约30英尺，宽在40英尺左右，虽然并非坚不可摧，可当作第一道防线仍然是不错的选择，无论敌军是从伊特村的方向还是南、东两面由下往上发起进攻，都足以抵挡得住。门楼由石头修筑而成，坚固结实，中间有一条拱形圆顶通道，上有建筑遮蔽。通道两头各修有两扇大门，对外的那扇大门是在古堡改建成监狱时修的，用的是砖头和结实的圆木，一边的一扇门上开了一张小门，供人出入。大门打开时方向朝外，因此在里面加了几把硕大的挂锁，好从里面锁住。沿着通道往里走上15英尺便是内侧大门，门是用硕大的圆木做的，木头上还嵌着金属，朝里打开，既能够用锁锁上，也可以用门闩栓住。不仅如此，中间通道的两侧还修了高高的石头塔楼，塔楼顶部开有射孔，从上往下望去，进出城堡那条短短的进路一览无余。距离门楼后部40英尺远的地方还有另外两座哨塔，一前一后，就在城堡庭院西侧的前面拐角，站在顶上可以俯瞰四周的陡坡，顺着山坡能够一直看到下方城堡西、南两面巨大的基墙底部。朝内那扇大门的两旁各有一扇木门，人要想登上前面的两座塔楼，上到门楼顶上的狭窄阁楼里面去，推门进去即可。城堡庭院的哨塔另有单独入口，可沿塔内的楼梯盘旋而上。

李和巴斯二人一致认为门楼内部与周边防守存在几个薄弱环节。第一个弱点在于这个区域正好位于连接进路小桥的拱形支座正下方。敌军倘若穿过桥下的山沟发起进攻，一旦摸到最靠近门楼的石头桥墩底座，就能突破蛇腹形铁丝网的阻碍。由于这些铁丝网紧贴着桥墩布设，因此从门楼上任何一个射孔都无法往下看清下面的敌情，况且城堡所在山头周围的山坡也会挡住从主墙上开火的线路，根本无法瞄准这个位置的敌人射击。第二个弱点和那个小小的拱形出入口、也就是出击口有关。出击口位于南面主墙底部，城堡庭院南侧哨塔的正下方，开门便可沿着山坡直接下到山沟底下。出击口由砖头和金属加固的圆木砌成，在里面闩上的话外面根本无法打开。开口的位置虽然从哨塔上的射孔能够看到，但正好在墙壁弯进去的地方，门又修得稍稍靠里一些，因此实际上很难瞄准。更加糟糕的是，通往出击口的山坡上长着矮树和灌木，这也意味着敌人如果突破了铁丝网的阻拦，就很可能趁人不备，从山沟底下溜到门口，趁守军来不及阻止，把出入口的大门炸开。

李站在城堡大门前方，突然意识到“为爱痴狂的詹妮”停放的位置同样是一个战术问题。自己起初要坦克沿着横跨山沟的进路退到里面来，停在门楼正前方，初衷一方面是为了保护坦克装甲薄弱的尾部，另一方面倘若敌军胆敢顺着进路发动进攻，就无异于自寻死路。可是，这样一来无论是炮塔上的76毫米火炮，还是同轴联装的点30口径机关枪，二者的射击范围都会受到严重限制。李为了让坦克的火力范围能够覆盖出击口，不仅能够瞄准正东方向，也能朝城堡西、南两面的目标开火，于是命令拉什福特把“为爱痴狂的詹妮”开得离城堡稍远一点，停在靠近城堡一侧的桥头。只见谢尔曼坦克的发动机轰鸣起来，排气管里喷出阵阵油烟，缓缓向前移动。拉什福特和其他几名坦克组成员待到坦克到达预定位置停下，便从车上跳下来，朝着门楼迅速跑去。每个人都带上了各自的个人装备，手里拿着点45口径M3冲锋枪，至于弹药，能背多少就背多少。

李心里明白让坦克重新挪个位置无疑是一件成败参半的危险举动：虽然，让谢尔曼坦克换一个位置能够大大增加坦克主炮与副炮的射界范围，也让坦克更加容易被对方的反坦克炮手瞄准，加大遭受攻击的风险，要知道对方步兵手中可是拥有“铁拳”反坦克火箭炮，那家伙着实让人望而生畏。李为了避免后一种情况的发生，于是吩咐巴斯从坦克上拆一门机关枪下来，搬到门楼顶上的阁楼里去。楼上防守的人只要在屋顶上踢掉几块瓷砖，就能腾出位置来射击，不单能够掩护“为爱痴狂的詹妮”，还能制造出一个高点，虽然没有多少掩护，但无论敌人从山沟上小桥的任何一侧沿着山坡向上进攻，都能给予迎头痛击。李原本希望将坦克车上那挺点50口径的勃朗宁重机枪拆下来用于掩护任务，可那挺机枪实在个头太大，分量不轻，放在阁楼上那么一丁点空间里恐怕难以施展拳脚。好在坦克上还有两挺点30机关枪，重量要轻一些，块头也小了不少。李和巴斯经过一番商量，决定还是把副驾驶位置那挺M1919A4机枪拆下来，换到门楼上去。M1919A4机枪比起旋转炮塔上与主炮同轴联装的机枪来，射击扇面更为有限，从坦克上拆下来也没那么麻烦。

巴斯于是吹了个口哨，示意麦克哈利回到坦克那头去，把车头位置那挺点30机枪给拆下来，收好机枪三脚架，再带着机枪和几罐弹药到门楼顶上去。巴斯接着吩咐沃思汉姆去帮麦克哈利一起把机枪安好，给这位年轻的坦克兵当副机枪手。

李让巴斯去找波洛克、佩特鲁科维奇和萨顿三个人，要他看有什么任务觉得合适就分配下去，自己一个人朝着最外面第一道大门走去。拉什福特、希姆奇克和赛纳三个人正蜷着身子，藏在门后。李告诉大伙其实自己心里明白“为爱痴狂的詹妮”位置有些暴露，可还是要求三个人当中至少有一个必须时刻待在坦克里头——那辆坦克现在可是屁股朝上，停在那里。李告诉赛纳既然根本就没机会遇上德国人的坦克，还是给谢尔曼坦克的76毫米主炮装上高爆炸弹，这种炸弹比起穿甲弹来对付散兵要有用得多。末了，李又对三个人补充说一旦看见信号，发起全面进攻，务必尽快跑到“为爱痴狂的詹妮”那里去。巴斯也会尽量和他们一起，不过万一这位汽车运输及保养主任来不及跑到坦克那里，那么他们三个就必须尽全力让坦克保持战斗状态。

李把门楼那边的防御措施安排停当，接着穿过小院子，朝着城堡庭院走去，边走边留意到院子两侧的挡墙高度似乎不够，墙上虽然布满了铁丝网，可还没有高到足以阻挡来敌入侵的地步。李在心里默念着切记要跟大家提醒一句，一旦开火打起来，穿过城堡庭院与主楼之间的矮院和露台的时候——露台同样没有掩护遮挡——一定要低下头、猫着腰行动才行，不由得加快了脚步，向大厅跑去。此时刚刚过了9点半，太阳徐徐落了下去，李需要做的便是确保那帮

"听话的德国佬"在夜幕降临之前全部各就各位，进入战备状态。

李一路小跑穿过露台，眼前的一切令人颇感欣慰：甘戈尔将手下的两个士兵布置在了一道矮墙后面，这样就能封住城堡的主要入口和通往前院的楼梯。两名士兵见到李从身旁经过，走进大厅，向这位美国军官敬了个礼。李见到甘戈尔和施拉德已经在大厅里等着自己，于是三个人一起去检查防御是否到位，下到地下室去看看那帮法国要人和施拉德的家人情况如何。李、甘戈尔和施拉德随后打算开会商讨对策，谁知一聊起来就一发不可收拾，你一言，我一语，成了一场内容广泛的大讨论，从战争一直谈到和平是否来临，大家心里谁也没底。这样的场景想必一定叫人奇怪：一位是来自纽约州北部的坦克兵，敢说敢为，另外两个都是战功赫赫的德国军官，三个人身处一座灯火通明的中世纪古堡大厅之中，围坐在同一张桌旁，平心静气地谈论着各自的战争经历。对于他们中的每一个人来说，内心深处无不热切期盼着这场战争能够在几个小时之内就此结束。

化敌为友的三个人好不容易结束了讨论，走出大厅，分头去找地方，争取补觉睡上几个钟头。李在"要塞"二楼找了个地方，那里不久前还是党卫军卫兵宿舍。他把M3冲锋枪和头盔全都摘了下来，放在床边的矮桌上。屋内摆着几张窄床，上面都没有铺被褥，李随便挑了一张，既没有脱掉脚上的靴子，也没有解开身上的手枪背带，直接倒头躺在了床垫上。李的预想很快就将得到验证，这个晚上留给他的时间已经不多了。

第七章

兵临城下

凌晨四点刚过，杰克·李便被一阵突如其来的枪声惊醒。屋外传来M1加伦德自动步枪“哒哒哒”的开火声，98式卡宾枪“噼噼啪啪”的声音听起来更加清脆，这挺点30口径机枪每次吐弹时都会嗒嗒作响，显得短促而有规律。屋外的交火声响得越来越猛烈，李本能地意识到枪声是从门楼方向传来的，赶紧一骨碌从床上爬起来，一把抓住头盔和M3冲锋枪，拔腿冲出了房间。

这名年轻的坦克兵飞一般地跑过走廊，穿过大厅，冲出前门，眼看就要跑到城堡庭院拱门，那儿是从露台通往前院的必经之路，与城堡东侧山脊平行的某个地方突然响起了MG-42机关枪的枪声。这种机枪开火时会发出“哧啦哧啦”的独特声响，犹如撕裂布匹一般[①]，即便屋外枪声大作，也能听得清清楚楚。只见MG-42射出的子弹拖着红色的火光，犹如一条长长的红色溪流，从山沟上方直飞过去，打在城堡下方的护墙上火星四溅。德国人的机枪刚刚开火，

① MG-42机关枪于1942年投入使用，枪声独特，完全是因为射速极快，每分钟能够发射超过一千发子弹。

“为爱痴狂的詹妮”就立刻做出了回应——点50勃朗宁重机枪发出突突突的射击声，相比之下显得缓慢而低沉。李加速跑完最后几英尺，冲到门楼边上，看见M2勃朗宁重机枪的射弹带着火光，如尖刀般直插树丛，那挺MG-42机关枪肯定就在附近。德国人的武器很快哑了火，两名机枪手眼看手指般大小的点50子弹像雨点一样打来，不用说肯定躲到一旁，找地方掩护去了。

李趁着勃朗宁机枪还在继续大发神威，赶紧跑到朝里的那扇大门前，用力拉开小木门，上了门楼西侧的塔楼。他打开手电筒，利用透过电筒红色镜片发出的微光[①]照亮脚下的路，沿着旋转石梯“通、通、通”地往上爬，很快就到了第一个射孔的位置，只见萨顿正在用手中的M1步枪开火还击，一枪接着一枪。让李感到诧异的是这名步兵瞄准的居然是塔楼西侧，夜色之下黑压压一片，什么也看不清，子弹不但没有落在山沟上方，反而全部打在了沟底。李大声吼了起来，问萨顿到底在搞什么名堂，萨顿赶紧回答说自己发现好像有四个敌兵剪断了铁丝网，沿着三四十英尺的斜坡爬了上来，已经冲到了主墙墙基的位置。虽然月光底下看不大清，但他认定这些都是武装党卫队士兵，看上去还带着抓钩和绳索，不过还没来得及派上用场就被发现。萨顿接着说自己刚一开火，这几个家伙就利用林子里的火力掩护，从山坡上慌忙逃了下去，躲到了平地上。

① 红色镜片发出的光线较弱，既能为拿手电筒的人提供照明，又不会像白光那样暴露位置。

李叮嘱萨顿注意节约弹药，没有确定目标之前不要轻易开火，然后继续沿着旋转楼梯往上爬，推开一扇小门，进到门楼最上一层，里头挤得可真够呛。沃思汉姆和麦克哈利两个人平躺在那挺点30口径机关枪后面，机枪刚刚打过一轮，身旁堆满了一大圈弹壳，开火时扬起的飞尘飘得满屋子都是，把两个人几乎给裹了起来。麦克哈利一面给机枪装上另外一带子弹，一面对李说自己瞧见萨顿刚向入侵者开火，门楼西侧就立即遭到了敌人的火力攻击。对方有步枪，也有冲锋枪，开火的位置就隐藏在城堡支路那家小旅馆楼上，自己和沃思汉姆立刻实施火力压制。两个人看见旅馆窗口对方枪口发出的火光，偶尔还有人影晃动，就照着那个方向打了过去，虽然二人位置已经暴露，所幸未被当成目标，遭到直接攻击。那挺MG-42机关枪打的好像是萨顿的位置，不是他们这里。麦克哈利接着又说，等到“为爱痴狂的詹妮”上那挺点50重机枪开始发威，敌人的火力一开始还朝着坦克这边打了一小会儿，不过很快就彻底哑了火。

李提醒两个小伙子注意保持警惕，接着便顺着旋转楼梯下了楼，这次走的是门楼东侧角上靠前的那座塔楼。他重新回到院子里，轻轻敲了敲朝里一侧的大门，慢慢推开一条缝，挤了进去，里面通道上方有建筑物遮挡。李挤进通道，低头一瞧，发现佩特鲁科维奇的M1半自动步枪和波洛克的勃朗宁自动步枪就摆在脚下。两个步兵小伙认出进来的是李，于是放下手中的武器，回头朝巴斯和希姆奇克打了个招呼。那两个人正隐藏在外侧大门右边那扇小门的两旁，一人守着一边。小门只虚掩着留了一条细缝，足够看清“为爱痴狂的詹妮”周围的情况。巴斯见到李走了过来，于是低声告诉他希姆奇克和拉什福特刚开始交火的时候互相换了位置。MG-42刚一开火，拉什福特就迅速跳进指挥舱，把装在旋转架上那挺大号勃朗宁机枪给转了过来，哒哒哒地打出一梭子点50子弹。弹壳四处飞溅，掉得坦克炮塔上头、后甲板还有地上到处都是。

李和巴斯小声商量着对策，两个人都认为敌人此时此刻显然在另想办法，试图不走进路直接进攻门楼就打进城堡里头来，那条进路毕竟太过狭窄，坡又陡，门楼不仅修得坚固，而且防备森严。考虑到门楼里几个美国兵开火时，城堡顶上的德国兵一直没有动静，进攻的敌人应该还搞不清城堡里到底有多少守军。李寻思着既然进攻一方在没摸清楚对方有多少人、用什么武器之前，不大可能发起全面进攻，干脆要巴斯让这几名美国士兵两两一组，轮流守卫门楼，这样换下来的人有时间抽空吃点东西，洗漱一下。李还跟巴斯说自己得趁这个时候查看一下“城堡里的那几个德国佬”。

李刚刚走进大厅，就被眼前的景象吓了一跳：大厅里有一座大壁炉，装饰精美，里面正熊熊烧着好几块大木头，那些法国政要中的大多数人此刻全都聚在了壁炉前。李开口直接问大家为什么不听命令，躲到地下室去。奥古斯塔·布吕克伦见状干脆答道大家是因为底下太冷，实在冻得受不了才上来的。这些人都是李跑下门楼之后才从地下室出来的，一个个虽然穿着大衣，可仍然冻得瑟瑟发抖，哪怕外面枪炮大作，还是觉得温暖要比安全暂时更加重要。布吕克伦代表其他人向李打听看能否继续留在大厅。李虽然点头答应，但加了几个条件：首先，窗户现在已经拉上了窗帘，遮得严严实实，所有人一律必须离窗户远一点；此外，任何人不得离开这栋房子，一旦再次交火就得立刻回到地下室去。李一边朝楼上走去，一边提醒法国人虽然楼上的房间要舒服一些，但不要一门心思想着跑到楼上去，塞普·甘戈尔和他的人都守在“要塞”的楼上几层，敌人一旦进攻肯定会开火还击，这样很可能会引来敌人大规模火力进攻。

李走到二楼，看见布莱希施密特坐在一把椅子上，靠在一扇落地窗旁边。窗外是一个阳台，地方很大，把主楼整个南侧全都占满了，阳台四周修有挡墙，大概5英尺高，墙头还有雉堞，可以当作一个相对安全的藏身之处，从上头观察下方山沟里的动向。这位年轻的德国军官一边比划着，一边用英语结结巴巴地跟李解释，说他已经派了一名士兵去角楼。那座圆形小角楼就在阳台东侧的角上，比挡墙要高出几英尺，从角楼望下去，前面院子和南面主墙的底部全都看得一清二楚。布莱希施密特接着又指了指另外一名士兵，只见那人正蹲在阳台另一侧的角上，躲在挡墙的阴影底下，从那里可以留意后面大院和西侧墙基的动静。

李拍了拍这位德国中尉的肩膀，沿着走廊走去，推开尽头那扇厚重的木门便能够从主楼通往“要塞”。李沿着狭窄的石梯一层一层往上走。每一层楼都有一名德国士兵把守，一个正站在朝北的窗户边上向外张望，另一个则在南面的窗户旁边望风。甘戈尔和施拉德都在五楼，站在一间房子的门外，那间房子魏默尔以前住过。要塞东侧有两扇窗户，两个人正隔着其中一扇向外张望。李走过去，发现他们正在观察外面的两名士兵。那两个士兵一看就知道是从窗户爬出去的，已经下到了大厅屋顶上。甘戈尔向李解释，他命令这两个士兵去房顶远端的两个角落，到雉堞后面找个位置隐蔽起来，观察动静。施拉德接着补充说还有两个人也埋伏在了“要塞”屋顶上，负责观察。

李笑了笑，对两位德国军官的周密部署表示满意。窗外晨曦初露，阳光透过窗户照进了魏默尔曾经住过的房间。李看了看手表，心里估算着时间约莫是早上6点，耳畔突然传来一阵哒哒哒的响声：枪声是从下面一层楼传来的，听上去是MP-40冲锋枪的声音准没错。李三步并作两步冲下楼梯，两位德国军官紧随其后，刚刚跑到四楼便看见甘戈尔手下的一名士兵蜷着身子，躺在朝南一间房间的地板上，一看就知道刚才用MP-40开枪的就是他。只见士兵倒在一扇窗户的正下方，窗玻璃已经被打得稀烂，子弹嗖嗖飞进屋里，打得窗帘哗啦哗啦抖个不停，在木纹天花板上留下好些弹孔。李和甘戈尔赶紧跪在地板上匍匐前进，一把拽住士兵的脚踝，把他猛地拉出来，拖到走廊里相对安全的地方。

甘戈尔扶起士兵，让他靠墙坐着，嘴里说着德语，像连珠炮一样飞快地问着情况，隔上几秒钟就给李大概翻译一两句。原来这个小伙子是一名二等兵，地道的奥地利人，刚才发现一小撮武装党卫队士兵从霍普夫加尔滕的方向接近城堡，已经剪断铁丝网，正沿着山坡从主墙基部往上爬。这名年轻的新兵被召进纳粹国防军服役才刚刚几个星期，根本谈不上有什么作战经验，情急之下猛地推开窗户，照着敌人方向把弹匣里全部32发子弹一股脑儿地打了出去。小伙子的鲁莽行为立刻招来了不幸的后果：那挺MG-42机关枪似乎一下子又活了过来，对着整个城堡南面疯狂扫射，直到拉什福特用“为爱痴狂的詹妮”上那挺点50机关枪还击才被重新压制下去。李当时并不知道敌人这一次机关枪扫射差一点要了一位法国大人物的性命：有好几发子弹打在一堵墙上，距离爱德华·达拉第的脑袋只有几英尺远。虽然，李有言在先，要求法国人全部待在城堡里不得出外，可后者一意孤行，不顾命令，当时正在后院里一如往常地进行晨练。

这名纳粹国防军士兵缺乏经验的贸然举动虽然招致了惨烈后果，可他勇敢地开枪还击，还是成功迫使武装党卫队士兵退了回去，全部躲进了山沟底下的林子里。从布莱希施密特派去阳台的两名哨兵、还有“要塞”顶上几个人传来的消息判断，没有任何敌人攻到主墙墙基的位置。李认为敌人此次进攻之所以流产，只是为了一探虚实，看看城堡的防守力量究竟如何，并未打算强攻突破。甘戈尔和施拉德对李的判断表示认可，三位指挥官还一致认为既然马上就要天色大亮，敌军很可能会倾巢而出，不等找出城堡防守漏洞就发起全面进攻。当然，新的一天到来，同样意味着盟军大批救援部队赶到的希望也会大大增加。

虽然，伊特堡的守卫者们这一回成功击退了敌人的试探性进攻，可李和两位德国军官心里都很清楚，眼前这好几百武装党卫队士兵个个久经战阵，一旦下定决心，发起强攻，后果恐怕只有一个。唯有大批援军及时赶到，才能保证伊特堡内的法国要人和这些保卫他们的美德士兵活下来。然而，李和他刚刚找来的这些盟友此时还不知道派来营救的两支部队都遭遇到了耽搁，时间将要大大延误。究其原因，一支救援部队是因为遇上了敌人阻挠，而耽误另一支部队的则是军队里的那一套官僚主义。

李是在头一天晚上带着这帮坦克加步兵、美国和德国士兵拼凑而成的救援部队离开库夫斯泰因的。这名年轻的坦克兵临行前得到了乔治·E·林奇上校的保证，后者信誓旦旦地承诺自己的第142步兵旅第二营将紧随其后，“马上就到”。随着第36步兵师兵分数路，一部从因河河谷出发，向东直取基茨比厄尔，二营营长马尔文·J·柯伊尔中校手下第5、6、7、8四个步兵连、连同支援的炮兵和坦克部队也将于5月5日晨离开库夫斯泰因，沿西南方向向沃格尔进发，拿下沃格尔之后改为朝东南方向前进，顺布里森特河谷而下，进逼霍普夫加尔滕。这条进军路线意味着二营将正好从伊特堡所在山脊经过，林奇因此一直以为柯伊尔很快就能指挥部下把李和他的人马解救出来。然而，一如战争中经常出现的状况那样，林奇的计划中途生变，二营在进军路上遭遇意外，这些麻烦他们之前可万万没有料到。

问题差不多出现在早上7点二营刚刚离开库夫斯泰因那一阵子。二营不单带了吉普车、载重卡车，还有半履带式卡车，再加上从第753坦克营二班临时借调的几辆M4谢尔曼坦克在前面开路，大队人马显得浩浩荡荡。柯伊尔从旅长林奇那里得到的命令是跟随埃弗雷特·辛普森中校的三营前进，到了索尔与圣约翰公路的交汇路口再分手，那里距离库夫斯泰因南面只有大约3英里。辛普森的部队将在此处朝正东方向前进，二营则继续沿原路直取沃格尔。通往路口只有一条道路，是一条双车道公路，长约两英里，一边靠着因河，另一边布满了陡峭的山坡，公路被夹在正中间。三营在快到一座名叫基希比希尔的小村庄时遇到路障。路障是用木头和石头临时垒起来的，负责防守的武装党卫队手中拥有小型武器和“铁拳”反坦克火箭炮。美国兵们花了差不多30分钟才把敌人消灭干净，又用了20来分钟将路上的障碍一一清除，然后才重新上车出发，没想到刚刚走了半英里不到又遇上一座断桥。桥是被炸断的，第111战斗工兵营的小伙子们很快被派到前头处理情况。即便如此，这两支步兵部队还是在这个地方又耽搁掉了90分钟。

二营的运气也好不到哪里去。就在辛普森的三营到了路口调头往东，两支队伍分道扬镳后不久，柯伊尔的部队就在路上遇到了一个巨大的深坑。大坑是德军撤退时用爆破炸药给炸出来的，占据了全部两条车道，这里又恰好快要接近市区，根本就没有其他的路可走。柯伊尔担心遭到伏击，于是命令步兵下车保护坦克和工兵在前头开路——工兵再次跑到队伍最前头去填坑，干了差不多一个小时，二营直到11点才重新动身上路，向沃格尔进发。美军受到了奥地利抵抗组织成员的夹道欢迎。虽然，抵抗组织成员一再强调城里的德国人早就逃走，柯伊尔的士兵们还是一个街区挨着一个街区好好清查了一遍，如此一来又耗去不少工夫，时间比柯伊尔预计的要晚了不少。这位指挥官一边整备队伍，准备动身向东面的沃格尔进发，一边寻思着自打头一天晚上就再也没有听到和李有关的半点消息，不禁开始怀疑等到自己带着部下赶到伊特堡时是否还有人活着需要救援。

柯伊尔有一件事情并不知晓，原来还有另外一支美军部队正在赶往伊特堡、开展营救行动的途中，这支队伍的指挥官同样在琢磨着能否及时赶到——约翰·克莱默斯少校带着救援部队启程上路的时候天才蒙蒙亮，时间正好。迈耶·莱文日后回忆道：

> 我们选了一条不错的道路，走起来毫不费力，一路上到处可以看见波兰人、捷克人、法国人还有之前被关起来做苦力的俄国人，人人都在欢呼雀跃。和之前去过的其他地方一样，凡美军解放的脚步所到之处，都能见到这样的人，一个个仿佛突然从地底下冒出来似的。今天天气不错，感觉暖洋洋的，连绵的山景看得一清二楚，我们就这样沿着通往沃格尔的公路一边前进，一边欣赏沿途的美景，一直走了大约20英里。

然而，随着一行人穿过因河河谷，这趟田园牧歌式的公路旅行很快就将变味。克莱默斯的部队刚刚过了延巴赫、也就是走到因斯布鲁克到沃格尔中间一半左右的地方，迎面遇上了一群奥地利反纳粹游击队员。这群游击队员正沿着公路与一群武装党卫队部队你追我赶，打起了运动战。莱文是这样记述的：

> 我们这一小队人马停下脚步，开始商讨对策。别忘了我们现在依旧在德国佬的地盘孤军作战，去解放关在古堡里的大人

物固然重要，却不要为了解救别人丢了自己的性命，这种事情同样来不得半点马虎，尤其是到了这个节骨眼上，人人都以为战争已经结束，更是如此。为了让我们的旅途情节更加生动，突然传来一阵机器轰鸣声，如此熟悉的声音我想应该是最后一次听到。接着便是一阵爆炸，只见一百码开外的地方腾起一股黑烟。坦克里头的几个小伙子迅速钻进林子，寻找掩护。士兵们纷纷从卡车上跳下来，躲进一条沟里，各自找好位置，眼睁睁看着子弹倾泻下来。

“德国佬发现我们了！”

“他们是在打我们么？这枪法也太差了！”

“是啊，可那帮家伙有88毫米炮，还在路上设了侦察兵。”

克莱默斯少校把前方的路况很快“打探”了一番，用无线电向指挥部做了汇报，决定如果得不到支援，就没法扫清路上的敌人，去不成伊特。

克莱默斯正在与那位名叫卢顿的法国联络官讨论如何应对局面，吉普车里的无线电台突然发出噼噼啪啪的响声，电报是师指挥部发来的，听起来情况不妙——克莱默斯的救援部队不仅得不到增援，第103师参谋长盖伊·S·梅洛伊上校还命令他们立即掉头，返回因斯布鲁克。克莱默斯闻讯大吃一惊，提醒那位高级军官还有一批法国政要身处险境，随时可能丧命。他用尽量客气的语气问对方究竟是什么原因要他放弃任务，要知道救援部队走到现在，距离伊特已经只剩下一半路程。对方的答复让克莱默斯听得哑口无言，原来他已经越界——按照地图上的坐标来看，他已经越过了第103师和第36步兵师各自划分的作战区域分界线。换句话说，克莱默斯和他的救援部队已经“侵入”了第36师的地盘。

克莱默斯并非不清楚在没有提前打招呼的情况下，进入另一个师的作战区域擅自移动有多么危险，友军如果不知晓本方部队的存在，很可能会将后者误当作敌军，发起进攻。然而，事情既然已经到了这个节骨眼上，克莱默斯觉得只有他临时组建的这支小分队才是唯一的力量，能够拯救那帮身陷伊特堡的法国囚徒。他只好尽量让自己的语气听起来没那么严重，不让对方觉得他在蓄意违抗军令，指出即使存在各单位作战责任区域划分的问题，也不能以此为理由取消最初的营救计划，毕竟这个计划得到师长麦考利夫少将批准刚刚过去不到十二个小时。克莱默斯继续陈述着自己的理由，提醒这位参谋长注意倘若任由法国政要惨遭屠杀，对美军哪个师来说恐怕都是一件颜面扫地的丑事，一面按捺住胸中的怒火，一面尽量请求指挥部让自己的部队继续前进，然而一切都无济于事。

眼看返回因斯布鲁克的命令毫无妥协余地，这位军事管制部军官做出了决定——这个决定无论从哪种情况来看，都算得上胆识过人，没准也过于鲁莽——克莱默斯下令遵照指挥部的命令，让那四辆反坦克火炮和第409步兵团的士兵打道回府，而他自己则和卢顿、中士格里斯和库科维奇四个人坐吉普车继续前往伊特堡。克莱默斯究竟打算怎样解放、抑或保卫那帮法国政要，我们不得而知，毕竟此时此刻他手头的武器只剩下自己、卢顿和格里斯随身带着的几挺M3冲锋枪和几把点45口径手枪。莱文与施瓦布眼看克莱默斯即将发动汽车，准备离去，二人也做出了一个大胆决定：孤军深入依旧处于敌人占领之下的区域显然是一件不智的事情，公路上很可能埋有地雷，而且几乎可以肯定纳粹分子还在暗地里四下活动，负隅顽抗。即便如此，两位记者依旧毫不迟疑地自愿加入了克莱默斯的队伍，跳上了自己的吉普车。去往伊特堡的一路上或许凶多吉少，但两个人没有任何一个打算错过这样一场经历，等待着他们的将是一出波澜壮阔的大戏。

两支有望赶来救援伊特堡的部队还在前进路上奋力挣扎，城堡里的守卫者却在经历着一场信任危机。

早上8点刚过不久，李和甘戈尔正在检查古堡北面的防守布置，门楼方向突然传来枪声。巴斯一见两位军官赶到便连忙解释，原来甘戈尔手下有一个人找了根绳子，从阳台爬了下去，位置就在政要平日用餐的餐厅外头。那家伙下到倾斜的主墙墙基底下、正对着门楼西侧的地方。由于城墙上有一处石头扶垛挡住了上面人的视线，因此一开始根本没有看到，直到那家伙拔腿就跑，跑进山沟才发现，从逃跑线路来看是往霍普夫加尔滕的方向。巴斯直直地瞪了甘戈尔一眼，接着说道，那帮“听话的德国佬”没有一个朝这位昔日的同志开枪。待到门楼里的美国兵发现情况，逃跑的纳粹国防军士兵已经从铁丝网的口子上钻了出去——缺口是武装党卫队士兵之前剪断留下的——早就躲进了树林深处。几个美国兵虽然连忙拿起M1

步枪开火，波洛克也举起勃朗宁自动步枪射击，却没能打中。

甘戈尔和霍克尔中尉赶紧召集人手，清点人数，结果发现逃跑的士兵是个地道的德国人，并无明确政治信仰，之所以逃跑投降武装党卫队，很可能只是生怕城堡一旦失守，自己会被党卫军杀掉。不管逃跑动机是什么，出现逃兵总之可不是一个好兆头。逃走的士兵对于有多少人防守伊特堡，布置在什么位置，用的什么枪，有多少杆枪，就连有多少弹药，全都知道得一清二楚。这些情报他肯定会一五一十地统统告诉武装党卫队，借以表明忠心。在李看来，还有一件事情后果恐怕更加严重，既然其他德国兵看见逃兵跑进林子里头，却没有一个人开枪。莫不成意味着这家伙的同伴们也在心底里暗藏着同样的念头，只要一找到机会，就向武装党卫队投降，然后声称自己是迫于无奈才帮助美国人，这么做完全是为了避免脑门上挨美国人的枪子？！

李和甘戈尔在逃兵逃走之后肯定进行过交谈，二人究竟谈了些什么，是相互扯皮、彼此指责，还是各自道歉，互赔不是，具体内容我们不得而知，但能够肯定的是甘戈尔最终说服了李，让对方相信剩下的纳粹国防军士兵不会另起他心，因为这名坦克兵最终答应让德国人继续保留武器。如果李对其他德国士兵是否可靠有所怀疑，他会立刻解除对方武装，把他们全部关起来，毕竟伊特堡里头牢房多得是。虽然，我们无法百分百确定，但甘戈尔很可能在说服李之后，利用这个机会提醒部下，要大家不要忘记如果希望挺过接下来的几个小时，好好活下去，争取与家人重逢团圆，那么最大的希望就在于团结一心，和盟军并肩战斗下去。

李刚刚处理完一个挫折，又要面对另外一场意外。这名坦克兵和甘戈尔讨论完德国逃兵的事情，二人接着去了“要塞”顶楼，一来告诉施拉德刚刚发生的事情，二来可以更好观察一下，看看敌军活动在那名德国下士逃跑之后是否有所增加。两个人没有等待多久便有了答案：8点半刚过，李就用望远镜发现了两件武器的身影：一门是20毫米口径高射炮，另一门则是88毫米炮，这可不是个好兆头。两门大炮都被布置在了一条林线上，距离古堡西北方向不到800码。李见状不由感到阵阵寒意——20毫米速射炮对于没有装甲保护的车辆和人员来说，简直具有致命的杀伤力；而88毫米炮被称为盟国坦克杀手，早就威名远扬，令人闻之色变。然而，这还不算最坏的结果。甘戈尔用胳膊肘轻轻拱了一下李，用手指着南面要他看，只见在伊特公路通往霍普夫加尔滕的方向，一长串军用卡车正从城里开出，朝着古堡飞驶而来，经过与伊特公路交汇的路口时停车放下大批士兵。士兵下车后迅速跑进山脚下的丛林里。李用望远镜仔细观察，只见从卡车后挡板上跳下来的士兵全都穿着典型的武装党卫队军装。这名坦克兵预计这一波新到的敌军人数在100到150人左右。施拉德还指出至少有两辆军车上面涂着“铁手”标记，这可是党卫军第17装甲掷弹兵师的标志性符号。

看着点88毫米炮和一车接一车敌军出现在眼前，肯定算不上什么好事。不过，李和两名德国军官在某一点上却有着一致判断——伊特堡之所以直到现在还未遭到敌人大举进攻，原因恐怕也在于此——不管是城堡支路沿途的树林里、还是与城堡平行的东面山脊上，出现在这些位置的敌军很可能只是一些侦察部队，奉命前来打探虚实，看看城堡防御力量究竟如何，现在终于等到主力进攻部队的到来。当然，也存在另外一种可能，易言之，点88毫米炮和武装党卫队士兵赶来增援也许并非为了进攻伊特堡，而是迎战美军第36步兵师。这种可能性尽管微乎其微，但并非不存在。即便如此，3位指挥官仍然推测武装党卫队部队来此是专门为了消灭法国要人和保护他们的美德士兵。三人尽管当时并不知晓事态的真实原委，做出的推测却是正确的。既然如此，李、甘戈尔和施拉德三人心里明白敌人绝不会白白浪费时间，很快就会对城堡发起全面进攻。

李清楚意识到无论对于从库夫斯泰因进发的美军，还是躲藏在伊特堡的人来说，点88毫米炮和大批武装党卫队部队的到来都将构成极大威胁，必须把这个消息尽快传递给外面。可是，“为爱痴迷的詹妮”在从沃格尔到城堡的路上无线电台突然没了信号，现在无法使用，麻烦就麻烦在该如何把消息传达出去。让李没有想到的是，施拉德给出的答案倒是简单——打电话。后者指出一楼值班室里就有电话，能够直接拨通沃格尔的总机，只要线路没被切断，就可以找人把口信带给美军。甘戈尔提议最好打电话找阿洛伊斯·迈尔和鲁伯特·哈格莱特纳，这两个人都在新邮政酒店，更何况还有谁比当地的奥地利抵抗运动领导人更加适合联系美军呢？李同意了甘戈尔的建议，要他马上拨打电话。

不消几分钟功夫，这位纳粹国防军军官便拨通了迈尔的电话。迈尔答应一找到美军，就将情况反映给对方。甘戈尔清楚伊特堡的当务之急是要找到一切能够找到的人手，加强防御，于是命令魏格谢德少尉和林森下士尽快赶到伊特堡来。二人接到命令，立刻跳上桶车，向伊特堡飞速进发，同行的还有汉斯·沃尔特尔，小伙子才17岁，也是迈尔和哈格莱特纳这个关头唯一抽得出来的人手。三个人赶往伊特的路程倘若换作和平时期只需短短20分钟即可，这一回却开了差不多45分钟。武装党卫队在沃格尔出城主干道上好几处地方都设置了路卡，一行人为了躲避障碍，不得不好几次临时改道，走泥巴小路前进。由于大部分敌军位于霍普夫加尔滕与伊特堡的中间位置，三人为了避开敌人，只好绕了一个大圈，拐到城堡北面，再从伊特公路最东北的一头接近城堡。魏格谢德眼看武装党卫队集结人数越来越多，想出了一个主意：要想通过敌人防线，就只能采取虚张声势、声东击西的办法。魏格谢德于是要林森开足马力，从伊特村里直穿过去，开完城堡支路最后几百码距离，冲到门楼前面，路上按住喇叭不放，让桶车叫个不停。沿途的敌军显然被这阵噪音给蒙骗了过去，魏格谢德和同伴们毫发无伤地开到了进出城堡支路的入口处。三人眼看距离门楼只有几码远，索性丢下桶车，拔腿就跑。甘戈尔早就从楼上下来，提前告诉巴斯和其他美国士兵这三个人会来，见到他们平安抵达，心里悬着的石头终于落地，露出了欣慰的笑容。

甘戈尔与久别重逢的战友互道寒暄，简短问候了几句，接着便要他们几个跟着自己到“要塞”里去，到同志们旁边找好位置。甘戈尔带着一行人穿过大厅时，注意到差不多所有法国人都在后院里头，明摆着根本不把李的命令当一回儿事：达拉第和儒奥在院子里悠闲地散步绕圈，腰杆挺得笔直，一副满不在乎的样子，似乎外面发生的一切与自己毫无关系；马碧尔、雷诺则和盖伊奥两口子在院子中央的喷泉附近忙着互相拍照留念；克列孟梭、甘末林和博洛特拉三人站在通往主楼的大门边上，在热烈地争论着什么；奥古斯塔·布吕克伦正好从大厅里走出来；就连施拉德的妻子和女儿也跑到外面享受晨光，呼吸山林里的新鲜空气。

甘戈尔搞不清法国政要们这么做到底是摆明了要同李作对，还是勇气可嘉，早就将生死置之度外。甘戈尔心里究竟如何作想，我们不得而知，但可以肯定的是就算他开口大声呵斥，恐怕也没人能够听见，因为就在此时一枚点88毫米口径炮弹击中了“要塞”四楼的西侧，把甘末林的房间炸了个稀巴烂，砖石玻璃连同家具的碎末断片四散飞溅。几乎就在同一时间，古堡周围林子里的自动武器和步枪齐齐响了起来。子弹如雨点一般打在古堡墙面上，窗玻璃顷刻之间碎了一地。西北方向那门点20高射炮也很快加入了这场大合唱，炮弹犹如拳头般大小，一发接着一发打过来，击在要塞的侧墙上，把墙体打出一个又一个餐盘大小的弹坑。

此时十点刚刚过去几分钟，争夺伊特堡的战斗渐入高潮。

枪炮声响起的一刹那，亚瑟·波洛克和阿尔·沃思汉姆正蹲在“为爱痴迷的詹妮”底下，一面抽烟，一面向坦克四周张望，观察城堡支路和伊特村那头的情况如何。这两名步兵是专门出来给比尔·拉什福特提供安全保护的，后者还呆在坦克里头，正在全力以赴抢修那台528通信兵无线电台，谁叫这台破机器总是不听使唤，让

人头疼。二人刚刚听到点88炮弹击中“要塞”侧墙发出的轰响，就感到坦克的悬挂装置向后一阵猛烈抖动，伴随车体颠簸传来一声巨大的金属砰响，几乎快把耳朵震聋过去。二人下意识地反应过来：谢尔曼坦克被反坦克炮击中了。判断很快得到了证实，只见火苗从“为爱痴迷的詹妮”后甲板上方发动机检查口的格栅上腾地一下窜了出来。两个美国大兵赶紧向后一躲，险些被喷出的火舌给烧着，二人不约而同地选择了看上去最快的逃生线路：一个转身翻过支路两旁低矮的栏杆，一骨碌滚下了山沟。波洛克翻进了支路东边的沟里，沃思汉姆则跳到了西面的坡底下。

波洛克身高足有6英尺4英寸[①]。这个大个子一边挣扎着爬起来，想在陡峭的山坡上找个地方站稳脚跟，一边担心敌军随时可能从身旁的林子里冲出来，正四下里焦急张望，试图找个地方隐蔽起来，耳边却传来了沃思汉姆的喊声：“波洛克、波洛克，你死了没有？”

“什么鬼话？我要死了，谁还来答应你？”背着勃朗宁步枪的大个子回答道：“我他妈还没死呢！”

“快从桥底下过来，到我这边来。我在这边”，沃思汉姆大声喊着。

波洛克赶忙从桥洞底下钻了过去，看见沃思汉姆就待在另一头。两个美国大兵一起跌跌撞撞往坡上爬，爬到出击口的位置，一面用拳头狠狠砸着门，一面大声喊着开门。门打开了一丝小缝，两

① 6英尺4英寸约合1.93米——译者注。

个人立刻挤了进去。让二人万万没有想到的是开门的竟然是拉什福特——他们还以为这家伙已经死了。

“为爱痴迷的詹妮”的驾驶员还活着，这简直是一个天大的奇迹。拉什福特当时正站在坦克车里头，对着炮塔后部架子上的那台无线电发报机。反坦克炮弹正是在这个时候洞穿了谢尔曼坦克的车体上部，从左侧直接打了进来，击中了炮塔旋转装置与中间负重轮正中间的位置。穿甲弹是斜着打进来的，把坦克38毫米厚的侧装甲打出了一个拳头大小的洞口，机组舱左后角撕开一个口子，距离拉什福特的右腿不到1英尺远，差一点就击中了“为爱痴迷的詹妮”的左侧油箱。炮弹一头扎进了坦克的V-8发动机里，把发动机炸了个稀巴烂，立刻引发了熊熊大火。拉什福特一开始没缓过神来，还在想着老天有眼，自己居然没有受伤，迟疑了片刻才用力推开装弹手的舱盖，身子一纵，跳到炮塔顶上。就在拉什福特跳出炮塔的时候，波洛克和沃思汉姆两个已经翻过围栏，滚进了山沟里。拉什福特选择了另外一条线路逃生，他先从炮塔顶上跳到车体侧面的横档上，接着从坦克上跳下来，落到支路一侧护栏的支柱上，然后踩在木头栏杆上头，朝门楼跑了几英尺，一看火已经烧不到自己身上，赶紧纵身一跃，落到地面上，照着前门方向拔腿就跑。巴斯此时已经打开前门，招呼他赶快躲进来。拉什福特一个猛子，扎进了门里，只听轰的一声巨响，身后的谢尔曼坦克油箱发生爆炸，整辆战车顷刻之间变成了烈焰地狱，车里的机关枪弹药也噼里啪啦地炸了起来。

“为爱痴迷的詹妮”葬身熊熊烈火之中，藏身后院的法国政要们闻听此讯，无不大惊失色。雷诺对着克里斯蒂安妮·马碧尔和奥古斯塔·布吕克伦大声吆喝起来，要她们两个赶紧去喊盖伊奥两口子和施拉德的家人，带大家躲到地下室去。马碧尔听了雷诺的话，连忙行动，却发现施拉德妻子的前额与脖颈上已经留下了不少细小刮痕，正在流血。几个人一起向主楼跑去，达拉第和儒奥紧跟在身后。这位年轻的德国女子边走边向马碧尔解释，原来她一听见枪声响起，就赶紧扑在两个孩子身上，敌人的炮弹打在身旁的挡墙上，碎石像雨点一般砸在自己身上。马碧尔和布吕克伦跑进大厅里面，后者也被飞石击中，受了点轻伤。两个人见其他人都躲在家具后面，于是把大家召集到壁炉前，一大群人你推我挤地从门里穿过，一窝蜂涌进了下头的地下室。

短短几分钟之前，后院里还有六个法国人在悠闲地享受晨光，晒着太阳，此时却只剩下了四个，正蜷着身子，挤作一团，躲在低矮的挡墙底下，说起话来语调异乎寻常的客气平和。这几个法国人看着敌人的炮弹落在身旁的墙上，毫无惧色，其实并不奇怪，毕竟大家都曾为国服役，在军队里待过，多多少少体会过战争的滋味。如此说来，李命令大家远离战斗，这几位不约而同地选择完全无视，倒也不足为奇。几个人得知“为爱痴迷的詹妮”遭到了致命打击，眼看又一枚反坦克炮弹击中坦克，再也无法坐以待毙，于是分头跑开，各自去拿武器——这几位早在头一天就已经从古堡的枪械室里挑好了自己需要的武器。雷诺做事还是一如既往地果敢坚决，对于该做什么毫不含糊：

我看着坦克冒出熊熊烈火，很快想到敌人可能会从另一头打进院子里来，那座桥连着山边的斜坡，他们多半会走桥上进来。我于是躲进城堡，从行李箱里把我那挺汤姆逊冲锋枪给拿了出来，下楼走到（前面的）院子里。院子里有几个士兵，克列孟梭已经在射孔后面找好了位置，显得镇定自若，只要敌人胆敢抢夺坦克就给他们点颜色看看。我……在他身旁找了个位置。

甘末林和博洛特拉也从城堡里很快跑了出来，一起出来的还有拉罗克。三个人跟雷诺和克列孟梭一道在前院挡墙的后面隐蔽起来。大伙儿打起枪来一个个劲头十足——当然也多少有些随意——对准进出城堡路上那家小旅馆和山沟南面的树丛就是一顿猛打。

法国人刚刚拿上武器，重新回到院子里，甘戈尔就已经命令魏格谢德和林森去“要塞”楼上支援战友，告诉他们只要发现有武装党卫队士兵接近墙基底部，就从上面往下开火。二人接到命令，立刻行动去了。李和这两个德国兵拍面而过，弓着腰跑到离甘戈尔不远的地方隐蔽起来，稍稍定了定神，喘了口气，冲着这位德国军官打了个手势，要后者跟上自己，然后朝着城堡庭院门口那头跑了过去，上了石阶，直通前院。两个人飞快地跑下石阶，来到前院后头，在一堵挡墙底下找了个位置隐蔽起来。李一眼就看见那几个上了年纪的法国人正一个挨着一个，躲在几码远的墙下。他用手朝雷诺和其他人的方向指了指，要甘戈尔好好看看这一幕，脸上露出一丝苦笑。

两个人就这样若有所思地看着眼前这番景象——5位最富盛名的

“法兰西好儿子”正在兴致百倍地开着枪，打得好不热闹。正在此时，门楼后门砰的一下打开了，巴斯、赛纳和波洛克三个人全都猫着腰跑了进来。巴斯示意赛纳守在门口，然后和波洛克很快说了两句，后者点了点头，朝门楼东侧的角落跑去。巴斯见李挥了挥手，赶紧跑过来，弓着腰躲在挡墙底下，生怕露出一点身子。周围不断传来炮弹的爆炸声，法国人手里的MP-40冲锋枪也响得正欢，这位年轻的汽车运输及保养主任只好把身子尽量前倾，让李听清自己说话。巴斯解释说“为爱痴迷的詹妮”被第一发炮弹击中的时候，防守门楼的几个士兵进行了火力还击，无奈坦克火势太猛，浓烟滚滚，扑面而来，根本就看不清城堡支路上的敌人动向。巴斯的意思是让波洛克去城堡庭院顶上找个位置守着，运气好的话，上头应该没有烟雾干扰，能够看清支路另一头的情况。

李和巴斯正在商讨对策，不料雷诺独自一人朝着门楼慢慢靠了过来。李眼看这位政治元老换了地方，有可能暴露在敌人火力之下，情况不妙，正想跟赛纳打个手势，要后者把雷诺给拉回去，没想到甘戈尔显然也意识到了危险，腾地一下站了起来，甩开大步朝雷诺跑去。这位德国军官一心急着让法国人停下，一时忘了弯腰，跑出去还不到10英尺便一头栽倒在院子里的一堆碎石上，头上的遮阳帽滚落在身前几英尺远的地方。赛纳正守在门楼后门附近，从他的位置望去还以为这名德国军官是不小心，一个踉跄跌倒了。然而，当人们见到鲜血从塞普·甘戈尔的脑袋四周汩汩流出才回过神来：这位历经斯大林格勒与诺曼底之战生死考验的勇士原来中了狙击手的冷枪。

李从未想过甘戈尔有朝一日会与自己并肩作战，更加没有料到这位战友会在眼前突然倒下，脑袋里不禁一片空白。然而，他没有时间来哀悼甘戈尔的牺牲。敌人的轻武器火力已经愈发密集，子弹如雨点般从山沟对面打过来，88毫米炮的炮弹一发接一发落在北面的城墙上。李大声喊着，希望巴斯能够听见自己的命令，要后者尽可能守住门楼，实在顶不住再把人撤到主楼里来。李打了个手势，示意巴斯自己要去“要塞”顶上，更好看清敌人的动向，接着便朝石阶跑了过去。

波洛克在院子的另一头，对面便是巴斯。这个年轻的美国大兵此刻也遇上了麻烦。波洛克本以为自己躲在门楼东面的挡墙底下，位置比较安全，寻思着先等一阵子，再找机会穿过院子，到城堡庭院那一头去，隔一会儿便把勃朗宁步枪架在墙垛上，搜索目标，结果看到李向石阶跑去，不由得回头望了一眼。虽说只有短短一会儿，可刚回过身来，敌人的子弹已经从城堡东侧的山脊、也就是波洛克的左侧、劈头盖脸打了过来，吓得他赶紧趴在地上，一梭子子弹全部打进了身旁的石墙里。波洛克紧贴着地面，匍匐爬到门楼后面的角落，对着巴斯高声喊着：武装党卫队的部队已经从北边的陡坡爬上来了！巴斯明白敌人此番大举进攻，目标肯定是门楼，他可不会让任何一名美国士兵为了保卫门楼丢掉性命，于是回过头来，冲着雷诺扯开嗓子怒吼起来，这样即使枪炮声再大后者也能听见。他斩钉截铁地命令这个法国人带上克列孟梭，两个人立刻去城堡另一头找地方防守。

两个法国人赶忙跑到石阶最下一级的位置——李正是从这里上

去的——三步并作两步跑上台阶。雷诺日后回忆道：

> 我俩跑到城堡的另一头，虽然脚下就是陡坡，还是能够依靠挡墙顶住防守。有一名奥地利爱国青年（汉斯·沃尔特尔）戴着红白相间的袖章，表现十分活跃。还有位纳粹国防军中尉（魏格谢德）在拿着望远镜观察，给我们指明方向，好瞄准目标射击……遗憾的是到底有没有打中敌人，我还真说不准。

好在防守伊特堡的艰巨重任不用指望雷诺一个人的枪法和他手里那把MP-40。魏格谢德、沃尔特尔和克列孟梭几个人都在开枪还击，“要塞”里那几个纳粹国防军士兵也在按照李的吩咐，在施拉德、迪特里希、霍克尔和布莱希施密特三人支援之下，照着北、西、东三面攻上来的党卫军士兵居高临下一阵猛打，他们的枪法可要准多了。巴斯连同门楼里面和周围的几个美国兵得到了博洛特拉、拉罗克和甘末林的帮助，顽强守住了阵地。不过，巴斯此时敏锐地察觉到弹药已经所剩不多。在门楼顶上防守的麦克哈利拿了好几条子弹带，大概有1300来发点30口径子弹，都是之前从“为爱痴迷的詹妮”里头带过来的，现在已经所剩无几。不仅几个步兵手里的M1自动步枪，就连波洛克那杆勃朗宁自动步枪和三个坦克兵的M3冲锋枪也没有多少弹药。德·拉罗克和甘末林二人手中的MP-40冲锋枪都只剩下一到两个32发的弹夹，博洛特拉手里的子弹早就打光。巴斯于是提醒守卫门楼的士兵尽量注意节约弹药，然后跟那位法国网球明星打了个手势，要他过来，去把弹药不多的情况告诉李。

博洛特拉点了点头。这家伙个子高高，手长腿长，把腰尽量弓得弯弯的，飞也似地蹿上石阶，左躲右闪，穿过露台，跑到大厅里头，不用说自然是一副毫发无伤，神态轻松的样子。博洛特拉正准备上楼去找李，没想到这名坦克兵却从身旁的门里急匆匆地跑了进来，身后跟着施拉德和好儿名“听话的”纳粹国防军士兵。门外是一个小天井，位于古堡西北角。敌军20毫米高射炮的炮弹此时正打在门外上方的墙上轰隆作响。李给这几个人在一楼重新做了安排，把位置大致说明了一番，博洛特拉虽然觉得这样布置距离天井也靠得太近了一点，还是很快把巴斯的口信告诉了李。

李听说大家弹药所剩不多，脸色一下子变得阴沉起来，正想说几句别的，值班室里的电话突然响了起来，铃声回响在空荡荡的大厅里显得分外刺耳。

约翰·克莱默斯少校既然下定决心，既不带步兵，也不用坦克支援，孤军前往伊特堡，此时正在不顾一切催着部下赶路。这支救援部队武器可不多，只开了两辆吉普车而已。两辆吉普沿着因河南岸一路狂奔，不时能够瞅见路旁林子里躲着的德国士兵，一个个全副武装，荷枪实弹。然而，让美国人没有料到的是路上竟然没有遇到任何路障和抵抗。迈耶·莱文后来回忆道：“我们一路呼啸狂奔了20英里，赶往沃格尔，当地的情况究竟如何，我们的部队现在还

不明了。到了一看，只见一辆美军坦克停在那里，所有人都松了一口气。”

不用说，这辆坦克自然是“德国佬克星”。比尔·埃利奥特和他的坦克组成员自从头一天晚上被李留下来守桥，就在一直焦急盼望着能多来几个援手。不过，这帮坦克兵是否把这两辆吉普当成援军，我们不得而知，毕竟其中一辆车上坐着的还是两个记者。不管怎样，克莱默斯好歹是个军官，既然开口要自己汇报情况，埃利奥特还是一五一十地说了一番，看来这一晚虽说有些紧张，其实并无什么大事发生。坦克兵们把谢尔曼坦克停在了两栋建筑物中间，左右间距大概50英尺，这样既能保持观察，又不用担心被敌人发现。夜色中他们听见好些敌军车辆在沃格尔城里穿梭往来，天亮之后发现不少卡车和大批步兵已经出了城，沿着公路往南开去，那条公路在山里左弯右拐，通向内德劳的十字路口。埃利奥特还说没有任何敌军打算走这条小桥经过，别说他们几个，就连那十来个一同值班放哨的奥地利游击队员也一枪都没放过。

克莱默斯接着问伊特堡情况如何，埃利奥特指了指古堡——城堡就在东南方向的山脊上，一眼便能望见——说自己和手下整个上午都听到那边传来猛烈的轻武器开火的声音，偶尔还能听见炮声，从腾起的黑烟来看，李的坦克应该已经报销。克莱默斯、莱文和其他人赶紧拿起望远镜，往城堡望去，只见烟柱还在那儿，又有几发炮弹落在了城堡北面的墙上。这位军事管制部军官赶紧问他们能否联系上李，和他通话。埃利奥特回答说后者的无线电联系早就中断，那个时候“为爱痴迷的詹妮”还没有遭遇不测。克莱默斯接着问是否还有其他方法与城堡取得联系，鲁伯特·哈格莱特纳手下的一名游击队员回答说市政厅里的电话没准还能派上用场。克莱默斯于是让埃利奥特的人和“德国佬克星”继续留下，自己带着卢顿、格里斯、库科维奇、莱文和施瓦布一起跳上吉普车，叫一名游击队员坐在开路吉普车的引擎盖上指引方向，朝沃格尔市中心开去。

两辆吉普车呼啸着穿过街道，街上早已空无一人，沿街的屋外飘着白旗。不到几分钟，车就开到了市政厅。一群人冲进楼内，看见一道楼梯底下有一个小小的电话间，立刻拥了上去。那个年轻的游击队小伙拨通了号码，所有人都凝神屏息，焦急地等待着。电话刚刚响了几声，李那一头便接通了电话。这样的结果真是让人又惊又喜。克莱默斯赶忙一把接过话筒，先做了个自我介绍，接着便问起伊特堡的情况来。

李告诉克莱默斯城堡里的守军马上就要弹尽粮绝，情况危急，接着又说：“德国佬要把我们活活炸死。听着，最好赶紧多派几个兄弟过来”。克莱默斯还没来得及再多问两句，就听到电话那一头传来一阵爆炸声，一下子变得死寂。

克莱默斯并非不明白李和他的部下有多么需要救援，可他清楚，倘若没有足够人手支援，就凭自己这一丁点儿人马，恐怕还没赶到城堡就已经死在了路上。克莱默斯苦苦寻思着究竟该去何处搬救兵。正在此时，埃里克·施瓦布从街上跑了过来，一边跑一边大声喊着有一队美国兵正朝他们的方向赶来。克莱默斯和其他人赶紧冲出大厅，只见六辆753坦克营的M4谢尔曼坦克带着轰响，开进了市政厅前的广场，几辆半履带式军车紧随其后，车上坐着全是士兵，小伙子们都来自第142步兵旅的五连。克莱默斯很快找到了这支部队的指挥官乔·W·吉尔上尉[①]，告诉后者情况十万火急，必须尽快赶到伊特堡。吉尔看来没有得到任何消息，还不知道自己的旅长不久前刚刚取消了李的古堡营救行动，也从未听林奇说过什么派遣救援部队的事情。迈耶·莱文后来回忆道：

“我们正好从这条路经过，和第103师会合，这是我们的任务。没有任何人下命令去打什么城堡。”（吉尔语）

“那给你们下命令的是谁？”（克莱默斯问道）

“是林奇上校”。

“他人在哪里？”

“刚走不久，应该从原路回去了，具体在哪儿我也说不清。”

吉尔还有更加重要的大事考虑，可没功夫去追这个来无影、去无踪的团长[②]，问什么有关救援行动的问题。在这位年纪轻轻的连长看来，这种问题不过是一时心血来潮罢了。他于是拍了拍身旁的一位排长、克利福德·J·莱恩哈特中尉，要后者跟克莱默斯他们一起走一趟。据莱文回忆：“一群人赶紧上路去找林奇上校，一路狂奔

① 吉尔本人也是一位真正的英雄，他在两周前亲自指挥部队，对敌人的一处据点发起进攻，为自己赢得了一枚服役优异十字勋章，这是美国对表现英勇者给予的第二高级别军事奖励。

② 原文如此，此处应为“旅长”，作者笔误——译者注。

了6英里，跑得飞快，卷起漫天尘土，那场面要是让达瑞尔·扎努克看到，肯定会乐得心花怒放。”

林奇看到手下的一名年轻中尉带着克莱默斯等人突然出现在眼前，听到莱恩哈特报告说吉尔对于援救李及其部下的计划一无所知，到底会有什么反应，我们不得而知，但可以确定的是这位第142旅旅长立即吩咐莱恩哈特返回沃格尔，给吉尔带去指令，要这位五连连长留下足够人手，确保沃格尔东侧无虞，然后立刻组织救援部队，向伊特堡进发，就沿布里森特公路行动，穿过索尔—吕肯塔尔村庄后到达霍普夫加尔滕，然后再上伊特公路。林奇还说卡尔·P·马特尼上尉的七连要经过穆塔尔村，从北面紧急驰援伊特堡。几分钟之后，林奇把六连也加入到计划之中，要格伦·A·高夫上尉带着人马出发，跟上马特尼的部队。

莱恩哈特赶紧返回沃格尔，把林奇的指令传达给吉尔。后者从753营四连一组里头挑了3辆谢尔曼坦克——这几辆坦克和前一天李那一帮人过不了桥的坦克同属一个型号——再加上拉什福特的“德国佬克星”[1]，一起组成先头部队向伊特堡进发。沃格尔留了一个排的士兵，另外三个排、包括莱恩哈特的排、乘坐半履带军车跟在谢尔曼坦克后面，克莱默斯的两辆吉普负责殿后。

先要找到林奇，接着又要组织救援力量，这一来一去意味着吉尔和他的部队从沃格尔出发已是迟至午后一点的事情。大队人马好不容易启程上路，沿途只见大街小巷插满了白旗，越来越多奥

①原文如此，此处“拉什福特”当为“埃利奥特”之误——译者注。

地利人跑到街上，夹道欢迎，向美国大兵送上美酒佳酿和早春初开的鲜花。莱文后来还说其中不少都是年轻姑娘，长得一个比一个漂亮。然而，美国大兵出了沃格尔城遇见的可是完全不同的另一类人。莱文回忆道："德国人（士兵）不断从林子里冒出来。中间有些人还只是孩子，连16岁都不到，说自己连枪都没有打过。后来又来了一些年纪大的，有两个两个结伴来的，也有单独走来的，还有成群结队来的。每个人当然都说是被逼无奈才走上了当兵打仗这条路。"这些人大都来自希特勒青年团的人民冲锋队（这是一个由上了年纪的平民组成的民兵组织）和二、三线纳粹国防军预备队，大多数人想要马上向吉尔的部队投降。吉尔于是命令将这些人就地解除武装，要他们自行走去库夫斯泰因南面，那里刚刚设立了一个战俘营。

然而，并非所有蒂罗尔地区的德军都愿意束手待擒。吉尔的部队走到沃格尔和索尔—吕肯塔尔之间的乡下——这里距离他们出发还不到一英里远——遇上的武装党卫队士兵就要好战得多，一心打算负隅顽抗，不时能够听见狙击手的枪声。莱文写道："又恢复到了之前那种紧张的感觉。（美国兵）跟在坦克后面，小心翼翼地前进，有时躲进田间地头寻找掩护。仗打到这个最后关头，没有任何人希望自己受伤。"美国人的谨慎小心并非没有道理，他们沿着布里森特公路两侧分散前进时遭到了两挺MG-42机关枪的攻击，机枪在南面的一个小山坡上，藏在用木头和沙袋堆起来的掩体后面。虽然，美军的坦克很快就用高爆炸弹让两挺机枪哑了火，可武装党卫队士兵继续用轻武器向步兵发起攻击，火力越来越猛。

莱恩哈特的排位于前进部队的最左翼，他们找到一座步桥，看见桥完好无损，于是过桥到了布里森特河对岸。如此一来，这几个人比七连的先头部队走得还要靠前好几百码，后者正沿着河畔的双车道公路朝东南方向前进。马特尼的部队离开沃格尔之后只遇到了零星抵抗，看来沃格尔城东绝大部分武装党卫队部队的确在集中火力，对付向霍普夫加尔滕进发的美军和车辆。这批美军此刻主要由吉尔的五连组成，再加上高夫六连的支援，已经到了河谷西南一侧、被夹在了周围山坡与布里森特河中间的位置。

莱恩哈特带着士兵排成一列单行纵队，沿着河畔的林子前进。这名年轻中尉或许已经开始后悔今天干了件蠢事，越过布里森特河恐怕并不明智。虽然，过了河能够让自己的排基本上避免与敌人正面交锋，走得快些，可河岸往东南方向过去弯弯扭扭，拐来拐去，倘若照这样走下去，和五连的大部队将隔得越来越远，后者一直在沿着通往霍普夫加尔滕的公路走，现在差不多已经在朝正南方向前进。此外，布里森特河还有一个特点：这条河是西北流向，与因河交汇，这样一来将让这位步兵指挥官更加左右为难，虽说河水深不过四英尺，可水流湍急，加之河床崎岖不平，经常形成旋涡，小的急流险滩多达十几处，莱恩哈特和手下的小伙子背着一身武器、弹药和个人装备，要想涉水趟过去恐怕没那么容易。

这位年轻的排长正在思索下一步该如何行动，只见几辆吉普车从身后田野的另一头跌跌撞撞地开过来，嘎的一声停了下来。车上坐的是七连侦察小分队的几名士兵。莱恩哈特走过去和他们打了个招呼，注意到其中一个不但没有拿武器，就连件像样的正式军装也没穿，穿的是件野外工作的英式短外套。莱恩哈特一眼瞄见此人外套里缝着一个小符号，原来是个当记者的平民。这名年轻的步兵指挥官当时并不知晓，此人是法籍加拿大战地记者勒内·勒维斯科，也就是日后加拿大魁北克省的总理。这名战地记者当时才23岁，几个月来跟随多支美军部队南征北战，亲眼见证了解放达豪集中营的行动。勒维斯科和第142步兵旅待在一起已有好几天，这一次是主动请缨，志愿跟随七连参加伊特堡的营救行动。

勒维斯科日后在回忆录中写道自己当时正打算向五连的人做个自我介绍，没想到莱恩哈特排里有个尖兵模样的美国兵高声喊了起来，大伙儿的注意力一下子全都集中到了一个怪模怪样的人物身上：那家伙长得瘦瘦高高，看上去有点像个运动员，可看穿着又应该是奥地利当地的农民，正朝着这边走过来。“那人不紧不慢地跑着，没有开口说话。我也是个喜欢打网球的，一眼就认了出来”，勒维斯科后来回忆道：“来的正是博洛特拉，史上最伟大的网球冠军，完全让人看不出气喘吁吁的样子。他告诉我们自己刚刚从伊特堡监狱过来，监狱就在前面，沿着公路再走上几公里就到了”。原来，这位大名鼎鼎的“巴斯克橡皮人”又一次从伊特堡逃了出来。不过，博洛特拉这一次逃跑可不只是为了自己的自由。他说得清清楚楚，他这一回翻墙出来不仅带了口信，还有一个计划。

既然克莱默斯从沃格尔市里给伊特堡打了电话，城堡守军也就

得知援兵已经在路上的好消息。然而，这并不表示城堡里的处境立刻有所好转，不仅弹药所剩无几，甘戈尔英勇牺牲，还有两名纳粹国防军士兵也身受重伤。虽然，武装党卫队还未攻入城内，敌人的攻势却一阵猛过一阵。杰克·李后来谈及这段经历，不禁连声感叹敌人进攻“极其猛烈”。

就在克里夫·莱恩哈特向五连连长吉尔传达林奇的指令，要后者派遣救援部队的那会儿，李已经意识到办法不多。那条电话线原本是伊特堡与外部世界取得联系的唯一方法，可还没等到李告诉克莱默斯进攻敌军的方位、兵力和武器情况，就被切断了。救援部队本可避开敌军，可如果没有这些情报，就很有可能把宝贵的时间浪费在与敌人的缠斗之上。不管哪种情况，只要援军的前进步伐遭到耽搁，那么伊特堡里关着的那些政要，还有负责保卫他们生命安危的战士，所有人处境都会变得更加危急，很可能难以挺过这个下午。

就在这紧要关头，博洛特拉站了出来，提出了一个大胆的建议——这样的建议简直无异于自杀寻死——他打算翻墙出去，寻找最近的美军，催促援军加快步伐，同时指明去往城堡最近的线路。李坦言就算运气不错，这位网球明星通过敌人封锁线的机会也微乎其微。李的话不无道理，可博洛特拉回答自己之前已经试着逃跑过好几回，对周围地形有所了解，知道有几条线路能够从城堡逃出去不会被人发现，自信满满地要大家放心自己一定会找到前来的美军，“绝对不会耽误”。李心想既然没有其他办法，虽然心有不甘，也只好点头答应让这个法国高个子试一试。

博洛特拉找了一床破破烂烂的床单披在身上，又拿了根节节疤疤的树枝当拐杖，把自己装扮成活脱脱一副奥地利难民的模样。他先等枪声平静一会儿，然后在城堡北面的矮墙上找了个墙垛，用力一撑，爬上墙头，纵身一跃，从15英尺高的墙头跳到地上，向前一连滚了好几圈，动作舒展自然，不一会儿功夫就站了起来。看来此君平日里每天跑步训练，这一回还真派上了用场。只见博洛特拉一路小跑，过了那片40码宽的空地，一下子钻进了城堡西北一侧的林子里，顺着陡峭的山坡往山下的河边跑去。他小心翼翼、东躲西藏，接连避开了好几队党卫军士兵，那些士兵正在朝着山坡上的城堡开枪射击。法国人刚刚跑到山脚底下，冲出树林，就迎面撞上了两个士兵。这两个士兵正在找一个合适的位置把MG-42机关枪架起来，这样既可以打到城堡，也能兼顾索尔—吕肯塔尔的方向，万一美军出现就可以开火。

别说博洛特拉一头撞见两个士兵，吓得半死，就连这两个士兵也被法国人的突然出现吓了一跳。不过，这两个士兵并没有开火，这显然得归功于这位网球明星“毫无威胁”的“难民”打扮。博洛特拉故作镇定，弯腰在地上捡起几根树棍，靠着旁边的一棵树休息起来。他眼看两个士兵更加信以为真，解除了戒备之心，不把自己当作一回儿事，瞅住不远处有一条小河，河面还算宽广，于是从容不迫地往河边走去，趟进水里。河水缓缓流淌，水深刚好齐腰。博洛特拉虽然在河中滑倒了两三次，可还是站稳脚跟，走到了对岸。他爬上岸，回头望了望那两个士兵，朝他们友好地挥了挥手，转身向索尔—吕肯塔尔走去，走着走着，待到觉得已经安全，便开始慢慢小跑起来，就这样一直跑到了莱恩哈特和勒维斯科那里。

博洛特拉与莱恩哈特碰面几分钟之后便和林奇通了话，林奇已经把旅指挥部设在了一间农舍里，距此只有半英里之遥，从那儿就能望见南向山脊上矗立的古堡巍峨的身影。法国人首先传达完口信，大致说了说伊特堡危在旦夕，急需救援，接着便和盘托出了自己的计划：他打算给美国兵引路，带大家赶往城堡，北坡有一条路线最快，路上他还能给美军指出德军的位置，这些情况他早就做过观察，唯一的要求就是给他发一套美军军服和一杆枪。

法国人得偿所愿，穿上军装，拿起了枪，带着莱恩哈特那个排的士兵和马特尼七连的大部分人马穿过开阔的农田，向伊特堡进发。美军首先消灭了那两个机枪兵，端掉了那挺MG-42机枪，然后利用绳索蹚过小河，爬上陡峭的山坡，不仅又击毙了另外两名武装党卫队士兵，还俘虏了12个，自己一个人也没有受伤。博洛特拉在前头带路，一心争取头一个回到城堡，见到被围困的战友们。不巧的是，这份荣誉没能属于他。

随着五连大部分人马和七连的全部兵力调头向南，上了通往霍普夫加尔滕的公路，离开沃格尔之后路上不断遇见的骚扰也大为减少。虽然，偶尔也能遇上狙击手打一打冷枪，或者机关枪的零星扫射，但全队上下已经大大加快步伐，沿着布里森特公路快速前进。七连在快到达霍普夫加尔滕北郊的地方停了下来，清理城内残敌，吉尔则带着自己的连队沿着陡峭狭窄的伊特公路继续北上，赶往城堡。这些美国大兵一路上可不轻松，先后遇上好几处路卡，敌人防守相当顽强。有一处路卡甚至有一门反坦克炮，架在一辆半履带军车上，照着走在最前头的谢尔曼坦克迎头就是一炮，所幸没有击中，其余几辆M4坦克有一辆迅速开炮还击，先用穿甲弹敲掉了德国人的军车，接着用点30机关枪一阵扫射，把从车上跳下来、四散逃窜的德国兵给收拾干净。吉尔可是一个不完成使命誓不罢休的人，此刻已经和营长马尔文·柯伊尔合兵一处，正在大声吆喝手下全力赶路。迈耶·莱文后来回忆道："零星交火发生了好几次，有机关枪，也有德国人用的那种短冲锋枪，我们也好，敌人也好，一路打打停停。不管怎样，我们的坦克终于到了（伊特）村子。美军士兵用机关枪一阵子猛打，只见六七个德国兵从屋里一拥而出，全都把手举在头上。大兵们不消几分钟功夫，就占领了全城。"

———

李看见博洛特拉翻过墙头，跑了出去，这个天生的实用主义者开始计划下一步该如何是好，眼看手下的人手越来越少，救援部队如果无法及时赶到又该怎样应对。李和魏刚还有甘末林已经谈妥，得到了二人的首肯——此二者虽然都是功勋卓著的沙场老将，在这场战斗中却对这个美国小伙自始至终表示得相当尊敬——接着便开始将防守人员从城墙那边撤回来，带领这帮人和那几位法国要人退到"要塞"里去。这名美国坦克兵在施拉德和另外几位德国军官的协助之下，把自己的士兵和那几个带着武器的法国人安排在了窗户边上和每一层楼的楼道里头。

至于达拉第，此君把自己关在了三楼的一间卧室里。

跟甘戈尔一起来的两个德国兵已经各自选好位置，把枪架在窗台上，用手指着窗外，要我看党卫军士兵朝“城堡”开火的位置，有的距离几百码远，有的在小电站附近，还有的在林子边上。两个德国兵也开枪还击。我趁着枪声平息下来的一小会儿工夫，同保卫我们的这两名士兵随便聊了几句。他俩用德语告诉我自己是波兰人。当我告诉他们我是法国人时，其中一个握了握我的手，另一个从外套里掏出一瓶酒来，要我喝上一口。这可是一瓶菲奈特·布兰卡啊，鬼知道这家伙从哪里弄来的？我微微抿了一口，那玩意可真够味。那个士兵哈哈大笑起来，告诉我希特勒已经完蛋了。

就在此时，一个班的武装党卫队士兵正准备通过城堡下方的支路发起强攻。一名士兵刚刚进入位置，准备朝城堡前门发射“铁拳”反坦克火箭炮，身后的村子里突然响起一阵自动武器的开火声，夹杂着坦克的火炮射击声，战术局面就此发生了急剧变化。短短几秒钟不到，党卫军士兵全都躲进树林里，逃跑得无影无踪。“德国佬的克星”从村子那头的城堡支路冲了出来，嘎的一声停下。达拉第刚刚结识的这两位新朋友一看坦克出现，立刻停止了笑容，指着窗外，大喊起来：“坦克！坦克！”这个时候，下午四点才刚刚过去。

几分钟之后，管他美国人、法国人还是德国人，城堡的守卫者们一个个喜笑颜开，冲进前院，冲出门外，从“为爱痴迷的詹妮”还在燃烧的车壳旁飞奔而过，朝着救援部队的小伙子和汽车跑过去。一辆小型货车沿着城堡支路开了过来，车上坐着鲁伯特·哈格莱特纳和他手下的几名抵抗运动成员，还有安德里亚斯·克罗伯特。李向吉尔连声道谢，感谢他以这样一种美国西部英雄的方式出场：正所谓“来得正是时候”。李和巴斯接着朝着埃利奥特走了过去，后者背靠着“德国佬克星”，一脸满不在乎的神情。李故意装出一副生气的样子，盯着这个年轻坦克兵的双眼，轻描淡写地问了一句：“怎么才来？”

第八章

后　记

乔·吉尔上尉还在忙着指挥手下的士兵在伊特堡周围布置安全防线，第142步兵旅的乔治·林奇旅长已经下令，要约翰·克莱默斯把那几位喋喋不休、喜欢一边说话一边比画的法国大人物，连同重获自由、带有编号的囚犯们全部带到城堡前院里来。只见一大群人从门楼正门里欢天喜地地挤了出来，迈耶·莱文和勒内·勒维斯科见状赶紧冲上前去，一个接一个采访起来，埃里克·施瓦布也顾不上到底哪个是士兵，哪个不是，忙着给大家照相。

杰克·李显然已经累得够呛，他走到林奇跟前，敬了个军礼，指着那帮法国人——这群法国人正在大声感谢祖文科·库科维奇和安德里亚斯·克罗伯特，感谢二人骑车出去报信的大无畏精神——说了一句："上校，把这些家伙带走吧，全都归你了。"林奇微微一笑，正要答话，突然听见一旁的库科维奇发出一声尖叫。原来克罗地亚人看见库尔特·齐格弗里德·施拉德一身武装党卫队打扮，立刻冲了过来，做出动手打人的样子。克罗伯特赶紧拦在二人中间，要这位克罗地亚杂务工冷静下来，跟他解释这个德国人可是

“豁出了性命”来保护法国政要。施拉德看到库科维奇的怒火稍显平息了一点，于是走到林奇跟前，敬了个军礼，姿势可比筋疲力尽的李要标准规范多了。他对林奇说能够把曾经关押在此的法国犯人从“自己的保护之下”正式移交对方，深感喜悦。

当然，对于林奇来说，如何保护已经得救法国政要的生命安危同样任务重大，毕竟敌人的武装部队依旧在当地活动，而且也没有得到任何消息宣布战争正式结束。林奇已经从麦考利夫少将那里得到命令，将这帮昔日的囚徒尽快带回因斯布鲁克，带到第103步兵师的指挥部去。林奇要克莱默斯命令法国人先各自回房，收拾一下，带上能够带走的手提行李，然后到城堡大厅集合，自己则开始安排回法国的头一段路该怎么走。

对于这些大人物来说，能够获救当然令人激动不已，可他们显然并不打算就此放弃彼此之间的敌意，要知道这帮人在待在伊特堡的日子里各自较劲、互不买账、相互中伤、恶语相向，这些事情早就成了家常便饭。这帮要人们一个个提着行李袋子，拖着慢悠悠的步子来到大厅。有几位自然不忘借此机会把自己的委屈向克莱默斯好好倾诉一番。迈耶·莱文写道：“有几个人嘴里嘟囔着，说某某对伊特堡的那位德国主管实在太过客气。克莱默斯少校敏锐地觉察到，对于这些人中间的某几位而言，能够相互摆脱对方感觉就跟脱离牢狱生活一样开心”。

勒内·勒维斯科见到这番场景同样相当吃惊，看得出来这些法国政要即便重获自由，也无法抹去彼此之间的个人恩怨。这位年轻的加拿大战地记者走进大厅，本想继续采访，却发现法国人“三三两两地分开坐着，看上去显然不愿互相搭理”。勒维斯科注意到达拉第和雷诺各自坐在大厅的两个对角，明显在有意回避对方。

屋内气氛虽然紧张，可这位年轻的记者绝不甘心放过如此大好机会，定要对这两位如雷贯耳的大人物进行一番采访。勒维斯科一开始并不知道应该先从哪位名人下手，后来决定采取一个实际的办法：谁担任公职的时间更长，就先找谁，他于是选择了达拉第：

> 这头“沃克吕兹的公牛”①虽然瘦了一些，却依旧身板结实。他看上去有些面露难色，也许在担心我会问一些尴尬的问题。至于这个嘛，他其实有大把时间做好准备。我们先客客气气地各自自我介绍了一番，“总理先生”，我接着问他，“您是否介意分享一下您的感受，此时此刻身在此地，您想必一定有很多感想要表达吧”。“亲爱的先生”，达拉第答道，“我的确有不少感受想要表达，尤其是有很多事情要讲明白。我打算等一回到法国就把一切公之于众。不过，现在在这个地方，你也明白”，他压低声音，悄声说道，“总有些人耳朵不守规矩。当然，至于这些人到底做过什么，我会在回忆录中一一披露的，暂时我想就说这么多吧”。

这头“老牛”显然希望勒维斯科能够听懂他话里的意思，明白

① “沃克吕兹的公牛”（“Old bull of the Vaucluse”）是法国媒体早年为达拉第起的外号，意在形容其身体结实，体壮如牛。

这所谓“不守规矩的耳朵”指的就是他的那位主要政敌。达拉第说完这番话，将目光直接对准了雷诺。借用这位年轻记者的话来说，那副表情简直称得上“眼露凶光”。雷诺坐在大厅对面，“摆出一副漠不关心的样子”。勒维斯科接着向雷诺走去，后者在他的笔下是“一个干瘦的小个子”。而勒维斯科从雷诺那里得到的答复几乎成了和达拉第刚才对话的翻版：

> 雷诺说他也有大把东西对外披露，还叫某些人最好管好自己——说这话时同样一脸凶神恶煞。（达拉第和雷诺）二人别说话不投机，就连正眼都不看对方一眼。我还是问不出什么名堂，只好就此作罢。

克莱默斯等到这帮要人们收拾停当，便带着他们走到楼下院子里头，出了前门，走到进出城堡的那条支路上。克罗伯特和那几名之前带有编号的女囚早就等在路上，各自手里还提着袋子。士兵们把袋子装进了一辆卡车后车厢，那辆卡车约有两吨半重，就停在教堂门口。几辆吉普车一字排开，这批昔日的伊特堡阶下囚一个接一个上了车——当然，法国人会各自留意保持距离，一如之前被关着的时候不坐在一起。此时距离晚上七点还差一点点，车队动身向因斯布鲁克进发。克莱默斯的吉普在前开路，第142旅的小伙子们坐在卡车上紧随其后，负责押队。

法国政要们当晚在因斯布鲁克过的夜，不仅得到了第103师师长麦考利夫少将的热情款待，还和后者合影留念。一行人于5月6日乘车越过德奥边境，抵达奥格斯堡，当晚与第七集团军司令亚历山大·帕奇共进晚餐。这位美国将军原本打算让这些法国名流搭乘美国陆军航空兵的C-47运输机，从奥格斯堡直接飞回法国，但法国第一集团军司令让·德·拉特尔·德·塔西尼提出请求，希望帕奇允许由他护送这帮要人归国。帕奇答应了塔西尼的要求，这批昔日的阶下囚于是在5月7日被专车送往拉特尔在德国林道的指挥部，地点就在康斯坦次湖[①]靠近德国一侧的湖畔。魏刚、博洛特拉和德·拉罗克抵达之后即被先行带走，第一集团军司令宣布三人因“通敌叛国”被送回法国受审，余下人员则受到了另一场豪华盛宴的款待。翌日清晨，除达拉第之外，其余人等由专车送往斯特拉斯堡，搭乘戴高乐将军的私人专机返回巴黎。至于那头“沃克吕兹的公牛”，则和儿子让一同乘车返回巴黎。后者此时正在德·拉特尔的参谋部中任职。

对于克罗伯特和那些带有编号的女囚而言，返乡的旅程并非向西，而是往东。克莱默斯让他们每一个人都接受了全面身体检查，在美军安排之下享受了几天的丰盛美食与干净被褥，然后安置在了一处难民收容所里，负责管理这家收容所的是联合国善后救济总署。

不过，祖文科·库科维奇并没有和昔日的狱友们一道离开。说到原因，还得归于库科维奇的灵机一动。伊特堡才刚刚解放几个

---

① 康斯坦次湖（Lake Constance），即博登湖（Lake Bodensee），位于瑞士、奥地利与德国之间——译者注。

小时，克罗地亚人便成功说服那位法国联络官埃里克·卢顿，要后者找人将政要们没法随身带走的私人物品统统收拾起来，确保这些东西能够完好无损地物归原主，回到法国。当然，毛遂自荐承担这项任务的自然是祖文科本人，他也因此获得了一张通行证。通行证上明文写着由祖文科护送这些物品返回巴黎，同时规定他必须按时返回奥地利，向法方汇报，最迟不得晚于5月23日。祖文科成功完成了护送任务，按时返回奥地利，几周之后被遣送回了南斯拉夫。

对于李和部下来说，伊特堡战役结束之后的一切反倒显得波澜不惊。波洛克、沃思汉姆、佩特鲁科维奇和萨顿的部队当时正在伊特村集结，这四名步兵参加完战斗后各自归队。李将甘戈尔的遗体转交给了圣约瑟教堂的牧师，随后打发巴斯带着“德国佬克星”返回第23坦克营。“为爱痴迷的詹妮”早就被烧得面目全非，最终被一辆坦克抢救车拖走，遗憾未能华丽谢幕。李在目送自己的战车离开之后，带着四名坦克组成员，还有那帮幸存下来的“听话的德国人”，一同坐上卡车开回了库夫斯泰因。这些纳粹国防军士兵冒着生命危险，帮助美国大兵保卫法国要人，他们将从库夫斯泰因被转送往一处战俘营，接受审查。

然而，伊特堡战役的结束并不意味着这座古堡在二战期间的历史作用就此画上句号。其实，还在法国政要尚未动身前往因斯布鲁克之前，第142步兵旅旅长乔治·林奇就已经把古堡当成了指挥部，经过与格奥尔·冯·亨格尔一番讨价还价，在接下来的24小时之内成功在当地达成停火，最终促成蒂罗尔州全部德军缴械投降。5月7

日晨，纳粹德国宣布无条件投降，伊特堡也成了盟国驻奥地利占领军的临时指挥部（当然，这一历史地位仅仅维持了24小时不到）。

纳粹德国宣布投降几周之后，巴斯和李因为在伊特堡战役中的卓越指挥获得嘉奖，前者获得了一枚银星奖章，后者则被授予服役优异十字勋章。李的嘉奖令上留有这样的文字：

> 李上尉身为第23坦克营二连指挥官，于1945年5月4—5日在奥地利沃格尔近郊以及伊特堡的战斗中表现得勇气非凡，率领一小队士兵深入敌后，打击了敌人士气，成功保卫两座重要桥梁免遭敌军炸毁，最终迫使两百名德军士兵缴械投降。他在发现数位地位显赫的法国囚徒被困伊特堡之后，迅速联合美、德两军士兵组织抵抗，面对党卫军的疯狂进攻与重炮攻击，指挥士兵坚守阵地，直至友军赶来增援。李上尉作战英勇果敢、舍生忘死、临机应变、足智多谋、展现出卓越的指挥才能，充分体现了美利坚合众国与我陆军最为优秀的历史传统。

诚然，除了塞普·甘戈尔和几位在战斗中牺牲的无名战士，伊特堡战役对于其他不少参加过这场战斗的人来说算得上各自人生中一个难以忘怀的时刻，却并非最后的终点。伊特堡战役是第二次世界大战在欧洲战场最后一场全面展开的地面战斗行动，无论法国人、德国人、美国人，还是其他国家的人，凡是参加过这场战斗的主要人物都重新回到了各自的正常生活之中。我们有必要在此简单考查一下他们中的某些人是如何演绎今后的人生的。

法国人

爱德华·达拉第

这头“沃克吕兹的公牛”在战后重返政坛，出任制宪议会议员，1953至1958年间担任阿维尼翁市市长，1970年10月逝世，享年86岁。其子让数年之后将其父的战时日记结集成册，以《囚徒日记：1940—1945》为名付梓出版。正如这位昔日的伊特堡阶下囚对勒维斯科所言，身为作者的他在书中对自己的政治对手、尤其是保罗·雷诺进行了大肆抨击。

莫里斯·甘末林

甘末林战后回到法国，全身心投入到回忆录的撰写工作中去。回忆录名为《服役》，共分三卷，绝大部分写的是这位将军在伊特堡的囹圄岁月，1946—1947年出版，反响平平。甘末林在1954年又出版了一本回忆录，讲述了自己一战期间的军旅生涯，1958年去世，享年86岁。

莱昂·儒奥与奥古斯塔·布吕克伦

诚然，监牢里度过的那几年让莱昂·儒奥的健康状况每况愈下，可囚徒生活无法消磨这个男人的斗志，让他放弃为法国工人阶级和世界劳工运动继续尽心竭力的决心。儒奥解放之后继续担任法国全国总工会总书记，1947年迫于工会内部共产党人的压力辞职下台。他眼看法国劳工运动的主导权日渐落入共产党人之手，为寻求对策成立左中翼工人力量党，生前一直担任该党领导人，1947年同时当选法国国家经济委员会主席，1951年协助成立国际劳工组织，成为联合国下设机构之一，同年被授予诺贝尔和平奖，1954年4月28日去世。

奥古斯塔·布吕克伦在儒奥战后为工人运动奔走的岁月里始终站在他身旁。二人在1948年正式结婚，布吕克伦婚后改随夫姓，更名为奥古斯塔·莱昂·儒奥。她本人同样是一位重要的劳工运动领袖，1950至1971年一直担任国际劳工组织驻巴黎办事处主任。1973年，布吕克伦将有关自己伊特堡囚徒生活的经历结集出版，书名《政要的监狱》。这位卓越的女性于1992年5月被授予荣誉军团勋章，2001年7月又被授予高级军官勋章，2003年4月28日以104岁高龄辞世，此时距离莱昂·儒奥去世已经过去了整整48年。

保罗·雷诺与克里斯蒂安妮·马碧尔

保罗·雷诺与他的主要政敌达拉第一样，从伊特堡重获自由后不久便回到了政坛，1946年当选众议院议员，接下来的十多年间历任多处内阁要职，包括财政部长一职。1951年，雷诺出版《激战正酣》一书。该书是他两部战争回忆录中较厚的一本，全书洋洋洒洒共680页，却只有四页提及了在伊特堡的经历，绝大部分篇幅都是对自己战时作为的解释，其中不乏对政敌的挖苦贬低之词，达拉第自然包括在内。雷诺起初一度是夏尔·戴高乐的坚定支持者，可在1962年目睹后者操纵宪法，专权自重，遂与这位昔日的将军分道扬镳，众议院选举失利之后潜心著书，1966年9月21日去世，享年87岁。

克里斯蒂安妮·马碧尔与雷诺在1949年12月结婚，共育有三个孩子：两个儿子分别叫做塞尔热和亚历山大，女儿名叫艾芙琳。这位雷诺夫人在丈夫去世后一直过着深居简出的生活，直至2002年去世，享年89岁，生前留有回忆录一部，写的是在拉文斯布吕克女子集中营与伊特堡的经历，并未出版。

马塞尔·格朗热

格朗热从伊特堡重获自由之后，独自一人带着满满两行李箱文件回到了巴黎。一箱装的是马克西姆·魏刚的笔记，这些大量的文字记录都是后者为战后撰写回忆录所准备的；另一箱装的则是保罗·雷诺著书所需的手稿笔录。虽然，有资料显示格朗热后来回到北非，但我们无法找到任何与其晚年生活有关的确切资料。爱德华·达拉第在关于伊特堡生活的回忆录中将格朗热描述为“一位真正的绅士”，“一个有修养的人，满怀爱国热情，英勇无畏，是法兰西公民的杰出代表”。

让·博洛特拉

法国政府在战争结束的头几年里一度考虑将这位“巴斯克橡皮人”送上法庭，因其曾在维希政府任职被以“叛徒”罪名加以审判，但这些指控最终均未成立。博洛特拉名气不减，继续做着自己的生意，一直干到1975年。他同样没有放弃网球，不仅当上了法国网球协会副主席，还坚持参加各项国际网球老年赛事，年届九旬依旧征战网坛，1994年6月逝世，享年95岁。

马克西姆·魏刚与玛丽·勒内·约瑟芬妮·魏刚

这位将军和他的妻子一直担心自己一旦被送回法国，会有怎样的下场。夫妻二人的担心不无道理。1945年5月10日，马克西姆·魏刚被法国政府正式拘捕，罪名是“试图破坏国内安全”。同年7月，法国高等法院宣布没收魏刚的全部财产，这位年老体病的将军被软禁在了巴黎的一家医院里。魏刚作为证人，一度在审判菲利普·贝当元帅时出庭作证，与保罗·雷诺展开唇枪舌战，雷诺当时是检方代理人。关于魏刚本人的审判拖拖拉拉，长达三年，1948年最终判定无罪。魏刚此后潜心著书，其文字涉及多个方面，著述颇丰。1961年，玛丽·勒内·约瑟芬妮去世，魏刚本人亦于1965年1月28日去世，享年98岁。

米歇尔·克列孟梭

这位“老虎”的儿子[①]战后进入法国政坛。此时的法国政界动荡起伏，内乱不断，克列孟梭于1946至1951年间先后担任第一、第二届制宪会议议员，退出官场之后转而投身私人工业，1964年3月4日

① 米歇尔·克列孟梭的父亲乔治·克列孟梭一直以政治手段咄咄逼人而著称，人送外号“老虎”——译者注。

去世，享年91岁。

弗朗索瓦·德·拉罗克

这位“火十字团”的昔日领导人身陷伊特堡期间留下的文字成了他本人最后的政治纲领——1946年，《为未来服务》一书出版，作者在书中重申了自己的基本政治理念与道德信仰，被视为试图恢复自身名誉的初次尝试。然而，德·拉罗克未能得偿所愿。他在返回法国之后遭到警方监视，软禁家中，1946年4月为减轻一战负伤留下的病痛接受了一次外科手术，不想竟然死在了手术台上。

玛丽·艾格妮丝·盖伊奥与阿尔弗雷德·盖伊奥

虽然，盖伊奥夫妇二人被关在伊特堡的日子加起来不足一个月，可他们早在到达这座奥地利监狱之前便已经历过无数非人折磨，足以在身体与心灵上留下难以抹去的伤痕。阿尔弗雷德此后虽然重返工作岗位，继续当工程师，却受累于健康状况每况愈下，最终在1956年12月去世，终年79岁。玛丽·艾格妮丝于1975年6月被授予荣誉军团勋章，以表彰这位女性战争期间为法国抵抗运动做出的杰出贡献。玛丽·艾格妮丝也将自己跌宕起伏的一生写进了《个人回忆录》中，1982年3月以93岁高龄与世长辞，其回忆录亦于死后出版面世。

那些带编号的囚犯们

令人遗憾的是，在安德里亚斯·克罗伯特和带有编号的女囚被转交给联合国善后救济总署之后，我们就再也无法找到与他们有关的任何资料线索。

祖文尼米尔·库科维奇

祖文科·库科维奇重获自由之后去了一趟巴黎，在结束这趟短暂的巴黎之旅后回到了南斯拉夫，后来在贝尔格莱德开了一家小的电器承包公司。库科维奇被关押在伊特堡期间曾经做过大量笔记，内容之丰富令人难以置信，他将这些笔记编辑整理，留有手稿一部，名为《伊特堡两年》，并将副本分别送给了当时的西德与法国政府。库科维奇在战争结束之后与好几位法国政要一直保持书信往来，并且为奥古斯塔·莱昂·儒奥提供了不少细节，后者将这些细节写进了《政要的监狱》一书。1984年，库科维奇在贝尔格莱德去世。

德国人

约瑟夫·甘戈尔

伊特堡解放之后，这位纳粹国防军军官的遗体先被送往伊特村，安放在圣约瑟教堂内，后来被安葬在沃格尔市的公墓之中。甘戈尔与反纳粹抵抗组织并肩作战，为了保护沃格尔市的平民百姓付出了不懈努力，并且参加了伊特堡的战斗，保卫了法国政要的生命安危，被人们誉为奥地利的民族英雄。沃格尔市有一条大街从此就以甘戈尔的名字命名。

塞巴斯蒂安·魏默尔

这位昔日的伊特堡主管虽然竭尽全力，企图逃之夭夭，可在盟军占领蒂罗尔州几个星期之后还是落入法网，被关进了库夫斯泰因的一座要塞之中。那里原本是一座中世纪古堡，可以俯瞰全城，后来被当成了战俘营，由于奥地利境内这一地区当时主要由法国军队负责，因此也由法国人管理。特蕾莎·魏默尔试图与儒奥夫妇以及其他几位曾经关押在伊特堡的要人取得联系，请求他们介入，替自己的丈夫求情。好几位昔日的伊特堡囚徒答应了特蕾莎的请求，通过法国政府驻奥地利占领军指挥部提出交涉，希望能够通融处理。

魏默尔身为一名武装党卫队军官，无疑应被当作战犯处理，加上1939年在波兰欠下累累血债，并且参与管理过达豪和马伊达内克集中营，理应为此接受审判。然而，令人不解的却是此人竟然在1949年被法国当局无罪释放。魏默尔之后去了沃格尔附近的一个农场，干着普通的农活，依旧成日酗酒无度，结果与妻子分手，1951年5月独自一人回到了出生地——巴伐利亚的丁格尔芬，与父亲同住在布鲁克大街第101号住所。1952年12月10日，魏默尔选择结束了自己的生命，卒年50岁。

奥托·斯蒂芬

这位原武装党卫队军官的名字尽管不止一次出现在战后发布的战犯通缉令上，却一次也没有遭到逮捕，更不用说接受审判、关进监狱，因此本书无法对其战后去向与生活状况有所叙述。

库尔特·齐格弗里德·施拉德

关押在伊特堡的法国政要们获得解放之后专门给施拉德写了一封便笺。便笺是用法语写的，上面写着：“1945年5月4日，施拉德上尉成功保卫了关押在伊特堡法国犯人的生命安全，在德军发起进攻时始终与犯人们同在一起”。信上留有全体法国要人的签名，虽然不一定能够当作保证，确保万无一失，却能够帮助这位战功赫赫的武装党卫队军官早日从战俘营里获释出来。1947年，施拉德重获自由，与家人团聚。他后来干了几年砌砖工人，20世纪50年代初举家搬到德国西北部的明斯特，1953年在北莱茵—威斯特法伦州内务部谋得一职，直到1980年方才退休，据说一直活到了20世纪90年代中期。

美国人

约翰·T·克莱默斯

伊特堡救援行动对于约翰·克莱默斯来说也许算得上一场颇为有趣的人生体验，可这番经历在这位第103步兵师军事管制军官漫长的军旅生涯中绝非唯一的一次。克莱默斯在二战之后仍然留在军中，历任美国驻芬兰、埃及、阿尔及利亚、埃塞俄比亚等国大使馆武官。他接受的最后一项任命是担任卫戍司令，驻扎在宾夕法尼亚州的印第安人山口堡陆军基地。1967年，克莱默斯从陆军退役，军衔上校，在宾夕法尼亚大学获得商学学位之后干起了财务顾问，

2004年正式退休。在此我还要告诉大家一个好消息，本书撰写期间克莱默斯依然健在。

第142步兵旅的士兵们

这四名美国大兵在完成营救伊特堡的任务之后重新回到了自己的部队，一开始听说会因为战斗中的英勇表现获得勋章，最后却什么奖励也没有得到。四个人最后都回到了美国，和千千万万其他退伍军人一样继续过着各自的日子。令人遗憾的是，四人中有三位唯一能够找到的只有他们的去世日期与地点：亚历克斯·佩特鲁科维奇于1973年11月在伊利诺斯州去世；威廉·萨顿1979年6月在威斯康星州去世；阿尔弗雷德·沃思汉姆在1993年6月病逝于肯塔基州。本人撰写此书期间，亚瑟·波洛克依旧在世，而且身体状况相当不错。这位老人虽然已经88岁高龄，却依然精神矍铄，每个星期都会花上五天帮忙打点家里的生意。

第23坦克营的士兵们

和第142步兵旅的几位士兵一样，我只能找到“为爱痴迷的詹妮”坦克组四名成员中三人的去世时间与地点：赫伯特·G·麦克哈利1988年11月在印第安纳州去世；威廉·T·拉什福特1988年3月病逝于密歇根州；爱德华·J·希姆奇克则在1998年12月去世。让我同样感到格外高兴的是爱德华·J·赛纳和亚瑟·波洛克一样依然健在。这位老人已有88岁高龄，每个星期还能工作五天。

哈里·J·巴斯

这位杰克·李的副手战后回到加州，与妻子一道在阿纳海姆附近经营农场，栽种橘树，直到哈里20世纪60年代初退休。两口子卖掉的果园中有一处后来被铲平，腾出地方来修建迪斯尼乐园。哈里退休之后干着自己喜欢的事情：打打猎、钓钓鱼、家里人丁兴旺，陪亲人共享天伦之乐。据哈里的儿子说，父亲直到过世前两年身体一直不错。1991年10月4日，哈里·巴斯在加州毕晓普去世，享年81岁。

约翰·C·李

杰克·李身为营救法国要人、保卫伊特堡行动的策划者与指挥者，还没等到退役就已经迫不及待地开始规划起自己的战后生活。李的父亲不单是诺维奇当地的一名医生，也是民主党在纽约州齐南格县政治圈子里的一记重要推手。李当时虽然还和第23坦克营一起待在德国，却已经听从父亲建议，准备好了一大堆个人资料，毛遂自荐，参加了齐南格县的警长选拔活动。一名海外服役的美军军官试图在州政坛谋得一席之地，这显然还是破天荒的第一次。

李以候选人身份出现在了家乡的公告栏里，而迈耶·莱文有关伊特堡战斗的纪实报告“我们拯救了大人物”也同时出现在了“星期六晚邮报”杂志上，两件事情发生在同一个星期绝非巧合。杂志上的刊文以及接连几篇充满溢美之词的文章把李在战斗中的英勇无畏刻画得淋漓尽致，再加上消息传来，这名年轻的坦克兵荣获服役优异十字勋章，这一切无疑为李赢得了选票。然而，李最终功亏一篑，未能成功利用立下的赫赫战功为自己赢得一届公职——他不仅输掉了选战，而且输得相当的惨。

1946年1月末，李终于回到了美国，2月2日在新泽西州狄克斯堡陆军基地正式退役，接着被调往非现役后备队，军衔上尉。然而，似乎令人难以解释的是李的人生从此开始慢慢走下坡路。他一度加盟新泽西巨人队，跟随球队在低级别联赛打了几个赛季比赛，可这毕竟只是个短命的橄榄球联盟，他没能为自己赢得一份职业球队的合同，只能转而寻求在当地半职业和乡村俱乐部球队中任教。李后来找了一份酒吧招待的工作，不用多说，爱喝酒的老毛病也变得越发严重。那一天也自然而然地随之到来——虽然具体日期不详，可李和妻子弗吉尼亚还是选择了分手。弗吉尼亚带着年幼的孩子去了加州，后来与李办理了离婚。20世纪50年代初，李决定去酒店业一试身手，他和别人达成交易，买下了纽约纽柏林久富盛名的老鹰酒店，谁知虽然买了酒店，却因无力偿还贷款，被酒店原老板告上法庭，最终输掉了酒店。李很快又碰上了另外一桩官司麻烦，因为对妹夫大打出手遭到指控——后者与李的妹妹当时已经分居——被判处罚款50美金，并处以缓刑。

我们对于杰克·李此后的生活片段尽管有所了解，但具体细节知之甚少。李后来又结了一次婚，娶了一个名叫斯黛拉·埃文斯的女人，是在当酒吧服务员时认识的一个女招待。这个女人最终也和李离了婚，原因同样是因为他太爱喝酒。李在经历了两次婚姻失败之后，去得克萨斯州得克萨斯市住了好几年，1961年父亲去世时搬到了加州长滩。显然，李住在黄金之州的这段日子——他来到这里也许是为了找寻弗吉尼亚和儿子——与老友哈里·巴斯在一起待了不少时间。我们不大清楚李究竟依靠什么谋生，也无法掌握他回到诺维奇具体是在哪一天。李后来大概又结过一次婚，娶了内莉·波特，不过再无其他子女。对于杰克·李来说，1973年1月15日无疑是一生当中最后一个大日子，这一天他在诺维奇齐南格纪念医院因病去世，死时年仅44岁，还相当年轻，死因一栏写的是“窒息”，原因很可能是急性酒精中毒。

当地报纸刊登了李的讣告，提到了他在伊特堡战役中扮演的重要角色——不过，讣告作者把地点误写成了法国，而不是奥地利。这个男人不单指挥了这场救援行动，率领大家守住了城堡，还说过这么一句话——对于这场令人难以置信的战斗来说，李的这句话也许算得上最简单的总结——就在李去世前几个月，诺维奇当地的一位记者问他这件事情过去了那么多年，有何感想。这位“最后的战役”的英雄略微思考了一下，然后说道：“其实，这根本就是一桩倒霉透顶的蠢事”。